U0514837

青 年 创 新 基 金
SSAP YOUTH INNOVATION FUND

思想會
SIND TALK

Crossings

抢救与杀戮

军医的战争回忆录

A DOCTOR-SOLDIER'S STORY

〔美〕
乔恩·科斯铁特尔
(Jon Kerstetter)
著

黄 开 / 译

社会科学文献出版社
SOCIAL SCIENCES ACADEMIC PRESS (CHINA)

献给科林和孩子们：
贾斯廷、达伦、乔丹和凯特琳

目　录

引　言

2003 年，伊拉克

　　士兵横躺在沙地上，头底下有一大摊鲜血，嘴巴在空气中吞咽着。他的双目呆滞，头歪向一边，四肢一动也不动。他是一名年轻的士兵，十几二十岁的年纪，此刻他本应是一名大学生，或者高中刚毕业，一边寻找暑期打工的机会，一边思考未来的人生方向。不出五分钟，他大概就会在你的脚边魂断尘埃，你的鞋底和军服上都会沾上他的血渍。

　　你拥有抢救他生命的医疗技能，并且你所受的战斗训练使思考和行动更加果断。你充满自信，但也深知，救活头部受创的伤员需要极大的运气。也许今天正是你走运的日子，你能救活伤员，因此感到心安。可是，这名士兵的脑壳上有一个弹孔，脑浆渗了出来，加上大量失血，也许到头来他宁可就这样命丧沙场，在离家千万里的地方，在其他战友的注视下死去。直觉告诉你，眼下这名特殊的士兵有幸存的机会，却又知道即使他能安然返乡，余生将在痛苦中度过。

　　若以呼吸比喻，军人和医生的呼吸之道大不相同。身为军医则需要两者兼备：一个肺供军人呼吸，另一个肺为医生效力。这种呼吸之道独特又奇异，由两类不同的 DNA 混合而成。

这种基因编码既出于本能又违反本能，军医对杀戮的了解和对医疗的了解一样多，方才专注子弹呼啸的声音，转瞬即要留神伤者的呼叫。他在两边来来去去，对杀戮与医疗又爱又恨。扣下扳机，包扎伤口。先是前者，再是后者，均是战时不可或缺的，我从医生到军人，又从军人做回医生，身份迅速切换，对它们的差异不假思索，因为终究只有一件事是重要的：上一刻要像个军人一样呼吸，下一刻要像个医生一样吐纳。战争，医疗。吸气，吐气。

军医需要大举吸纳气息，牢记所有飞机的外形，知道心理战和夜战、使用通信设备和获取情报，当个弹道学和小组战术的学生。还要研究人体皮肤、心脏、肺和大脑的运作方式与协同配合，学习血液的化学及体内循环的物理学，观察完美步法的力学，在脸上、双耳及手背涂抹迷彩，让肌肉适应肉搏战的速度并锻炼到收发自如的境界，以及训练心智作战、双脚格斗、双手进行手术。你先认识最微小的病瘤和心跳的规律节奏，再让手体会钢铁制成的扳机和金属弹壳的触感。

听觉是呼吸的形式之一。注意聆听，它会告诉你何时应该战斗、哭泣、甚至死亡。声音是你的朋友，听得见声音表示你还活着。你听着手术仪器纷杂的声音、牧师的祷告声，或是陆军护士对伤员的轻声低语，即使伤员早已丧失听觉。你整日听着心脏监视器单调的警示声，当它发出平坦的连续音调，你便按下静音钮，接着填写正式医疗表格，上面有"因伤死亡"（DOW）和"行动中死亡"（KIA）供你勾选，你设法让"因伤死亡"的数字保持最低。你能睡就睡，但一听见直升机抵达的声音、伤兵的哀号，还有四肢和内脏被烧伤、破裂或肢体残缺不全的士兵无法言语的尖叫，你就得醒来。遇到火箭弹尖锐的破风声、小型武器开火的爆裂声，以及威力强大的土制炸弹发出的爆炸声，你必须有所回应。你必须随时警觉行进的沙沙声和攻击前的过分沉寂。

恐惧发出自己独特的声音，你听得见它的各种形式：有的是断手断脚的人返乡时的喃喃低语，有的是感慨战友死得何其悲惨的悼词。你学会和那些震耳欲聋的声音共存，尤其是那些说你的医术不够高明的声音，因为你救不了某个士兵的性命。你摆脱恐惧，继续前行。

一名受伤的士兵就躺在面前，她还有一线生机，但伊拉克的叛乱分子正朝你们的位置发动攻击，你们必须迅速撤离，并且需要停下来还击。虽然你接受的是救人训练，但也受过杀人训练，以至于你显得有些为难。姑且抛开犹豫，戴上钢盔，毕竟你身处战火之中。射击一两个回合后，你的意志高昂，你抓住伤兵的军服衣领，将她的身躯拖离沙地，全速冲刺了十八米之远。

你全力奔跑，那位伤兵的双脚拖地，让你举步维艰。其他士兵帮忙将她抬上野战担架，你才得以逃出杀戮区。她的右脚垂挂在担架外，一名医官抓住它放回担架上。她痛苦得呼天抢地，脖子上血脉贲张。那只几乎断离的脚布满尘土，腿骨穿透皮肉和烧焦的军服，宛如断矛。你的伤员快速失血，已经危及生命。此刻战斗正酣，但若不立刻在她的大腿上绑上止血带，她很快就会因失血过多致死。因此你拿出一条止血带，为她绑紧。

你们仍然身陷战斗中。伤兵的止血带滑开，腿骨也从伤口处冒出来，她又开始流血。你抽出军刀，尽力握住刀柄，手起刀落，从将断未断处砍下那一截该死的大腿，把它弃置在黄沙里。她又哭又叫，你对她大喊："给我闭嘴！"然后想象她真的闭嘴了。你再度设法绑紧止血带，为切断大腿的果决松了一口气。你们必须前进，拖曳的断腿只会连累大家。断了一条腿，她反而能活得好些。

你探究敌人的呼吸、研究他们如何作战以及如何对待伤者和收尸。你观察他们的住所、文人雅士聚会的咖啡店，了解他们写家书的原因以及在信中说了什么、隐瞒了什么。你了解他们的祷告和梦想、恐惧和家人，熟知他们如何用母语对骂、读经和阅报的方式，以及孩子们的学校作业。就连他们家乡土地的颜色和草木的气味，你也了然于胸。你找到了他们河流的转弯处，还有沙漠会在哪里变成山丘。

你读过《日内瓦公约》，为了证明医疗人员的身份你要在红十字会的卡片上签名备查，而转眼却把这件事抛诸脑后。你深谙战争法律，懂得何时可以权宜行事。你研读管理俘虏和战犯的手册，即使他们向你吐口水、痛骂你是杀人凶手，你也知道针对这类情况的处理方式的规定。你很清楚，需使用武力时，哪些情况可以先动手再问话。你在憎恨敌人的同时会拿捏分寸，不会逾越军人的职责而变成野蛮人。你控制自己的呼吸，妥善运用医者之心和军人之心。你集中精神让两者合而为一，全身心投入战争。

你可能置身于枪林弹雨之中，别畏缩，将士们始终仰赖你正确的决定。纵使你为了在做决定时不会模棱两可而历经多年训练，就算戎马倥偬也能当机立断，但你依旧觉得"正确"是个模糊的说法。你在受训时表现良好，然而此刻才知道那些战争游戏、紧急撤退情景是纸上谈兵。没错，正是如此。这里是现实世界，这里的恐惧、鲜血和坏事都是真实的。死亡是真的，战争是真的，你唯一能做的是适应，保持呼吸并坚持到底。你紧握武器和弹药、军刀和防弹衣，随身携带医疗包、绷带、止血带和吗啡。当你手握装备，恐惧感和空虚感油然而生。无论你的感觉如何，都必须迎上前去，恍如战争施加了魔法，让你转了性。

你正要出勤务，跳上一辆悍马车或一架医疗直升机。时间扭曲了：你抱着士兵的身体，除了眼神交会的那一瞬间，你们今生不会再见。不到一小时，你把他们的兵籍牌和遗书送到家。你忆起牧师为一名士兵念的悼词："你本是尘土，仍要归于尘土。"战争可以证明此言不虚。你以为已经受够了战争，无力的双手再也负担不起任何事物，但请坚定你的心智、你的灵魂并坚持祷告——要是可以的话。即使心智和祷告都已失去，那也要挺住，然后吸气，吐气，并且默念：军人，医生；战争，医疗。

你眼前是另一名鲜血直流的伤兵，他说他设法还击了，可能宰了其中一个混蛋。他抓住你的手问自己还有没有救。你告诉他："你当然有救。"你要他深呼吸几次，告诉他医疗直升机两分钟就到，再多忍耐一下。你替他注射吗啡并对他微微一笑，他要求你告诉他母亲他爱她、告诉他父亲他是个勇敢的军人。你说："少废话，你自己去说。"你知道你必须这么说，让大家都怀着最大的希望。你也知道你们彼此都想开诚布公，但坦白不是容易的事。

同一天稍晚，一名刚到战区的士兵在第三天的战斗中死亡。他的脑袋被子弹轰开，灰质层塞在悍马车的缝隙里。你完全束手无策，只能命令医官将他放入裹尸袋。

有一名伤员的双腿被炸断，他撑不到四分钟，只够他念完主祷文。附近有名士兵参加过为期四天的战地救生员课程，他惊慌失措而且呆若木鸡，仿佛被时间凝固的兵马俑。他忘记如何使用止血带，只是不断大喊："天啊！天啊！"直到你呵斥："喂，给我镇定点！"他才安定下来，在胸前比画了十字架，开始协助你治疗另一名伤员。

为了便于讨论，不论是刚发生的事，还是之前的其他行动部署，假设你面临诸如此类的情况还能全身而退，你反躬自省得到的结论是：只要战争继续，陆军军医眼前就不断有伤员。你记得所有殉职的士兵，也记得医疗小组、医疗直升机驾驶员、护士和外科医生付出的一切心血。你明白了一件事：即使杀敌再多，敌人也会杀你。战争永不止息，令你沮丧。

你在每次行动中积累的经验都能发挥作用，你的医疗小组表现卓越，你让伤兵动手术的速度比在其他战场上的医生都快，在他们横死沙场之前抢得先机。所有医疗资源就位，全体医疗伙伴都能各司其职，在野战医院身亡的伤员少之又少。然而，假使有些士兵是在手术中或术后死亡的，甚至是几个月后在美国本土身故，或许死于感染、肺部并发症或呼吸并发症，你仍会遗憾未能多尽一份力、多花一分钟、多做一次有效的决定，因为结果将大不相同。你在潜移默化中逐渐明白：无法为伤员做到极致。脑海中的医生形象逐渐淡出，你终于领悟到，自己对战争的认识远大于医疗。

从战争第一天到最后一刻，你的眼前都有伤兵。你俯视他们，沙地印出他们的身形而显得暗沉。你仅仅迟疑了片刻，随即作为医生快速行动，然后吸一口气，像军人一样呼吸。

第一部

学 习

临近界限

1954 年的夏天过了一半，有一天哥哥吉米怂恿我骑上割草机。当时我四岁，吉米九岁。吉米瘦得皮包骨，穿着高筒网球鞋和条纹图案的连体工作服到处跑。吃过午饭后，妈妈把我们赶到屋外，让吉米去后院割草，让我捡树枝并和他保持距离。但他割到哪我就跟到哪，我在刚割过的草地上玩得很起劲，抓起一把又一把草屑撒向空中。草地被太阳晒得发热，不过靠近屋子那边很凉爽。吉米在院子的边界来回跑了几趟之后，停下来擦掉眉毛上的汗水。他喊我过去，我还记得他说了"骑上去"和"很好玩"之类的话。

吉米帮我爬上割草机，把我的脚放在铁架上，割草机的轮子后面有推把的木叉就拴在铁架上。我记得我们小心翼翼地避开弯曲的刀片，我两脚大开，屁股靠着把手叉柄。我吃力地保持平衡，试过几次之后就上手了，随即轻松上路。

我哥说得对，这太好玩了。一开始他先慢慢推，接着加速前进。他要我抓紧，然后忽左忽右地前进，害得我整个人掉到草地上打滚并且乐不可支。我在草地和割草机之间上上下下，在偌大后院的青翠斜坡上边跑边笑。正午的大太阳晒热了我们的皮肤。

我在割草机上看着旋转刀片割草，切下来的草屑从后面飞上我的双腿。吉米推得越快，草屑喷得越高，院子里都是刚割过草的气味，刀片的切割声也随着割草机的速度起起伏伏。

院子的地面并不平坦，割草机高高低低地前进，我的脚很难不滑落，有时甚至吓我一跳。这部分情景我记不清楚了，另一部分倒是历历在目：割草机在某个瞬间骤然停止，我的身体往前抛出。割草机的刀片卡进一根大树枝，吓得我魂飞魄散。我的双脚弹高，双臂胡乱挥舞。身体落地时我听见一记闷响，紧接着是痛不欲生的感觉。我的左腕断了，血流如注。吉米跑开了，我躺在地上号啕大哭，鲜血染红了工作服、草地和我的赤脚。我被那摊血吓坏了，本能地感到不对劲和危险。这是我第一次对未知的事物如此恐惧。

我对就医过程印象模糊，除了一件事：在屋子里，妈妈急忙跪在我身边，用一块白布紧紧绑在我的手腕上。后来她多次提到这件事，总说绑住我手腕的是卫生棉，不是我以为的白布。她将卫生棉固定后说："拜托你压住。"邻居开车送我们到绿湾（Green Bay）的医院，一名外科医生修复了我撕裂的动脉并缝合了我的伤口，还为我的手臂安上一副软质护套。

多年以后，我长大到能自己割草了。每年夏天第一回割草时，当我从工具间拖出割草机，妈妈一定会提醒我不要忘了当年的奥奈达割草机事故。她通常说她那时很怕我终身残疾，那次事故把她"吓坏了"，幸好我没事。她说到祈求上帝帮我止血，也非常感激邻居和医生的协助。当她回忆这件事时，常常一边笑一边皱眉头。我认为这种表情掺杂了感恩和责备的情绪。那种表情出现时，她双唇紧闭，喃喃说出奥奈达方言，大意是"无灾无难"，她也会说"恶灵退散"这类的话。她还会用英语说："感谢老天爷！"她还经常抓着我的手抚摸手腕上的伤疤，然后停顿一下，自顾自地摇头微笑。就是这样的笑容冲淡了大难不死的记忆，减轻了恐惧感，也提醒我生命的脆弱。

早年那些在奥奈达的生活也有好事，比如坐在妈妈药店门口窗户旁的牛奶箱上，吃席尔提思（Sealtest）冰激凌。妈妈的药店是一间库存寒酸的乡下小店，售卖成药、兽医用品以及种类有限的杂货。那家店是我爸劳伦斯·班斯·科斯铁特尔（Lawrence Baines Kerstetter）的，离婚后留给我妈玛格丽特·阿琪奎特·科斯铁特尔（Margaret Archiquette Kerstetter）。她在婚姻存续最后一年怀了我。我出生不久，爸爸和妈妈离婚，我爸留给她这家店、赡养费和三个小孩：五岁的吉米、九岁的乔安，还有几个月大的我。妈妈对婚姻的挫败向来三缄其口，只提到住在印第安保留区的生活压力很大，除了苟延残喘之外毫无希望可言。"都是苦日子。"我长大后她偶尔会这样提醒我，说的时候声音嘶哑，额头皱纹随之加深。

妈妈尽力维持生计。我们住在药店楼上，她缝补我们的衣服，在院子里种菜再交给哥哥、姐姐照料，也会在收成时晒玉米和水果。有时候我们不虞匮乏，但多半不是。生活窘困时，妈妈会向邻居借钱，他们也会向我们借钱。妈妈把钱都花在刀刃上，漂亮衣服、娱乐活动或旅游等一概免谈，不过她存下足够的钱，偶尔买冰激凌给我们吃，为每个人一年买一次鞋。她还会用晚餐时熬牛尾骨汤剩下的骨头做成玩具狗。她先把骨头放在窗台晒干，再用印度油墨画上狗脸。我常常牵着这个玩具狗，假装和它是一家人。

最后，或许是理所当然，妈妈决定离开奥奈达，找了一份稳定的工作改善生活。这是她告诉我的，那时我读高中，问她为何离开奥奈达，还有她会不会后悔。她坚定地说："离开家乡是唯一的出路。"有许多抉择令人为难和痛苦，而你却无法逃避，因为坐视不管可能"造就你也可能毁了你"。

虽然有过各种迟疑，但是1955年初夏，妈妈离开了奥奈达印第安保留区，前往犹他州布里格姆市（Brigham City）的印第安事务局（Bureau of Indian Affairs）寄宿学校任职。她借钱买了绿湾到芝加哥联合车站的巴士车票，在那里把两个大皮箱、三个大行李箱和三个子女送上联合太平洋列车，往西奔向犹他州。

我们在布里格姆市的第一个家位于南七街街角，距离联邦印第安学校的警卫室约四百米。妈妈租了加油站后面的房子，我们没有前院，取而代之的是柏油路、加油泵和一个吊钟，有车子需要服务时就会有人拉响吊钟。房子有宽敞的地下室，里面有煤仓和小地窖，妈妈用它储藏蔬菜和罐头食品。有时我们在遮蔽的后廊吃晚餐，那里的屏风上有洞，而且微微向后院倾斜。夏天的晚上，等加油站关门后，我和哥哥、姐姐还有邻居小孩一起玩"踢罐子"。我们把加油泵当作本垒板，夺得本垒时就在黑色橡皮管上乱跳，搞得吊钟钟声大作。

邻居在后院养鸡，常用一只鸡与我们交换两品脱①果酱或一夸脱②妈妈亲手做的面包奶油酱菜。他利用一块大树墩当砧板，一手提刀、一手握住不断扇动翅膀的鸡，把鸡脖子压在砧板上，"啪"的一声之后再把无头鸡丢到草地上，任它四处乱跑直到最后倒地不起。吉米和我边笑边追着"中邪"的鸡四处跑，看它双翅乱舞，跌跌撞撞地绕圈子。等一切落幕，我抓住鸡脚拎着鸡，大步走回我

---

① 品脱（pint）是容量单位，主要在英国、美国及爱尔兰使用。1 品脱在英国和美国代表的容量不同。美国有两种品脱计量单位：干量品脱及湿量品脱。1 美制干量品脱 = 550.6104713575 毫升，1 美制湿量品脱 = 473.176473 毫升。——译者注

② 夸脱（quart）是容量单位，主要在英国、美国及爱尔兰使用。1 夸脱在英国和美国代表的容量不同。美国有两种夸脱计量单位：干量夸脱及湿量夸脱。1 美制干量夸脱 = 1101.220 毫升，1 美制湿量夸脱 = 946.352946 毫升。——译者注

们除鸡毛的院子。这个工作叫人厌恶，因为鸡血的味道刺鼻，鸡毛还沾在我的工作服和衬衫上。吉米却说我是天生的除毛好手。

1955 年 11 月 15 日我在犹他州过了第一个生日。一星期后，我开始喉咙痛又咳嗽。妈妈在我的喉咙的皮肤上涂抹曼秀雷敦软膏，还让我用盐水漱口。浓厚的药膏的薄荷味有利于呼吸顺畅，可是不到几天我就发起高烧，脖子上也出现肿块。妈妈以为我得了腮腺炎，要乔安请几天假在家照顾我。大部分时间我陷入昏睡，乔安时常叫醒我，喂我小口喝汤，并在我的额头上敷冷毛巾。妈妈下班回家替我洗冷水澡、喂我吃退烧药。我听得见自己的哮喘声，特别是大口呼吸时。我不记得究竟病了几天，只记得妈妈会在午餐时间回来看我。我看得出来她非常担心，因为她面容僵硬，有时用奥奈达方言和乔安交谈。

有一天傍晚，一位提着皮包的医生到家里来，我正躺在厨房隔壁的卧室里。我以为乡下医生长得很瘦小，满头花发而且戴深色眼镜。可是这位身材高大的黑发医生双手厚实、声音低沉，语气温和却充满威严，我既畏缩又害羞，却觉得欣慰。他自称史密斯医生。

他问："约翰尼，你能坐到床边吗？"

史密斯医生触摸我的脖子、检查我的耳朵，他要我张开嘴巴，把一根超大号的棒冰木棍压在我的舌头上："说'啊'……"他一边说一边用头上戴的强光灯照射我的喉咙以便看清喉咙深处。他用冰冷的听诊器听我的胸腔，点击我的背部，还叫我深呼吸。

他说："深呼吸。再……一次。"

为我量体温时，他和妈妈低声说："白喉。"他告诉妈妈要给我打一剂盘尼西林（一般指青霉素）。我趁他说话时打量他的神情和双手，妈妈听他说话时则眉头紧锁，轻咬嘴唇。我从未听过这么复杂的字眼或医生描述我病情的语气，我敢说大事不妙了。史密斯医生表情凝重，让人心生忧虑，但他很自信，让我觉得大可放一百个心。

我专注地看着史密斯医生，他从黑色皮包里取出一小瓶白色药水，看起来犹如浓浓的鲜奶。他先用左手托住瓶子，把它倒立拿到眼睛的高度，然后将一根针插入细小的橡皮瓶颈——在我看来那根针有十五厘米到二十厘米长——再将右手大拇指穿过一个金属环，然后缓缓往回拉，玻璃注射器便装满了药水。最后，他用手指轻弹注射器，接着轻轻按压一下，在我的床前形成一道转瞬即逝的弧线。

妈妈让我趴在她的大腿上并拉下我的内裤，我身体都僵了。史密斯医生试图安慰我："现在不要动，快好了。"我感觉到皮肤被擦上湿冷的酒精，接下来右边屁股被尖锐的针刺了进去。医生很快打完针。那乳白色药水带来的刺痛感和灼热感是我没经历过的。

随后几个星期，史密斯医生打来数次电话，询问我的病情。他的笑容亲切但话不多，他走到哪里都提着一只老旧的皮包，皮包的气味介于妈妈的皮手套和药用酒精之间。皮包的上盖是弹扣式的，这样皮包可以敞开，肥胖的黑色皮包顶着一个大开口。有一天他把皮包放在我床边，我偷瞄了一眼：皮包里面有大量的绷带和深紫色的碘酒瓶。他就是用纱布垫包着医疗器材，沾这些碘酒涂抹我的喉咙。皮包里还有几瓶乳白色的盘尼西林、玻璃注射器和各种小玩意儿。我认出了听诊器，他总是最先把它拿出来绕在脖子上，就像多了条领带。有一个褐色小瓶子的盖子上到处是小洞，那是酒精分配器，他为我打针之前会用力抽取酒精，用三四团棉花球吸满酒精后，再拿来清洁我的皮肤。自从领教过盘尼西林的威力，"注射"这个词足以让我掉下眼泪且四肢僵硬。酒精分配器的气味也让我有相同的反应。

　　和史密斯医生接触的整个经历让我着迷。他的专业态度和权威、和缓的声音，他的黑色皮包里混杂的药水味、精密的器材和令我感到刺痛的药物等，所有这些一个小孩子在一名乡下医生的照顾下所体验到的，正是让我心生向往的。无论你认为这种理解多么粗浅和幼稚，整个医治过程吸引了我，在我的心灵深处播下种子，让我对所有关于医学和科学的事都充满兴趣。

　　我们在加油站租房子住了五年，直到 1960 年秋末，妈妈在东南五街找到更好的住处，距离费福砂石厂（Fife Sand and Gravel Pit）仅有几个街区，对街就是墓园。那房子不到八平方米，石棉墙壁有裂缝，屋顶用平坦的沥青纸铺成，外面下大雨里面下小雨。妈妈把防空洞式的地下室改成吉米和乔安的房间，唯一的室内水管连接妈妈房间的珐琅洗脸槽。有时候，特别是冬天，我常尿在绿色的梅森牌罐子里，不想晚上还跑到外面的厕所。

　　1962 年初夏，妈妈决定搬回奥奈达。吉米当时上初中，乔安离家到犹他州盐湖城参加圣十字医院的合格实习护士培训课程，我则刚上小学五年级。妈妈把房子关好，订了前往芝加哥的火车票和绿湾的巴士车票。她后来解释，这次搬家是为了克服单亲妈妈的孤寂和家乡的朋友重新相聚，她也希望可以在奥奈达再次谋生。大致来说，这次搬家让我们有一个共同归属的地方。我对归属感所知不多，不过身为印第安人的我们想融入广大的非印第安社群，看起来真的非常费力。

　　抵达奥奈达后，我们住在妈妈最要好的朋友普里西拉·曼德斯（Priscilla Manders）的农舍里，我从没见过妈妈这么开心。普里西拉和妈妈促膝长谈到深夜，用奥奈达语天南地北地聊个没完。奥奈达语的陌生发音有着与英语不同的音韵，我注意到某些字词的尾音会升高，而且语调的变化会影响语意。妈妈和普里西拉在餐桌前聊着大事小事，有时开怀大笑，有时黯然落泪。她们记起已去世的印第安亲戚，也回想起大萧条时代保留区的种种生活。她们说到许多家庭靠采集野莓、吃玉米壳汤和干南瓜活了下来，还有男人外出到芝加哥或底特律这些大城市讨生活，他们的家人聚在一起等他们归来，但有些人一去不返。

"那是艰辛又悲哀的日子。"我听见她们如此说，随之陷入沉思。

普里西拉开车带我们到处探望印第安族亲戚，我见到男性和女性长辈，他们用奥奈达语问候我，拥抱我。有位长辈是传统治疗师，说话轻声细语，抽着烟斗。我告诉他我也想从医，他将满是皱纹的褐色双手放在我的头上为我祷告。祷告完毕后，他从口袋里取出一个小药包，用手指捻出一小撮烟草，将烟草在我的双手间揉搓，我闻到朴实无华的香味。后来妈妈告诉我，他在我说话前就知道我想当医生，他也祝福我能用双手行善。后来每当我揉搓双手，就会把它们想成医生的手。这种感觉持续了很久。

妈妈想租个房子，因为我们实在买不起房子。她总是强调独立自主，坚决拒绝亲友的帮助或施舍。大萧条时代她已经成年，她的家人因为仰赖印第安事务局的官员而受到伤害——那些人的空洞承诺比干玉米壳好不了多少。妈妈希望得到合理的帮助，并避免依赖朋友和不可靠的政府官员。

"你别指望任何人，"她会边说边摇头，"要学会自食其力。"

某个星期五，普里西拉开车带妈妈跑遍了整个保留区。妈妈到处敲门、到处问人，找到了一小块待售的土地。那里曾是一间奶酪工厂，经营者是当地一对非印第安夫妇。工厂已经废弃了，看起来像个废墟。妈妈回来吃午餐时接二连三地给奶酪厂的业主打电话，但他不肯赊账，银行也不肯贷款给她。朋友都建议她死心，因为房子必须大加修缮才能住，妈妈却说那里有地可以种植作物，还有大量木材可以生火取暖。隔天妈妈和业主见面，给了他一百美元当押金，要求九十天保留期，保留期到了之前她必须买下或租下那里。她说服业主让她在保留期搬进楼上的房子，业主却不愿意给房子接上电，也不愿意修好供水设施。她自己盖好户外厕所，第二天我们就搬进去了。对我来说这是个了不起的想法，因为之前没人住在奶酪厂里。

一楼是旧工厂的作业区，残留的不锈钢排水管道遍及整个楼层，还有一个用来搅拌凝乳的大桶子。靠近天花板处有连在墙壁上的金属吊架，吊在上面的那些通向加工槽的软管都已破烂不堪。另外，有一道水泥斜坡本来是卡车运送生乳的专用坡道，如今已残缺不全。

生活区在二楼，通往二楼的木制楼只剩一半，我们得小心攀爬以免摔下去。楼梯尽头是个地板破碎的大房间，有座烧柴的火炉，必要时可加倍扩充当作暖炉。楼上没有供水管道，没水、没厕所，也没水槽。还有两个宽敞的房间和大房间毗邻，脏玻璃碎片撒了一地。哥哥和我打扫所有房间，把满地碎玻璃扫进桶里。妈妈借来行军床、被单和毯子，我们睡觉时就像在露营。有几个夜晚特别冷，我们就把床围着火炉摆成半圆形。每隔几天我们会去普里西拉家洗澡。

我们的空屋大冒险开始一个月后，妈妈安排了一次国庆节野餐，感谢所有帮助过我们的人。众人从中午开始陆续莅临，一直待到深夜才散去。我们用露天火炉做汉堡和热狗，朋友们带来洋葱、萝卜、熟马铃薯和芹菜。那天还有几盘辣鸡蛋、几罐不同口味的酸黄瓜、好几个甜瓜。妈妈用新鲜的手工蛋黄酱和辣椒粉制作拿手的土豆沙拉。我闻到洋葱和萝卜的味道。一整天我们都在吃吃喝喝和说笑中度过，大家坐在折叠椅上围成一圈。话题就那几个，人们穿插使用奥奈达语和英语，似乎每个故事被重新说一次就会变得更精彩。有些长辈说年轻的奥奈达印第安人加入海军和陆军并在诺曼底登陆或朝鲜战争中牺牲。他们讲述军方的葬礼和二十一响礼枪，以及母亲们收到军官送来的美国国旗和家书。长辈们一一报出奥奈达战士的姓名，并提到他们葬身的异国地名。

其中一个牺牲的奥奈达士兵叫奥立弗·伯纳德·彼屈义（Oliver Bernard Beechtree），他在 1952 年 10 月 24 日从日本发出一封电报，寄到奥奈达的药店，告诉妈妈他即将前往朝鲜，安顿下来后会尽快告知通信地址。奥立弗是妈妈最要好的朋友，若能如愿平安归来，他们或许会结为连理并共同开启新生活。妈妈听到奥立弗的名字后低头掩面强忍泪水。她先拭去几滴眼泪，随之任由泪水流下。长辈念完奥奈达战士的姓名之后，众人静坐不动，不发一语。几分钟过后，一位长辈用奥奈达语诵念祈祷文，随后唱起了圣歌。片刻之后大家再度讲起故事，擦干眼泪，恢复欢笑。

对我而言，返回奥奈达不免令我有些困惑。这无疑是一趟冒险之旅。我觉得我们永远无法真正知道何时以及何处得以安顿下来并且永远无法彻悟自己是谁或未来如何。我们回到家乡，但我不懂，妈妈似乎也不懂，归属感到底是什么，或者我们应该如何融入此地。奥奈达年长族人之间的聊天、说笑让我明白他们是一体的。此情此景让我也想分享他们的欢笑、食物、人情世故和烟草。他们对于奥奈达战士和族人充满特殊的敬意，令人动容。文化、历史和家人将我们紧紧联系在一起，那感觉如此美好！

妈妈无法在九十天期限内买下奶酪工厂，可是业主允许她继续承租，想租多久都行。我们多住了两个月，妈妈找到合适的工作和房子的愿望却不曾实现。我们重新定居的希望破灭了，妈妈整顿一切，再度离开奥奈达印第安保留区。1962 年 9 月，我们回到布里格姆市，妈妈在英特芒特印第安学校（Intermountain Indian School）

当供餐助手，我去山景小学（Mountain View Elementary）读六年级。

那一年，我读到荷马的《伊利亚特》（*The Iliad*）和《奥德赛》（*The Odyssey*），也初次观看了科学纪录片。那部纪录片是关于血液生理学的，片名是《壮丽的血》（*Hemo the Magnificent*），由好几段短片组成，介绍跳动的心脏以及红细胞如何透过微毛细血管列队流入心脏。旁白的名字是研究博士（Dr. Research）。他利用图画与卡通讲解血液、心脏和循环系统的结构与功能。整部纪录片的时长约一小时，我正襟危坐、聚精会神，一字一句都不肯放过。片尾播放工作人员名单时，我强烈向往成为一位像研究博士那样的科学家。我所感受到的不仅是一份有趣的工作，或者对未来稍纵即逝的幻想，还有像在奥奈达时接受的传统祝福。看过这部纪录片后，我迫不及待地想进入大学研究生理学、人体循环系统和医学。科学带给我伟大的美好愿景。

周末我会走一段路去公共图书馆。我告诉图书馆员将来要当医生，他们总是报以亲切的微笑，为我准备科学史的相关书籍。我最喜欢的馆员讲威廉·哈维（William Harvey）的故事给我听，还有他对于人类心脏与循环系统的研究书稿，我读了三四遍，连艺术家重绘哈维当初画的示意图都几乎倒背如流。我也阅读其他书籍，例如关于列文虎克（Leeuwenhoek）和他发明的显微镜、伽利略和望远镜等书籍。我还读了亚历山大·弗莱明（Alexander Fleming）的故事。他于1928年发现青霉素。我了解医生如何用民间疗法、草药、放血及外科手术治病，有些医生致力于探究人体的运行规律，这是最引人入胜的。我想知道医学的功用以及它如何治愈身体。

星期六上午或下午，我会从图书馆的书架上取出《格瑞解剖学》（*Gray's Anatomy*），再躲入安静的角落，尽我所能地吸收书中的知识。我不确定看到的究竟是文字内容比较多，还是精美插图比较多，那些插图有的是空隙和形状、解剖学中的复杂组织，以及井然有序的人体结构。我用指尖探寻血管和器官，那美丽的四色重叠图让我惊奇不已，我完全沉浸在人体的奥秘之中。解剖学和生理学的地位非常重要，它们决定伤害与医疗的规则，也控制皮肤的伤疤如何形成和骨头如何复原。我读得越多，越急于理解所有知识。

妈妈在我十二岁生日时买了一个人体模型给我，它叫作"可见的人"（Visible Man）。它的塑料外壳色泽清晰，类似人类的皮肤。从大脑、心脏、肺、肝、肠到生殖器官的外形一应俱全。我根据附赠的指南将各个器官涂上对应的颜色，还特别用心地用牙签沾上红色和蓝色的模型颜料，为它加入纤细的复杂血管。它的胸腔和腹腔塑料壳有重叠的耳片，轻轻弯曲就可以打开。它的肺是以双壳铰链折叠组合起来的，可露出支气管树。我想象自己是解剖师，不仅如此，我真的几乎每天都对"可见的人"进行模拟的解剖手术，将它分解之后重新组合起来。我小心翼翼和精准到位地分解、组合它，解剖次数越多，我对人体的理解越深刻，离成为科学家、医生的目标就越近。

那年圣诞节我想要一架显微镜，妈妈告诫我她买不起，也许明年她就会有更多钱。她皱着眉头说："不要泄气哦。"圣诞节的早上，我发现圣诞树下有个大盒子，她要我最后再打开。我一拆封立刻就知道那是什么，并为之欣喜若狂。原来妈妈向奥格登（Ogden）的百货公司预购显微镜，而且六个月前就交了预付金。

我把自制的细胞标本装入载玻片，花上大半天做研究。我搜集树叶、蝴蝶翅膀和蔬菜色素的样本，也会用妈妈的缝衣针在指尖扎一个洞，将血液滴入载玻片，盖上载玻片之后开始观察。强光灯的热度往往使红色细胞变干，我还来不及仔细研究，它们已经失去了颜色。为此我学会迅速操作，并且改变技术以保护我研究的各种样本。我的努力没有白费，学校的科学课老师对我在家从事的活动很感兴趣，给我事先备妥的载玻片，那是各种动植物的组织标本。我把自己的发现写进报告里交给老师，老师说我是天生的科学家，应该计划上大学。

我上七年级之前的夏天，妈妈决定在房子后面加盖一个三点六米高的建筑，还要加装地下室的封闭式楼梯、斜屋顶和室内厕所的水管设施。她已经为改建计划存了足够的钱，安排朋友的朋友来施工，每个月分期支付工程款给他，加上利息，为期一年。我免费帮忙做些零碎工作。费福砂石厂有位主管愿给妈妈一车剩下的水泥浇灌地基。他对妈妈说，他们本来打算在垃圾场把这车水泥清理掉，但反正别人都付钱了，要的话她就可以拿走。妈妈送他一罐亲手做的酸黄瓜当作谢礼。

我早年住过的房子每一间都年久失修。除了成长的不确定性，我觉得房子在某种程度上也限制了我。房子的物理实体是一回事，而在其中生活的情绪是另一回事。居住空间非常重要，我们住过的房子无一不狭小、破旧、怪异。不论是否在保留区，那些曾经住过的房子都大声宣告我们贫穷，任何人都听得见，尤其是我。年纪渐长，我随之觉察到贫穷的负面作用。从六年级到上中学，家境日益让我感到难为情甚至丢脸。我很少带同学回家玩或一起学习，而是去他们家，在他们家的院子和客厅一边吃他们的妈妈准备的点心，一边听他们说说笑笑，恨不得自己也是他们家常闲聊中的一员。然而，每晚，我不得不回到南五街，那是妈妈负担得起的住处，也是我的归属地。

我们的生活始终那么吃力，在这种背景下我却看到妈妈的倔强，她总是坚持要给孩子们一个家。从她破旧的鞋子和衣服、付账单时的斤斤计较，到开支票时务必先确定有足够的存款，处处可见她的辛苦付出。1954～1969 年，她当餐厅工的薪水从每小时七十五美分涨到不足两美元——我看过她存放在鞋盒里的工资条，工作内容包含拖地和把脏盘子装入工业用洗碗机里。她戴着橡皮长手套避免受到高热和清洁剂伤害，周末则去私人住家当清洁工。

手头特别紧的时候，她告诉我她真想一死了之，然后就躺在床上偷偷哭。我束手无策，只好牵着小狗出门，走很远去采集野生芦笋或接骨木。回家时会看见她正用缝纫机把面粉袋缝成围裙或厨房毛巾，要不就是在厨房把水果、蔬菜装罐，以备冬天食用。她抬头看见我带回来的东西，称赞它们很漂亮，还说我有发现好东西的才能。接着她会做接骨木派或蒸芦笋当晚餐。

少不更事的我无法深刻了解单亲妈妈的辛苦，直到离开家才经常反思她的生活。她忍受着穷苦，并肩负着孤立无援的沉重负担。在印第安学校的工作仅够糊口，却让妈妈对这份工作更加依赖。这跟生活在印第安保留区里非常类似，别无选择的人虽不断承受身心的损耗，却只能留下来逆来顺受。生活已经将妈妈逼到绝望边缘，这时若有人得寸进尺，她会不顾一切地反击。有一次吉米缠着妈妈想在新学期开学时买两条新的里维斯牌牛仔裤。"学校里别人都有新牛仔裤。"他吵个不停。妈妈告诉他没钱，吉米顶嘴，还说她在印第安学校的工作臭得要死。妈妈转过身，用大手把吉米抵在墙上动弹不得。

"你如果知道什么对你有好处，就别跟我顶嘴！"她用奥奈达语和英语喊道，"你不是别人，我也不是别人，我没有闲钱。想要新牛仔裤，你就自己赚钱买。"

我在沙发边上旁观，只见吉米全身发抖。屋子里的氧气仿佛被换成有毒的瓦斯，我们太用力呼吸就会没命。我看到吉米难受地吞口水，他比妈妈高，在妈妈面前却一下子变得又小又弱。

　　妈妈教训了我们兄弟一顿："钱不是长在树上的。"这提醒我俩是"一无是处"。她还说我们"从来不帮家里做事"。她对我们吼道：你们根本不懂工作让我累得像狗一样，下班还得爬回家煮饭、打扫。最后她总算放开吉米，叫我们回去整理房间，然后她扭头走向门口。她说："我去买东西，有可能一去不回。"她的声音高亢并颤抖着。

　　吉米和我都在发抖而且冒着冷汗，屋子里悄无声息，连心跳声都听得见。妈妈说的"一无是处"这句话让我很难过，我知道那是无心之言，她只是在说气话。但她不是第一次那样说，我也知道其中至少有几分真实，我们是有点一无是处。那番话是沉重的打击。我很遗憾没有更努力帮忙做家务事，也遗憾没能力照顾好自己。我领悟到，我们的生活是多么岌岌可危，自立自强何其重要。

　　妈妈总是唠叨着要我多念书、接受良好的教育。她会说："别像我一样，我只是个清洁女工。"她的话如同锯刃割开我的皮肉，让我悲伤、愤怒，想跑得越远越好。我不是想逃离她，而是想摆脱贫穷和耻辱。我讨厌那些话，一部分原因在于那是真话，另一部分原因则是它掩盖了妈妈和我的真实身份。我们固然是穷人、有棕色皮肤，而且生活压力很大。社会对我们的认知让我们不禁怀疑自己。但是"见鬼去吧"，就像我妈妈常说的，我们不是一无是处！我们传递着奥奈达战士的历史，这些战士在战争期间从军并战死异乡。故事里的祖辈们熬过了大萧条时期，靠吃玉米壳汤和野莓维生，并把求生技巧传授给子女。我们代表传统治疗者，演绎祷告和祝福，同时承担政府政策对族人造成的压力，那些政策违背印第安部落的意愿，强迫他们迁徙到别处。最重要的是：我们是一家人，从奥奈达到犹他州，我们在异地他乡的不同文化中铸下生存的轨迹。

　　我不愿意像妈妈那么穷、住在这样的房子里、总是计较着每一分钱、永远得不到好东西。我要摆脱贫穷，过上向往的生活。我全力以赴，在三十年里不断挑战极限，最后成为医生，完成儿时的梦想，却也在奋斗过程中发现一个矛盾的现象：我尽自己所能地不要和妈妈一样，事实上却更像她了。我学会重新界定自己的宿命，让自己成为有用的人，督促自己百尺竿头更进一步。当我终于如愿以偿，那一道清晰的边界就在眼前，两边的方向同样可见，而我举步向前，跨过了边界。

边界层

整个中学期间，妈妈不断告诫我要"出人头地"。她常说："你必须受教育。"严厉告诫之后是叱骂。她相当重视学做生意或从军，觉得我可以学到特定技能，这两者就是她的经验和对我的期望。我猜想，妈妈的思考模式源自其他离开保留区的印第安家庭的切身经验。他们强调的谋生之道是从事基层职业，即学做生意和进入劳动力市场。印第安人想在非印第安人的世界功成名就，必须对于教育、未来职业，以及自己在美国主流社会的生活具备非常与众不同的信念。改变并克服根深蒂固的保留区世界观并非易事。

有鉴于影响因素如此之多，受高等教育的机会何其渺茫，我很难预想自己如何排除万难才能进入大学，但我做到了。我被犹他大学（University of Utah）录取，在1969年夏季入学。我离家那天早上，妈妈把一个信封塞到我手上。信封里面装了60美元，是家里大部分存款，可以支付我两学期的学费。

迎新周我在招生表中勾选了"医学预科"，这将决定我的学业顾问是谁。他是一位化学专业的教授，在第一周主持了一个咨询活动，参加的医学预科学生有十二到十五人。我记得他的第一句话是："读医学预科的目标太梦幻。"他建议我们选一项主修科目，例如化学、生物学或工程学，为将来在这些领域找工作做好准备。他警告道，我们大多数人进不了医学院的大门。

我选择化学作为默认主修课，因为它涉及很多数学科目，而我对工程学不太感兴趣。生物系另行指定了一名学业顾问，是一位专攻植物生理学的植物学家。新顾问看起来平易近人，不像前一位化学专业教授泼人冷水。他叼着烟斗，态度和蔼，问了些笼统的问题，例如姓名、高中修过哪些科学课程、未来计划等。他问到我的种族背景，我答美国印第安人，来自威斯康星州奥奈达部落。我们聊了一些本土文化，他有远亲娶了印第安女子，还说我们的文化遗产不少。他询问我的数学知识和高中成绩，发现数学是我的弱项。他问了一个尖锐的问题："万一进不了医学院，你打算读什么专业？"我哑口无言，从未想过这个可能性。他还在等我回答。"我……我……"我终于结结巴巴地说，"生物学吧，我想。"

他用烟斗指着我："生物学不是职业，它是学术领域。植物研究是职业，森林学是职业，但生物学不是。"

他看看我的课表，认为那些全学年型的课程负担太重，对大一新生而言密度过高，我必须从化学、数学或生物学课程中退掉两门。他安排我第二天去见印第安学生顾问。

印第安学生顾问是纳瓦霍族①人，拥有社工硕士学位。他说没有印第安学生念他所谓的"硬科学"。他说："我们在社工和教育领域的表现比较好。"即使我已修遍高中的科学课程，但是他仍然觉得那不足以应付大学程度的科学课程。他告诉我医学预科的退选率非常高，无关种族背景，并认为我应该认真选择主修课并且有备选方案。他问我高中时有没有做过兴趣量表和职业取向测试，我说有，得分显示我应该当水电工或"其他"，并说我认为"其他"的意思是成为医生。他轻轻笑了一下，说他的测试结果也不好。他查看我的课表，

---

① 纳瓦霍族是美国最大的印第安部落。——译者注

同意生物系顾问的看法并用红笔删除了数学课和化学课。离开他的办公室后，我前往注册组退掉化学课，但保留了数学和生物学课程。

学业顾问们说得对，我的大学生活迅速被学业灾难和社交干扰搞得一团糟。我企图同时掌握两门全学年课程，却缺乏严格遵守读书计划的自律能力。我们解不出数学题，而负责指导的研究生助教的外国腔很重。生物课则是复习我高中学到的知识。总之，自然科学的相关课程变得索然无味。我经常到处鬼混、不交作业，大学里有好多聚会可以参加、好多球赛可以看，还有周末可以让人消磨时间。

正如我的第一位学业顾问预测的，果然不到一年我就放弃了医学预科。我是谁？我该往哪里去？困惑刺痛了我。不念医学的话我该念什么？大二那年我差不多在茫然摸索中度过，主修课从心理学到法律预科再到音乐，一变再变。我上了三个学期音乐主修课，研读乐理和爵士乐作曲，因为不会乐器，必须多修两学期小组钢琴课。我学会了弹奏钢琴，为了炫耀还用左右手各自弹奏一个音阶，总共四个八度音，有升有降，这就是我仅有的音乐天分。等我觉悟到自己的音乐专业前途无量后，决定务实地主修商科，大三时改去商学院上课。

同一年，我开始和科林·安·麦卡斯基尔（Collin Anne MacAskill）交往。她是来自宾州阿勒根尼学院（Allegheny College）的转学生。科林是稳重和务实的完美结合，她把大学生活安排得井井有条，比我更留意各种细节与规则。她父亲是职业海军军官，曾经参与三次战争；她哥哥在越战中也是海军。她深知纪律和规则为何物，却同时保有率性，让她显得活泼、愿意冒险。若非如此，她也不会看上我。以科林所受的教育来说，她实践基督教信仰的方式违反了长老教会出身的传统规范。她从事校园传教，鼓励学生培养同情心。她将宗教信仰当作生活核心，却又不是宗教偏执狂，这一点深深吸引了我。科林主修娱乐治疗，也就是以自然的方式协助人们满足喜悦和陪伴的需求。这是她的天赋。

我们的初次约会是在音乐课程快结束时。我的乐理课作业是在欣赏犹他州交响乐团的演出后，完成并上交一篇评论，算是对于免费门票的回馈。我邀请科林同行，她接受了。我们的座位在音乐厅后方，前面刚好是大理石柱，我问她是否介意坐到柱子后面，因为我得观察音乐家的表演才有办法写报告。她杏眼圆睁，但同意了。第一次约会后，我们接二连三地约会。这可真是奇迹！我们在1972年（大四那一年春天）结婚了。

大学最后一年，我尝试把当职业军人作为商学和医学之外的职业选择。几位大学同学加入了空军或海军的预备军官训练团，谈起军人生涯和未来的发展机会时，他们个个热情洋溢。我向军方的驻校招募人员请教在空军的服役机会，他对我展开一系列筛选面试并给了申请表。我符合所有要求，计划拿到商学学士后直接加入军训团，然后再前往飞行学校。我有可能会被派往越南，驾驶喷气式飞机从航空母舰上起飞。

岳父曾经在南太平洋、朝鲜和越南参与战事，他建议我评估职业军人的风险，希望我不妨考虑其他选择。这让我很犹豫。岳父是海军上校，我只是和他女儿结婚的大学生，我想他对于海军以及目前越南形势的了解更胜于我，我选择听从他的意见，决定从商。不久后，我的工作变成在盐湖城国际机场兼职，职务是为喷气式飞机加油与停放商用飞机，领取最低薪资，没有福利。科林和我住在十一平方米的地下室公寓里，月租一百美元，用一辆 Plymouth Duster 中古车代步，过着月光族的生活。我们想改变这种情况，想得到更多。

犹他大学有人力资源管理硕士班，课程内容专注于商业中的人力端，一般 MBA 课程所需的数学和金融知识全部降到最低，有大学商学文凭的人只需上一年的课。我在秋天注册，我们的生活开销全部依靠科林的收入。实习期间我在大学打工，同时继续做机场的兼职工作，每隔一周的周末去一次。1976年夏天我完成了学业，商学硕士文凭很好用，我可以找到待遇不错的工作，但我不想一辈子就这样过。一如完成大学学业时，我把成为医生的梦想塞进潜意识的"储藏柜"，全力从事务实的职业。每当我"扮演"商业人士，都会走近"储藏柜"，望一眼那积满尘埃的梦想，那个做医生的梦想。我有两个梦想：一是过宽裕的日子，二是做一名医生。

硕士文凭到手后，我在IBM找到一份营销工作，同时获得搬迁的机会。科林和我选了阿拉斯加的安克雷奇（Anchorage），于1976年秋天卖掉那辆Plymouth Duster，换成一辆全新的International Harvester Scout，开上高速公路前往新家。在阿拉斯加的第一年我们买了新房子、越野飞机和露营车，周末就去露营、垂钓。1978年1月，我的大儿子贾斯廷出生，那年夏天我们用后背式婴儿椅带他去钓鲑鱼。我们到处徒步、打猎，一边工作一边做梦。

我学会撰写年度营销报告，详列未来一年的商业目标和个人目标，以及达成目标所需的必要步骤。这是IBM训练与商业文化不可或缺的一部分。每一年我都在计划的开头写下"去念医学院"，然后赶在经理审阅之前把它擦掉，用其他真正的商业目标取代。一想到这些举动，我就明白自己的未来依旧是不稳定的。在阿拉斯加生活的那三年里，我提交的计划生效，赢得了很多营销奖章。在IBM的成功让我平步青云，我却发觉自己想要的东西不是这个。我知道自己要的是什么，正是那被收藏起来的梦想，它依旧存在。

我接受了营销部门的升迁机会，1979年春末搬到芝加哥。几个月后我明白了一件事：新职位缺乏在阿拉斯加的营销工作机会。次子达伦于同年9月出生，我的心思随之转向家庭和为人父的责任。我想做医生的念头依旧挥之不去，却显得如此不切实际、遥不可及。我错过医学院最佳入学年龄至少十个年头了，而我的收入和工作机会也不能成为梦想的牺牲品。

年届三十、已婚、育有二子，我决定务实些。我想继续深造，想以学术工作替代医学梦，这样就算学术工作无法如愿，学历仍可作为秘而不宣的手段，或许能在申请医学院时提升我的入学资格。科林并不知道我的想法，我怕她会发现我的未来依然摇摆不定。我同意她的看法，认为学术工作可以成为我的挑战，还能为家庭成员带来稳定感。

我在明尼苏达大学（University of Minnesota）的指导老师是查克·曼兹（Chuck Manz）教授，他的研究和著作是关于自我管理的。曼兹教授年轻有活力，督促研究生的做法特立独行，正合我意。我的研究计划主题是压力生理学和工作绩效，他认为这个主题比一般的商学研究计划更独特。在他的指导下，商学院批准了我的非传统博士班研究计划，与医学院的公共卫生学系课程结合进行。该学院的秋季班开设了职业医学这门课，由罗伯特·维宁加（Robert Veninga）教授讲授，授课对象是预备进入公共卫生领域的医生和研究生。我认为这门特殊课程是我研究计划的核心。

上交学期报告后，维宁加教授找我去办公室，开口就说："好论文。"他提出了可追踪的研究问题，以及针对论文中创新观点的重要性的整体评语，然后他说了一句话，让我大吃一惊。

他说："你应该考虑研究公共卫生或医学。"

天呐，我一直在等这句话。这正是我想做的事。想起孩提时奥奈达的传统治疗者赐予的祝福，我立即意识到：在他的"医学"一词中潜藏着可能的现实。我的医生梦在大学时落得一场空，从此化为迷离恍惚的影像，如今我觉得又和医学有了联系。

我响应维宁加教授时努力装出研究生客观且具有批判能力的样子，以若无其事、漠不关心的态度提到曾经想念医学院。其实此时我感觉就像是文艺复兴时期的威廉·哈维亲自为我打开了意大利帕多瓦大学（University of Padua）医学院的大门，并对我说道："请进，我们恭候多时了。"

一离开维宁加教授的办公室，我直奔商学院与曼兹教授商谈。我告诉他想转换研究方向，改读医学。他笑着说不意外，还说我会是位优秀的医生。他让我留在商学院担任一年助教，这份帮助更加确保我能走上圆梦之路。我也需要曼兹教授的鼓励和支持，他的帮助让我更容易找到研究医学的方法。

接下来两年间，我研读申请医学院的必修学科，上化学、物理和生物化学课，参与研讨、做实验，常常忙到大半夜。我翻阅细胞生物学和生物化学课本里的图片，被细胞结构之美和生物化学的复杂性迷住了。

1981 年 9 月 1 日，科林生下女儿乔丹。乔丹天生主动脉瓣狭窄，必须动手术。她两岁以前，每个月我们都在儿科和心脏科专家办公室待好几天。我们的生活无法计划，也不可预测，女儿的健康和我们的未来同样渺茫和不可知。后来乔丹在两岁半时动了手术且恢复良好，没有并发症。

我们全家的生活压力很大，我仍继续准备进医学院，同时在明尼苏达大学及圣保罗的贝塞尔学院（Bethel College）任教。科林想知道若我不再教学，我们怎么养活孩子？她忧心着未来和财务问题，而我没有答案，或许也不需要答案，此时此地唯有信心能让我们克服万难。我向她保证进入医学院这条路行得通，现在不做将来肯定后悔。

我们不时吵吵闹闹，双方都有怨怒、困惑，而且无法克制。有时我们互相咆哮，有时又相拥而泣。我认为她不懂我的毕生梦想，而她气我不体谅或不在乎她的感受。我告诉她，我希望一家人生活得更好，她反驳我只是想要自己更好。我们偶尔会冷战，有时彼此心照不宣。我们蹒跚跋涉，时进时退，两人都是惊恐与希望交杂，举步维艰。

递交医学院申请书之前，我前往明尼苏达州罗彻斯特的梅奥医学院（Mayo Medical School）拜访院长罗伊·罗杰斯三世（Roy Rogers Ⅲ）博士，讨论我的申请事宜。我从电视上得知一位罗伊·罗杰斯，不知道他们是否为亲戚，也不敢多问。罗杰斯博士向我保证，我的条件足以在第一阶段筛选中脱颖而出，而我在申请前不辞辛劳专程拜访也让他十分感动。大约一个月后，我收到梅奥医学院函复的面试通知，我喜出望外，充满期待。我把面试时间安排在一月底，面试当天早上有一场暴风雪来袭，冰封了所有道路。那时我们住在明尼苏达的苹果谷（Apple Valley），开车到罗彻斯特通常需要两个多小时，我早上六点就出发，以便从容抵达。出门时的温度是零下二十摄氏度，九点半抵达罗彻斯特时已经是零下三十摄氏度，呼吸时鼻孔仿佛被冻住了。

就在我出发之后，一名招生组职员打电话到家里，建议我不要出门，面试时间可以另外安排。但为时已晚，我已经在他们的医学图书馆取暖了。最后我按照约定在十点半进行面试，由罗杰斯博士接待，我告诉他即使暴风雪也无法阻止我进入医学院，他笑了，递给我一杯咖啡。面试时间全程将近一小时，下一位申请人因为天气之故取消了面试，让我获得了额外的时间。

面试结束后，我花了将近二十分钟清除车身的积雪并热车。返回苹果谷的路上我把收音机开得特别大声，因为自信和轻微的兴奋感，我开得似乎也有点快。我又笑又唱："哇哦！我要上梅奥医学院啦。"

　　招生面试后两星期，我收到了梅奥医学院来函。我把邮件拿到楼下的临时书房独自拆阅，同时注意到手里的邮件很轻。我听其他医学预科生提过，轻薄是因为邮件里没有包含"入学须知"，表示你被拒绝了。我不禁犹豫起来，双肩紧绷，呼吸停顿。最后我小心翼翼地开启信封、抽出信纸、展开，只见开头几个大字写道："恭喜你，我们很高兴……"我喘了一大口气，不断大叫，心情久久不能平静。我把那封信一读再读，特别是开头那几个字，医学院入学考试的书籍堆在地板上，我随手拾起一本，一边翻动书页一边开怀大笑，接着站起来大喊："我被梅奥医学院录取啦！"本来我可以在1984年秋季入学，但后来念的是1988年班。上梅奥医学院真是一件又棒又吓人的事，我终于梦想成真，要当医生了。

　　开学前一天，我花了将近三小时勘察梅奥诊所与附近普拉默大楼（Plummer Building）的各个厅室，普拉默大楼内有医学图书馆和数以千万计的医学期刊。我在医学院每间演讲厅里挑几个不同的座位试坐，前面一排、后面一排，想找到视野最佳的座位。我跑去学生中心确认邮件信箱上有我的名字，没错，半小时后再确认一次，名字还在。解剖学大楼四周围绕着花圃，我跨过它们，任手指在风化黝黑的砖墙上徘徊。我想让医学穿过我的皮肤，充斥我的身躯。我想让知识变成我的氧气。

　　我继续进行探索之旅。走回普拉默大楼，搭乘电梯到十五楼，那里收藏了医学文物。我向图书馆员说明自己是医学院新生，热爱阅读威廉·哈维和古典解剖学家的作品。我甚至还没开口问，她就主动向我展示几幅原版的手绘图稿，出自馆藏的最早期解剖学书籍。我们进入严控湿度的内部藏书室，她把一本古书放到巨大的橡木桌上，那是原版的安德雷亚斯·维萨里（Andreas Vesalius）的大作《人体的构造》（*De humani corporis fabrica*），书页脆弱泛灰，上面有印刷者标记的 1543 年。上头的油墨看起来只是稍微褪了色，手绘图上方则轻轻飘散着古董纸张的气味。我凝神静观，仿佛冥想一般。我在若有似无点头称许时，其实精美的绘图和悠久的历史早已让我着迷，但我极力克制，不显露情绪。馆员说我可以在开馆时再来，甚至还告诉我古籍研究课可作为选修课。我离开时已彻底折服于医学研究的伟大。

一如所料，解剖学是我的最爱。这门课详述人体构造的各个层面。我可以学习所有骨头、器官、细胞，以及它们和整个躯体的解剖关系。解剖学是生物医学的基础之一。解剖学教授是卡希尔和卡麦克尔两位博士，他们并没有给研究生讲课，但是亲自主持所有指导工作，用彩色马克笔在白板上描绘令人赞叹的人体细节，接连数小时不停歇，连午餐时间也用上了。我也尝试在笔记本上模仿他们的绘图。卡希尔教授强调凭记忆画出解剖关系的能力，认为艺术技巧姑且不论，能画出解剖细节的学生才算真正了解人体构造。

医学院图书馆收藏了无数实物尺寸和缩小的人体模型，我逐一端详，有时会将它们拆解再重组，只为了感受器官的形状和大小。我偶尔会想起童年时的"可见的人"，那些午后时光尽是消磨在分解和组合之中，学着认识所有部位。

病理学课程有为期六个月的选修研究单元。我接受讲课教授班恩博士的建议加选，他经常说医生如果能掌握疾病的病理学基础，诊断和治疗时更能得心应手。这正是我想要的。课程包括在尸体解剖及外科病理学部门实习，我累积了成百上千小时的经验，彻底分析全套器官和与之对应的组织标本。我通过系统、器官和细胞研究疾病，从每个层面确定死因。我遇到过一个极为困难的个案，解剖对象是死于住宅火灾的少年。她先逃出屋子，呼叫邻居通知消防队，再奔回火场营救母亲，最后却与母亲一起死于浓烟呛伤。那是我第一次接触横死，尤其触目惊心。虽然我已在病理学课见过其他死亡案例，本案的死者却特别悲惨，因为她们死得何其冤枉。

研究生物医学让我乐此不疲。以此而论，研究临床医学反倒让我的学术热情降温。临床医学需要的知识截然不同，它专注于活人以及威胁他们自己和家人生命的病痛。教科书里并没有提到患者所感受到的痛苦，以及他们会将心境转移到医生身上。患者怀着恐惧、怒气和泪水而来，他们需要答案、希望并看到药到病除的效果。为满足患者的需求，医生不只需要说明疾病与后果的相关事实，诊断和病情预判的生硬信息固然重要，但患者也需要医生表现出同理心，至少为他们打打气。

该如何回答患者的问题，在课堂上是学不到的，这种学习体验来自病房、手术室，还有与患者及家属在难熬时刻的交谈。这里看不到课堂与实验室的兴奋。医生遇到罕见疾病或初次发病的个案时固然兴奋，但目睹病人饱受疾病与创伤折磨是另一种感同身受的痛苦。如果想成为杰出的医生，必须学会与患者一同承受痛苦。

在临床课轮班中，我提高了记录病历的技能以及学会了如何进行彻底的身体检查。我额外花时间待在儿科、外科和内科。我和病人谈论他们的诊断与病情预判，目睹他们努力求生，看到有些人痊愈，有些人病逝。追根究底，我在临床实践中学到：临床医学并不只是研究另一种医学，更是化身为另一种人，一名治疗者、一位医生。

临床训练的三年里，我学会和患者靠近，表达关切和同情；我也学会保持超然态度，以从当前诊治的患者身上转移到下一名患者身上；同时深刻理解医学也有爱莫能助之处。在这方面，我的第一次心得来自罗德斯博士指定的个案。她是位儿科医师，指定我追踪一名个子很小、脸上有雀斑的十岁女孩。小女孩罹患白血病，戴着蓝色头巾隐藏化疗后的光头，我和她与她父母相处了数个小时，写下满满的笔记。我读遍期刊上最新的白血病论文，对儿科肿瘤专家提了很多问题，在医疗计划里详列临床最佳疗程。我采取的治疗方式似乎有了效果，但一个星期后小女孩却出现败血症，在半夜去世。此一逆转让我无比震惊。我觉得自己至少必须对后果负一点责任，应该能够避免不幸的并发症才对。我以父亲的角色处理这一事件，想象若是自己的孩子死于癌症的感受。就在那一瞬间我了解到，身为人父让我成为更有同情心的医生。罗德斯博士看见患者之死对我的影响，说我们身处医治患者的情境，务必注意情绪，不能只想着去世的患者。身为医生，我们不能向绝望屈服，而且我们不是患者的亲友，我们是医生。

身为医学院的学生，初次加入临床轮班时，我以为自己会是在病床边带来希望和解药的医生。有时确实如此，有时我只是带来安慰的医生，而且必须能同时满足患者和我自己的需求。而这才是成为医生的真实历程，它是谦卑的、惊恐的、沉重的，也给你带来愿景、挑战和成就感。

我读梅奥医学院第一年的1月，科林怀孕了，她的预产期刚好与我第二年的妇产科轮班的时间重合。接近预产期时，我问她和我的妇产科指导医生，是否可以让我亲自接生。1985年9月22日，科林的分娩进程很快，一早就被护士用轮椅推进产房。我全身消毒后进入产房，妇产科医生为我讲解接生过程。身兼父亲、医生和丈夫三重角色让我觉得有些矛盾。我知道科林希望我在床头陪她，我也想与她共同迎接新生儿，用父亲的手抱住她，但是身为医学院学生，我也渴望体验临床的兴奋和获得实际经验。

我忙着接生：帮新生儿把头探出、吸婴儿的口鼻、让妻子再用力一次，然后等到婴儿完全生出来。我甚至忘了宣布新生儿是女孩，最后才由妇产科医生笑着代劳。我切断脐带、夹紧，把女儿交给护士。我还记得自己颤抖了一下，不是因为恐惧，而是又一次当爸爸的喜悦。身为人父，我非常骄傲；身为人夫，我却稍感内疚。我想在各个角色之间顺利切换、同时胜任，但不确定是否面面俱到。然而，就在二女儿出生那天，我既是医生、父亲，也是丈夫，同时分饰三角。我表现得不错。

贾斯廷七岁、达伦六岁、乔安四岁，他们都很高兴多了个妹妹。儿子们想为她取名赫特人贾巴（Jabba the Hutt），和《星际大战》里的角色同名；乔安选了一个《小马宝莉》（*My Little Pony*）卡通的名字，最后我和科林给小女儿取名凯特琳·玛丽（Katelyn Marie）。凯特琳出生隔天，我们在沙发上拍全家福，她全身仍然偏粉红色，带着皱褶。达伦笑得很粗犷，乔安则抱着小妹妹。

科林在家教养孩子，家庭生活步入正轨。我们偶尔出门钓鱼或野餐，男孩们每星期上一次钢琴课，也会参加教堂的阿瓦纳社团（Awana Club），他们喜欢那里的游戏、《圣经》故事和趣味活动。孩子们特别喜欢"假期《圣经》学校"。这个学校也让科林能拥有最迫切需要的休息时间。

很多个周末，科林独自一人带孩子，因为我得值班或读书。她提醒过我，周末她很辛苦而且有时觉得孤单，因为大部分家庭在周末放松和休息，她却经常一个人，必须陪孩子们玩、管教他们、喂他们吃饭，还要保有自己的空间和理智。正如我不懂我的单亲妈妈所面对的困难，我也无法了解妻子的情绪和身体损耗，科林在许多方面像个单亲妈妈那样挣扎着过日子。

1988 年 5 月，妈妈和科林的父母都来参加我的毕业典礼。妈妈从盐湖城乘飞机前来，穿着她最爱的棕色连衣裙，佩戴绿松石和银色南瓜花项链。她穿了一双褐色的平底皮鞋，那是为毕业典礼特地买的。这是她第一次乘飞机，她说这次来想看点特别的。妈妈在印第安寄宿学校做管家与餐厅工，一直工作到超过七十五岁。妈妈不会开车，都是走路上班，她很适合小区里的生活，有一年参加巴克斯·艾尔德县（Box Elder County）博览会，以手工玉米壳印第安娃娃赢得了蓝丝绒奖。每年冬天她都会制作夸张的被子，夏天则做桃子酱和酸黄瓜。她也带了一罐桃子酱当作毕业礼物。

毕业典礼在罗彻斯特市民礼堂举行，我的家人和岳父母坐在前排。开幕致辞过后，院长开始唱名颁发文凭，观众报以热烈的掌声。毕业生大多面带笑容，也有人不禁潸然泪下。典礼接近一半时院长念到了我的名字，我走向舞台时看了家人一眼，孩子们在笑，乔安在挥手，我也向她挥手，妈妈看起来相当严肃。舞台中央是医学院院长富兰克林·诺克斯（Franklin Knox）博士，以及两位副院长罗伊·罗杰斯博士与杰拉德·皮特森（Gerald Peterson）博士，他们给我颁发文凭，向我祝贺，然后和我握手。我三十岁，1988 年 5 月 21 日，在那短暂的一刻，我成为梦寐以求的医生。就在正式授予学位的那一刻，我不停对自己说："我办到了，我办到了。"

随后的餐会里，妈妈把我拉到一旁，将一只古色古香的镶绿松石银戒指塞到我手中，热泪盈眶地用奥奈达语说："上帝保佑你。"还说她觉得无比自豪，有时甚至想捏自己一下，好确定自己不是在做梦。我笑着对她说："确实曾经是梦啊。"

那天，我一次又一次打开装着梅奥医学院文凭的特别卷夹，上面印着我的姓名，随后是"医学博士"几个字。我陷入沉思，想到自己能成为医生是多么幸运，幸亏有孩子们和妻子这一路的支持；我也想到已经离出生地奥奈达印第安保留区如此久远。我记起了第一次和吉米骑割草机、童年时第一次看医生，想起犹他州的乡下医生和乳白色的盘尼西林，忆起奥奈达传统治疗者祝福我用双手行善。我对自己说：我会用双手行善。

第二部
战 斗

61N

　　1991 年 1 月 "沙漠风暴" 行动开始的第一天，电视新闻充斥着绿色冷光的夜视影像，显示伊拉克全境的地面目标陷入火海，那是建筑物遭受巡航导弹和喷气式轰炸机攻击的结果。新闻记者描述空袭造成的震惊和恐慌时，我正在艾奥瓦州迪比克市（Dubuque）的芬尼医院（Finley Hospital）值班，和护士们一起在休息室看新闻。夏琳是曾参加越战的护士，她说这场战争大可不必发生，随后就转身去照顾病人。另一名男护士是预备军人，他说空军非常神勇。他或许说得对，我继续观看电视里怀疑和信仰交错的画面，好奇 "沙漠风暴" 行动会不会成为另一次越战。

　　在这之前的几个月里，我收到国民警卫队（National Guard）的大量宣传册，宣传医生从军的种种福利。宣传册展示了军医背负着医疗设备从山腰俯冲下来，野战医院的图片则显示战场有创伤小组、救护后送直升机和夜间救援行动等，其中一本小册子宣扬以飞行医生为职业的优点，包括在飞行外科学院受训和战场中的冒险人生。这些信息的重点在于，军方提供的医学实践可以让医生的医术更上一层楼，他们也正在招募勇于突破的医生。翻阅手册时，我深深觉得军方窃听了我的想法，感觉这些是为我设计的。

　　从医学院毕业后，我在威斯康星州的马士菲尔德诊所（Marshfield Clinic）实习。实习结束之后举家迁往艾奥瓦州，在艾奥瓦大学医院（University of Iowa Hospitals）接受为期一年的培训，并于 1990 年开始我的急诊医生生涯。我加入了急诊协会（Emergency Practice Associates），在艾奥瓦州各大城市［如德梅因（Des Moines）、迪比克和滑铁卢（Waterloo）］的医院工作。如有需要也会在小区诊所服务。我每个月尽可能安排十几次全天班，偶尔穿插半天班。值班次数再多，我也照排不误，因为严重创伤和需要心肺复苏的病人让我义无反顾。即使不在急诊室当班，我也会教授其他在职医生高级心脏救命术（ACLS）。医治重症患者是我的天赋，我热爱这份工作而且表现优异。我变得迅速、果断与博学，在大医院有了"创伤治疗犬"（trauma dog）的名号。

果断和博学并不会自动转化为救命仙丹，无论我止血或矫正心律失常的动作多么敏捷，病人依旧会死亡。病人去世时，我往往遗憾没能多做一道程序、多输一单位血或最后再施打一剂药物，因为或许这些能带来奇迹。每当我宣告死亡时间，总觉得自己被人愚弄了，就像是在玩一千片拼图，关键的那一片却被藏了起来。不同的是，对拼图游戏失败的失望是短暂的，与拯救性命却徒劳无功的巨大打击有着天壤之别。在急诊室去世的每一名病人提醒我：死亡的风险无处不在。

治疗重症病人有时需要处理悲剧的后果。病人去世后，我得告知家属并试图说明他们所爱之人去世的过程，眼睁睁见证他们的身心同时崩溃，仿佛惨遭飓风蹂躏。我想更靠近他们，以缓解悲伤的打击，但我做不到。当他们调整情绪离开医院后，我则背负起他们的悲剧，如同这些悲剧发生在自己身上。事实正是如此。

即使急诊医学很重要，它也有十分平凡的一面。值班时，我常常将大部分时间花在诊断一般感冒、轻微割伤、肿块、瘀伤和进行预防性药物治疗上。急诊室常被有轻微病症的病人挤得水泄不通。

为了保险起见，他们需要接受"医疗检查"。基于医疗法律的规定，病人需要进行全面的 X 光检查和实验室检测，而且要有完整的文件记录。那些病例狠狠折损了急诊医学的挑战性与刺激性，也让我深感大材小用。每个月累积的病例有令人振奋的，也有极其无聊的，而后者减损了整个急诊室的经验值。有些医生会因为这个理由离开医院，但那不在我的考虑之列。陆军和他们提供的机会似乎是一剂良药，何况我如此渴望和重症伤员有更深入的联系。

"沙漠风暴"行动开始的第二天，我致电艾奥瓦州国民警卫队的医疗招募人员，询问是否需要急诊医生。招募人詹姆斯·雷格（James Regur）少校向我确认仍有缺额，安排第二天与我在艾奥瓦州的"乡村餐厅"会面。他正午时分就到了，身穿深绿色的陆军军服。我们在角落就座，我最先注意到的是雷格少校快速又简洁的说话方式，像个神经质的人，但他的肢体语言十分自制。他比我想象的要老，而且瘦削得多，头发稀疏，戴着过大的助听器和厚厚的眼镜，我好奇他是否拿过步枪。雷格少校的黑色公文包塞满了医疗队的宣传册，就和我在信箱里收到的一样。他递给我几本，开始说明艾奥瓦州国民警卫队的需求，也谈到了各种福利，例如公费参加医学会议与二十年后即可退役。他强调我必须通过体检和体能测试，我说没问题。他也提到我需要年龄豁免，因为我已经超过了招募的年龄上限，而年龄豁免会稍微拖慢我的申请流程。

"我们很欢迎急诊医生，"他说，"如果你没有健康问题而且能跑三公里、做二十个俯卧撑，我们随时接受你的申请。"

回家后我向科林提到和国民警卫队医疗招募人员的初步讨论，看看是否有加入的"可能性"。她盯着我看，说这不是个好主意并且认为那个职位不适合我。

她问："你真的需要去军队行医吗？"她的态度让我开始想辩解。

"这是我一直想做的事。"

我联络招募人员之前没有先和她讨论，这让她很失望，我则向她保证这只是初步行动。我用"初步行动"当托词，避免她认为我在做重大决定时将她蒙在鼓里。科林很清楚我的伎俩，但我还是脱口而出，目的是让她觉得，我不是贸然冲入未知的领域。

雷格少校凑齐我的申请资料时，"沙漠风暴"行动已接近尾声，我决定搁置申请。少校和我保持联络，常寄来陆军在创伤与飞行医学方面的信息，全是关于特殊训练与研究机会的。我一次又一次阅读宣传册，内文的每一个字、每一张图都让军事医学看起来充满了刺激，仿佛位居重症照护和创伤研究的顶峰。相比之下，从事民间急诊医学显得了无新意。

科林深知我对急诊医学的爱与恨让我疲惫不堪。偶尔长时间轮班回家后，我会告诉她除了处理耳朵感染和感冒以外无所事事，我需要在有更多重症创伤患者的环境里工作。她看过我留在厨房桌上的陆军宣传册，1992 年 7 月，当我告诉她想再尝试申请军医职位时，她并不意外。

有一天我下班后，她说："我知道你在急诊室不是很开心。你看军队怎么样？"

"我只想有别的选择，搬到创伤中心对我们家来说不切实际。"

她回答："对。"

"国民警卫队或许是个挑战。"

"为何你总是需要挑战？"

"我不是，"我反驳道，"但把一大半时间浪费在急诊室，那不是我要的。"

她重申担心我在军队里的适应问题，还强调这会影响我陪伴家人的时间。她说，以我的年纪来说在军队起步已晚，我将来永远都得听命于小我十几岁的长官。在她眼中，比起我在医学院的经验，在军队里，年龄差距更是个问题，我一辈子都会不服气。我回答她不论在哪里工作，我都是年纪较大的新医生。我需要的是更多医学挑战，但不想搬去大城市的大型创伤中心，因此觉得国民警卫队是兼职的好选择。科林也在乎军阶问题，怕我无法接受高龄却低军阶的情况，我则告诉她那无所谓。不论她说什么我都对答如流，她几乎要发飙了，告诉我做事要三思，而我说自己已经认真考虑过了。

签署艾奥瓦州陆军国民警卫队的申请书时，我四十二岁。雷格少校祝贺我并安排我和肯特·弗里兹（Kent Frieze）中校进行初步筛选面谈。弗里兹中校是第一一三骑兵团的司令官，该团以驾驶坦克及老式眼镜蛇和休伊直升机为主，有一部分直升机和飞行员曾经参与越南的丛林战，目前缺少一名随军外科医生。我对骑兵团所知不多，只知道他们和印第安人打过仗，招募一个部落监视另一个部落，也知道卡斯特将军和第七骑兵团在大小角战役（Battle of the Little Big Horn）中被歼灭一事。

骑兵团总部设在德梅因的道奇营（Camp Dodge），弗里兹中校的办公室位于总部大楼的角落里，桌子后方的墙上挂着金线编织的黑色牛仔帽，正面别着阶级勋章。他中等身材、国字脸，样貌与我想象的骑兵团军官一样。

他说："你比大部分应征者年纪大，为什么想现在加入国民警卫队？"

相同的问题科林问过好几次了，我都能自信满满地回答，此刻面对高阶军官我却迟迟难以开口。我究竟为何加入警卫队？军旅生涯与我何干？军队只不过是我满足需求的另一次尝试？

"嗯，我进入医学院的时间稍晚。"我说。随之简要交代了进医学院的过程，再将话题引向飞行员。我说："我曾计划加入海军

并成为飞行员，后来改变了心意，但始终希望有朝一日可以
从军。"

我说一直想参军其实并不尽然，那就像闲聊时突然冒出来的
话，未能更正罢了。我之所以重新考虑从军，是因为急诊医学让我
在完全满意和极度沮丧的两极之间拉扯。但我并没有对弗里兹中校
说这些，反倒解释了年岁无法阻挠我的从医之路，况且不论年纪，
我的成就或许比大多数申请者有过之而无不及。我希望借由以上说
明让他知道，我想学习陆军的作战创伤课程，成为一名随军飞行
医生。

"我们一直缺少随军飞行医生，"他说，"服役一年后，你必须
申请进入飞行外科医生学院，过渡期则需要接受军官训练课程，你
的初期任务是担任野战外科医生。"

我大感意外："原来我不能直接开始学习飞行外科医生课程。"

他说："你得先完成军官训练和最初任务才能学习飞行外科医
生课程。请把它视为医学训练，训练是循序渐进、由下而上的。"

闲谈二十分钟后，弗里兹中校看着我，直言不讳："军队干的
是杀人放火的事。你是医生，无所谓吗？"

我深信军医的角色是救死扶伤，杀戮行为与我无关，因此毫不
犹豫地回答没问题。这位长官把军人的行为说得这么直白，让我内
心稍感迟疑。我不再去想它，就把它当作存而不论的科学奇谈吧。

大约一星期后，雷格少校来电，说军队已经批准我的申请。
1992 年 9 月下旬，弗里兹中校主持一场军官宣誓仪式并授予我上
尉军阶。我的第一个单位是第一一三骑兵团第一小队。

我每个月会在德梅因或滑铁卢受训一个周末，整个夏天全区改
头换面，变成明尼苏达州的雷普利营（Camp Ripley）或威斯康星
州的弗特·麦考伊堡（Fort McCoy）。受训项目包括靶场射击。我

看到迫击炮、手枪（旧式柯尔特45与新式九厘米）和M16突击步枪。我学会扔手榴弹和发射迫击炮弹，听它们轰然作响并顺着发射方向撞击。发射迫击炮弹与射击人形立靶让我觉得很怪异，也让我第一次看到生命中明显的讽刺画面。我是一位正在受训成为军人的医生，是现代骑兵队里的印第安美国人，但骑兵队的创立可追溯到印第安战争。我的制服上绣着粗大的军医部门徽章，有别于其他军种，它告诉包括我在内的所有人，我是一名医疗队军官。这个身份让我在骑兵队既接受医疗训练，也学习战争之道和杀人技能。此刻这两个角色互相冲突，我苦思着如何设法平衡行医和作战，让它们能够和谐共处。

维持平衡的努力让我稍有停顿，却没阻碍我学习作战技巧。制作伪装服时我会把衣服塞满树枝和树叶，也懂得在头盔罩和迷彩夹克的缝隙里塞进干草，并在脸上和手上涂满黑色、棕色和绿色的迷彩漆。我和骑兵团最优秀的年轻军官学习地面导航课程，从尘土、气味、战术到战友情谊，照单全收。我想融入其中，也确实做到了。此番经验如同另一个界限，我逼近它，然后一跃而过。我总是想突破自我，从军是另一种体验和满足需求的方式。

参加第一次夏季训练营后，我请求接受空降训练，认为这能让自己更加胜任军人职责。弗里兹中校拒绝了我的请求，要我专注在医疗和飞行。直到得州的布里斯营（Camp Bullis）的战地伤亡照护课程有学员空缺，他才立即批准我的申请。

在学习战地伤亡照护课程期间，我的表现不错，我成为三名被推荐者之一，以军事创伤指导员为目标接受进一步培训。因此在最初的野战任务中，我比预期更早被艾奥瓦州国民警卫队送到亚拉巴马州拉克堡（Fort Rucker）学习飞行外科医生课程。课程内容包括飞行生理学和飞行伤害机制相关讲座，医生教官在教导时会借助

"沙漠风暴"行动或越南的经验，我一有机会就向他们请教战争创伤的问题。学习飞行外科医生课程让我想起当年在医学院的日子，每次听讲座都会培养出我对医学和军事的兴趣，甚至是热爱。我把新专业当作证据，证明自己终于成为梦想中的医生。

作为飞行操作培训的一部分，我在直升机仿真器上花了好几个小时熟悉驾驶舱。仿真器会演练基本的飞行紧急状况，也包括着陆情境。我在三次试验中有两次坠毁，想花更多时间练习。教官说训练的目的是熟悉而不是精通，我说服了他们让我多练习一小时。

课程内容甚至包括健身课程。早餐前我会跑五公里，有时八公里，并且每天在健身房待一个小时以上，练习举重和打速度球。我觉得振奋，而且更强健有力。飞行外科医生班列队行进时，我们会唱歌："我不知道但我已听说……飞行医生雄壮威武。"班上大多数军官年轻、莽撞、充满活力，我年纪较长，却依然活力四射。

无论是学术还是野战训练，我沉醉在学生与教官的幻想中，以为飞行外科医生是军医里的佼佼者，应该得到更多奖励，我们可是志愿在航空行动的高风险环境中从事医疗救护工作。但这样的认知仅仅来自专业的傲慢，缺乏实际基础。事实上，没有哪一种军医更高贵或更卑微，凡是医术能在有需要的时刻用于救治有需要的伤员，这样的医生就是最伟大的。

课程内容还包括高度训练。学员要利用高度模拟室进行缺氧模拟训练。为了体验真实的场景，受训者必须摘下氧气罩，模拟快速爬升到约5500米的状态，这让我知道了人在氧气流失、设备故障时的生理变化和初期警讯是怎么一回事。我试着以浅式呼吸应付氧气变化却完全无效，逐渐感到唇部刺痛、面部麻木、听觉急剧消失，逐渐发生思维混乱和计算障碍。我在笔记本上写下简单的数学题：$2+2=$ 、$5-1=$ ，却无法作答。我利用补充氧气才恢复过来，并吸取了教训，及早辨识认知症状，也快速修正问题。

在所有的仿真和飞行任务训练中，速度和等级使军事医学有别于民间医学。各种医疗原则在两个领域来说都是真实和无差别的，流血就是流血、伤口就是伤口，处理方式都一样。但是，军事医学多了在作战压力下的特点，军中对于检伤分类的规范更加复杂，必须务实地考虑让士兵尽快返回岗位。检伤分类允许军医根据士兵存活的可能性放弃救治，在民间的急诊医学中，就算有人允许这样做，也是非常罕见的决定。

我们班还参与了一项最新引进的训练模块，名为高压医学，这个训练在许多方面和海军深海潜水的科学与医学并驾齐驱。每次遇到新的医学训练，我就觉得有深入探讨的必要，一如当年刚进医学院前几个星期对于解剖学或生理学的钻研。我的探索不只是为了获取新知，也为了更深层的需求，那就是让自己不同凡响。我不甘于平淡无奇，要超越平庸，成为勇敢的人，打破复杂的谜团，将它纳入我独一无二、秩序严谨的宇宙里。

1993 年 3 月 22 日，一位曾在越战中服役的陆军飞行外科医生在我们的飞行医生班发表毕业演说。当年他的直升机执行营救任务时失败，他被俘，在河内希尔顿当了好几年战俘，承受挨饿与身心的折磨。被监禁期间，他被敌人吊起来，几乎被鞭打致死——因为他为了求生吃掉了一只狱卒的猫。当他详述酷刑时，我想象自己是被俘的士兵，知道自己绝对无法忍受监狱生活。他还说，战俘发明了一种密码，能在监狱的墙上传送相互鼓励的话或互道晚安，他们也背诵经文并互相祈祷"上帝保佑"。有时会有囚犯流露出遥不可及、反应迟钝的神情，其他看见的囚犯会试图鼓励他或者偷偷送食物给他，但这种鼓励通常无用。最后获释时，他历经多年才设法摆脱痛苦和憎恨并获得解脱，恢复了爱他人的能力。

他说："我现在有完整的生活，学会了宽恕。伤疤还在，但不重要了。"我很难理解军人如何能够从多年的酷刑和监禁中恢复过来、战俘如何能够宽恕曾经虐待他们的人。他提醒毕业班的学员，要成为一位飞行外科医生不仅要学会一套特殊技能，还要响应战争指令。他要我们将自己的专长视为奉献，无论何时何地，无论是在野战医院、救伤直升机或战俘营，都要为最需要医生的战友提供治疗并给予他们力量。最后他用代码点击出"上帝保佑"。语毕，会场陷入一片沉默，随之全体起立并爆发出掌声，人人热泪盈眶。

尽管我听说了战争的野蛮行为，我仍然庆祝自己拥有了新角色。这固然意味着我要努力平衡军人和医生的角色，如有必要则必须痛下杀手，但在此一挣扎之中，军医的人性比战争的残暴更有力量，能为战火下受伤的士兵带来希望和救治。成为一位飞行外科医生，让我觉得可以做到这一点。

学院指挥官唱名召唤毕业生出列："艾奥瓦州国民警卫队上尉乔恩·科斯铁特尔。"他在我的制服上别上陆军飞行医生的银翼徽章。我的新人令是："科斯铁特尔上尉被授予美国陆军飞行外科医生徽章，符合军事职业特长：61N，飞行外科医生。"

有好几年，我都在全州飞行外科医生总部的行政职位任职，主要负责飞行员体格检查及监督航空部门的医疗合规性，但我更喜欢战场。在总部任职一年后，我晋升为少校并再次被派到第一一三骑兵团。新指挥官是丹·费克斯（Dan Fix）中校，一位打过越战的前海军陆战队员，他服役前在艾奥瓦州滑铁卢市经营一家轮胎和石油公司。执行官奥尔上尉则是一名敏捷灵活的陆军游骑兵，热爱训练。

费克斯中校的立身原则是"训练如同作战，作战如同训练"，并强调每位军官都必须了解其他军官的职责，如有需要就能接手指挥。为了实践这条原则，他会仿真通信失败、战术运作营帐遭毁与直升机坠毁，假装自己殉职并让多位军官无法参与行动，再观察其他军官如何靠战术和领导能力作战。奥尔上尉随之转任指挥官，我则变成他的医疗顾问或执行官。为了对医疗能力施压，指挥官让我也在模拟交火中阵亡，冷眼旁观军官们面对数量超载的伤兵，那感受真是可怕。费克斯中校给予我们超越专业训练的能力，教我们适应随时变化的战斗情况。他的训练模块是让军官面对战争，而非夏季的训练课程。

"要思考偶然性。要有能够应付意外的计划。训练如同作战，作战如同训练。随机应变，克敌制胜。"这是他的原则。

"是，长官。"我们在行动后的检讨中这样回应。我们确实奉行他的原则，但我没想到的是，很快我就用训练中获得的技能去应付一场美国没有直接参与的战争。即便我学到的各种技能在战地求生时如此重要，但是面对大量屠杀时却似乎毫无用处。

战　区

　　1994 年 4 月，卢旺达总统兼胡图族（Hutu）首领朱韦纳尔·哈比亚利马纳（Juvénal Habyarimana）遭到暗杀，他乘坐的私人飞机在卢旺达首都基加利（Kigali）被地对空导弹击落。他死后一百天内，武装的胡图族民兵报复并屠杀了大约八十万图西人（Tutsi）和温和派胡图族。血债血偿，图西族领导的卢旺达爱国阵线（Rwanda Patriotic Front）攻陷首都基加利，誓言清洗卢旺达所有的胡图族人。有些新闻报道说，多达两百万难民逃往坦桑尼亚、布隆迪和刚果民主共和国（旧称扎伊尔）。

　　我从报纸和 1994 年 5 月的《时代》（Time）杂志上得知这场大屠杀。一名记者报道卢旺达的交战状况时引用了某位传教士的话："地狱里没有恶魔，恶魔都在卢旺达。"那些目击者的话让全世界都知道了这场种族灭绝的暴行。在报道中，残酷和死亡成为种族清洗的代名词。

　　《今日美国》（USA Today）以封面故事专题报道这场大屠杀，我在艾奥瓦迪比克市的芬尼医院值班吃午餐时读到这篇报道。数百万无辜民众在恐惧中逃离家园，许多人受伤、感染霍乱并饱受折磨。大屠杀和残忍的行为是笔墨无法形容的，报道文章的侧栏有一个国际救援组织列表，国际救援组织正准备对此次危机采取人道响应，呼吁专业人士投入难民营的医疗工作。我读了两遍报道的正文，侧栏则读了五遍之多。我对这次医疗工作很感兴趣。同一天早些时候，我对一个车祸受伤的五岁女孩进行了创伤修复治疗，救治非常成功，小女孩得以幸存。一名外科医生同事问我，能够给小孩子第二次生命，感觉如何？读到卢旺达难民的报道时，我不知道谁能给他们第二次活命的机会；思考如果我人在卢旺达，能否有所贡献。

傍晚值班结束时，我已经给清单中的好几个救援组织致电，询问是否需要医生，其中一个救援组织要我在下星期加入他们的团队。我打电话给科林，告诉她今天的工作情况、《今日美国》的报道，还有我打电话给救援组织的事。我说，我应该去帮忙。回家后我们讨论了这件事。

"我认为我的技术刚好能帮助他们，"我自信满满地说，"他们需要急诊医生，而我就是。"

"但那里很危险，联合国或军方没有医生能去吗？"科林皱紧眉头的样子通常会让我认为那代表反对。

"联合国确实在那里，但他们是通过人道团体提供医疗服务。我不了解他们如何运作，可是我能加入快速应对小组，在难民营工作。"

"一个月。我们能照顾自己，但我还是担心你的安全问题。"她郑重其事地说。

我指出："他们已经停火了，目前应该是百废待兴的阶段。"

"我知道这个情况，但看起来卢旺达很危险。万一你在那里受伤怎么办？"

"和我在这里受伤没有两样，凡事总有万一。"

我们讨论了我会离家多久、家里如何应对紧急状况，以及人在非洲的我怎样应付那里的困难。我向她保证等一切都规划好才会前往卢旺达，如果她认为我不应该去，那我就放弃。她暂时同意了，条件是需要了解更多情况。隔天我致电国际红十字会，国际红十字会把我转介到联合卫理公会救济委员会（UMCOR），该人道组织专门为全世界的难民提供医疗照顾和救济。UMCOR 给了详细数据让我可以和科林讨论，最后她勉强同意我去卢旺达。我也告知医院的急诊部，他们则为我调整值班表，让我能够去卢旺达。我还向一些地方教会与慈善团体募集运送医疗用品的善款。不到一星期，我已经乘机前往伦敦和 UMCOR 的团队会合。在这个特别的团队里，我是唯一的医生。

我们从伦敦飞往肯尼亚的内罗毕（Nairobi），那是联合国赴卢旺达及周边难民营特派队的集中地。我们搭乘双引擎小型飞机飞到布隆迪首都布琼布拉（Bujumbura），在旅馆停留一夜。旅馆房间窗户大开，我们听得见枪炮声从刚果民主共和国边界远远传来。第二天上午我们租了三辆车，组成私人车队前往刚果民主共和国的乌维拉（Uvir）。

才刚通过检查站，我就在想此行是否大错特错、是否应该听科林的警告。我们看到一整列士兵身穿黄褐色制服、头戴红褐色贝雷帽、肩上斜披着弹药带，大喊要车队停下，并对驾驶员挥舞着砍刀和木制枪托的步枪。他们不但索取过路费，而且威胁要没收我们的护照和药箱。车队班长讨价还价，我们心惊胆战过了一小时才终于通关，前往乌维拉途中还看到军人为了过路费用枪托殴打民众。我们的终点站是距离布琼布拉不到四十八公里的教会医院，抵达时人人身心俱疲，惊魂未定。

我住在万努明医生家，他是从乌干达的伊迪·阿明（Idi Amin）政权逃出来的。在联合卫理公会牧师的支持下，万努明医生建立了教会前哨医院。医院用木材和白灰泥盖成，里面有二十张病床，有一个手术室和可容纳五张病床的霍乱病人区。我们一起帮忙接生，医治战争伤员，小心翼翼地处理一名死于出血热的病人，以为他感染了埃博拉病毒。医院有一个附属药店，约三平方米，我们到达前三星期药店就没有库存了。我提供了几箱从美国带来的药，万努明医生说那些药够他用一个月。我还送他一本书，主题是关于传染病的最新观点，他翻阅时几乎含着泪。

他感叹地说："五年来我没有半本医学书可以看，逃亡时我把所有书都留在乌干达了。这本书我会每日拜读的。"

我们和万努明医生只共事了两星期，接着就北迁到刚果民主共和国的布卡武（Bukavu）。UMCOR 的计划是视能力安排时间支持前哨医生，并前往缺乏医疗服务的地区。在北方的难民营，紧张局势不断升级，毗邻卢旺达的大多数难民营的情况更是如此。胡图族民兵加倍指控图西族的卧底在监视难民营，甚至控诉救援工作者是联合国的奸细，藏有不可告人的计划。还有一个团体散播谣言，说救援工作者正利用胡图族难民做实验。每一天都发生各种暴力活动、性侵甚至谋杀事件，由于缺乏联合国安全部队平息暴力活动，救援工作者进入营区时只能尽人事、听天命。

我们被指派去毗邻布卡武的潘奇难民营（Panzi Refugee Camp）支持医疗营。在布卡武市中心一家破落的旅馆过夜后，我们于第一天早上七点驱车前往潘奇难民营，车程大约一小时。由于长期下雨，道路泥泞不堪，行路艰难无比。沿途还有几百名儿童向我们奔来，司机必须左躲右闪才不会撞上他们。

一路上的景象叫人胆战心惊。路旁和邻近地区的蓝色防水布一望无际，那是联合国发给难民家庭的，每户一张，看起来宛如庇护所形成的布海，满地营火烧出的阵阵黑烟则垂挂在天际。有些家庭没收到防水布，只好用棍棒和帆布搭建帐篷。在这些庇护所和简陋帐篷之间，只见泥土、水洼和废弃物。有些蓝色庇护所被成千上万名难民踩踏过，许多地方还有带着外伤的赤裸孩童靠在父母身边。我们想停下来伸出援手，给他们药品和水，但那势必会引起暴动，因为药品和水不够分。我们收到的指示是继续前进，直到抵达医疗营为止。

我所看到的已经超出了我的想象。我已经学会的是急救和灾难医学，那对我来说得心应手，但卢旺达经历的不仅是场灾难，更是种族灭绝。近百万难民和无数的病人、散布在泥地上的难民营和令人不适的死尸让我们感觉人类已在此处迷失，无可救药。危害健康的最大风险不是细菌、伤口或流血，而是人。这种认知随之被悲伤和空虚淹没。

我们抵达医疗营，在那里所看到的景象和路上的类似。空地上挤满了数以百计的小帐篷，相连到天边。两座搭好的大型帐篷靠近一所天主教小学，位于小山丘上，有碎石路可通。很多病人对我们很好奇，有些人头上、脸上和手上包着绷带，有些人跟在我们身旁，用斯瓦希里语或法语问候我们。少数人拄着树枝或拐杖，大多数伤者面无表情。

"你们带药了吗？"一名男子把手伸向我，"有吃的吗？"

"是的，我们有药。"我试探性地回答，不知道该怎么帮助这些病人。翻译人员解释，我们是第一支抵达的医疗队。病人迫切希望看到我们。

我想进入医疗帐篷进行初步评估，要求翻译人员陪我。他和某个人讨论，对方似乎是病人的非正式代言人。他们并没想到我们当天能到，表示他们需要时间准备。

我说："我不需要做任何准备。我只想看看病人，了解一下情况。"

那位代言人用熟练的英语说："长官，我是恩孔达中士。我是医院的首席医生。欢迎您。"

我很惊讶会和一名军人说上话，更不用说是英语。"中士，我是国民警卫队的乔恩·科斯铁特尔少校。你在哪里学会说这么流利的英语的？"

"得州的山姆·休斯敦堡（Fort Sam Houston）。三年前我在那里受过军医训练。"他笑着说，在卡其色衬衫口袋上翻了翻，内侧有美国陆军专业医疗徽章（U. S. Army Expert Field Medical Badge）。在美国陆军里，只有不到一成的军医能够获得那个徽章。

我非常惊讶。他接着解释，基于训练协议，卢旺达军队把最好的医疗人员送到美国军方的医疗机构受训。在营地等候医疗援助时，他一直在做紧急截肢手术和任何需要做的事，很显然我就是他在等待的人，这里不是医生和医疗物品短缺，而是根本一无所有。

恩孔达带我去主营帐，空气中的感染气味已经达到饱和，到了几乎让人崩溃的地步。我还察觉到绝望的气氛。营帐是联合国危机应对小组在两星期前搭建的，地板上都是灰尘，没有通风设备，也没有隔离区可以安置感染霍乱或肺结核的病人。营区并没有手术设备或儿科病床，水源已被霍乱病毒污染，卫生设施也不足了。附近的学校被当成手术室，恩孔达会在那里进行截肢手术。受伤的儿童和年长的平民混杂在一起，成排躺在教室里，宛如等待入灶的柴火。有些接受野外截肢的病人被感染的手脚被丢弃在外面，苍蝇就在坏死的组织里产卵。

以我在国民警卫队接受的训练而言，野战医疗对我来说并不陌生，但我没见过这样的战后难民，他们几乎是在劫难逃。我有备而来，本以为能寻声救苦，看过营区的状况才知道，自己的力量何其微小。我能做的只是杯水车薪。

抵达的第一天，我在恩孔达的陪同下逐一检查病人。营帐里的伤病者将近三百人，我列出优先事项表。我们需要立即将霍乱病人与其他人分开，由UMCOR其他成员建立一所霍乱营帐，以隔离和治疗感染者。到了中午，我们圈选出大约二十名患者进行隔离，我预计其中有一半会在几天内死亡。发生这种情况时，其余病人担心被选中，因为那代表被判死刑。恩孔达向他们解释，如果他们留在主营帐，每个人都会死于霍乱感染。

那天下午我为一名胸部中枪的男孩动手术，他的胸腔已感染，肋骨和皮肤也被侵蚀。我向恩孔达示范如何利用切入和去除死亡组织的方法来去除感染区域。

我对恩孔达说："他几天后就会死，我们没有足够的抗生素治疗他的感染。"

他回答："至少我们试过了。"对于病人因缺乏药物而死的现实，他似乎已无可奈何。

两天后，我惊讶地发现那名男孩还活着。由于我们的抗生素有限，不足以应对他的感染症状，医疗小组将他转送到另一个营区，那里的瑞士人道组织里有儿科医生。我们送走了男孩，他是否活下来则不得而知。

同一天，我治疗了一名受伤的胡图族年轻妇女。图西族军人射伤她，只因为她在附近一条河流陡峭的岸边汲水。我到达之前，她在一张宽六十厘米、长一百五十厘米的草席上生活了五天，若想伸展双腿或躺下来，双脚就会落到泥地上。她裸露的背靠在营帐中央约三点六米长的营柱上，胸部也暴露在外，仅用一条破烂的棕色裙子盖住膝盖，打着赤脚。苍蝇落在她的腿、胳膊、脸和胸部，也落在她膝上的婴儿身上。她没有把它们赶走。她全身感染了，医生却没有给他动手术或打抗生素。

我走近草席时闻到了脓的味道，汗水从她的脸上滴落，在胸部汇集后流入胸前的伤口。她的右臂行动不便，麻木肿胀的手掌垂在膝上，三角肌上有一个手指大小的伤口入口，腋下有相应的出口，入口和出口之间是破碎的肱骨和断裂的腋动脉。她的胸壁被刺破，一根肋骨断了，很显然肋骨改变了弹道，致使子弹穿过右乳房的底部，射出一条通道并从胸骨附近穿出，夹带着骨头、脂肪和乳腺的碎片。我把戴着手套的手整只伸到那条通道里去除杂物和脓液。她不觉得疼痛，她的乳房已经坏死了。

我检查她的右臂时，她用另一只手抱着女婴，让她靠在完好的胸前，轻轻摇晃着。我离家前，把孩子们交给他们的妈妈照料，他们不但安全无虞，而且有充足的食物和多余的钱可供周末娱乐。他们过得风平浪静，或许连我不在家都没察觉。眼前的母亲和孩子却离死不远，我急切地想救治她们，让她们知道我同样珍惜她们的生命。

女婴想吸吮干枯的乳头却含不住，妇女也没有奶。她脱水又营养不良，嘴唇就像脚后跟一样干裂。我通过翻译人员对她说，她的右臂必须截肢，右胸也必须切除，因为感染正在危及她的生命。

她问道："我怎么能用一只手和一边乳房养小孩？"颤抖的声音模糊难辨。翻译人员说，她害怕手术会让自己死掉并且不愿意比孩子先死。她说："如果我先死了，就没办法喂奶了。"

我试图解释她的乳房和手臂已经坏死，手术是救女婴的唯一方法。她拒绝了，只是轻声说着 hapana，意思是"不要"，同时紧抓女婴靠在她的胸口上。我尽可能给予她口服和静脉注射抗生素。三天后她在草席上死了，脚伸到泥地上，头靠着营柱。旁边一名病人用沾有血迹的毯子覆盖她的躯体，我们把她的孩子带到附近有儿科的营地，那里的护士用奶瓶喂她喝特殊配方的食物。我没时间追踪与推测那位妇女是不是死于营养不良或脱水。我希望我错了，但也希望我是对的，她解脱得很快。

那位母亲去世后的日子里，我觉得麻木和无能为力。种族灭绝及其他暴行使父母身亡，让他们的孩子挨饿、生病。无论是母亲或婴儿，我都无力拯救，这是一道诅咒。我眼睁睁看着他们死亡，空有技能却没有治愈的力量。战争肆虐，一个艾奥瓦州来的医生不再有任何合理的机会能挽救卢旺达的无辜母亲。每天都有人丧生，绝望之情何其明显，但我不得不超越它，否则有可能会变得毫无用处。想在瘟疫中发挥医生的力量，靠智慧和信心来加强医疗的力量是最艰难的部分。

我曾经帮几位腿部受重伤和感染的难民截肢，其中有些人已经接受过当地医务人员内战风格的野外截肢手术，有几个人则被疯狂攻击而断手断脚。我在附近小学的一张木桌上动手术，一位《比利时标准报》（*Belgian Standard*）的摄影记者趁拍照空档帮忙驱赶手术切口和手术器材上的苍蝇。我利用手电筒和日光充当手术室灯，没有麻醉机或麻醉师，我就自己做静脉麻醉。要是患者开始翻身或醒来，我会让组员或恩孔达再次给他打麻醉剂："只需要将麻醉剂的一半打到静脉里。"等病人不动后，我再继续做手术。我发给每个截肢病人十片泰诺药片，告诉他们在同一个帐篷的伙伴每四小时给他们吃两片，如果他们痛苦呻吟，就再给他们吃两片。

艾奥瓦州国民警卫队送了我四箱陆军即食餐，我转送给手术后的病人一人一包，帮助他们复原。抵达营区两星期后，有一名最年长的难民来找我。他将近五十岁，体重可能不到四十五公斤。他要求我截除他的右臂，好得到一包即食餐，这两个要求都被我拒绝了。

"有必要才可以截肢。"我努力说得客观，不带情绪。

他夹杂着斯瓦希里语和英语对我说："Doctare（医生），你切吧。"他抬起右臂，仿佛要献给我，还用左手食指在右臂中间虚画了一条线。我告诉他我爱莫能助，转头照顾其他患者。第二天，我看到他靠在截肢专用教室后面的角落，凝视着外面的丛林。明知他濒临绝望边缘，我却无能为力，这让我内疚。我预计他会像那名胸部感染的男孩一样死去，但当我看见他孤单又饥饿的模样，最后还是决定做点什么。我偷偷给了他一包即食餐和综合维生素，他笑着说："Asante sana."那是斯瓦希里语的"非常感激您"。

在卢旺达的医疗救援是我第一次在战区进行医疗救援，此后我进行了多次战区医疗救援。我在波斯尼亚的泽尼察医院（Zenica Hospital）工作了好几个月，教授急救医学并治疗战争中的伤员。那些伤员被小型武器、火箭推进榴弹或地雷所伤。有个夏天，五个男孩为了消暑玩乐跳进波斯纳河（Bosna River）玩水，却遭遇土制炸弹攻击。炸弹挂在气球上往下游流放，最接近气球炸弹的男孩因头部重伤死亡，另外两名男孩的胸部和腹部有弹片伤，离岸最近的男孩则是手臂和脸部有穿透性伤口。误触地雷而死伤的波斯尼亚百姓是在周围山林采集蘑菇或捡拾木柴时受伤或死亡的。地雷易造成平民伤亡。

1999年春末，我去了阿尔巴尼亚，与人道主义组织合作，照顾来自科索沃的阿尔巴尼亚难民。难民危机达到高峰时，联合国估计难民人数有六十多万，其中大约三分之二逃到阿尔巴尼亚。我加入哈马拉伊（Hamallaj）难民营的世界医疗使命（World Medical Missions）团队，地点位于阿尔巴尼亚都拉斯（Durres）以北十九公里、亚得里亚海旁边。我在临时医院里用塑料折叠桌检查病人，而所谓的医院，只不过是个绿色军队帐篷，附加一个小型的补给品帐篷，虽有一个营地发电机可为一串顶灯提供电力，但所有照明灯加在一起可能只相当于一只一百二十瓦的灯泡。

正如我在非洲和波斯尼亚看到的病人一样，哈马拉伊难民营的病人也是为了逃避种族屠杀。他们的伤都是军队、民兵和罪犯造成的。这些人的目标是尽可能杀死和伤害平民。营区病人诉说的种族灭绝暴行类似我在卢旺达目睹的。有些难民告诉我，士兵将污秽的长针插入受害者的腿部，刮他们的腿骨，造成疼痛和感染。第一个星期我为三百多名难民做了医疗评估，其中有几个人告诉我，绑架者强迫他们喝汽油，其他人则提到被迫和儿子们打架，如果拒绝，儿子就会被杀死。塞尔维亚的叛乱分子性侵妇女，年轻人和老年人无一幸免，有些妇女甚至被人用刀子从脸部一直割到乳房。

科索沃难民的经历与我在非洲的所见所闻相似。即使我依旧为他们难过，但也能抽离情感。我有了一项技能：在精神上超然，同时尽力施救。医治明知没救的病人时，这项技能成了我的优势。

在哈马拉伊难民营期间，我遇见了几位科索沃普里什蒂纳大学（University of Pristina）的阿尔巴尼亚裔医生。他们说到阿尔巴尼亚学生的地下医学院，指出在塞尔维亚军队的不断威胁下从医有多么困难。几个月内，哈马拉伊难民营项目主任肯·艾塞克（Ken Isaacs）和撒马利亚救援会（Samaritan's Purse）及世界医疗使命团队的管理者同意，将与约翰霍普金斯医学院的教师们合作，在某个项目中制定普里什蒂纳大学急救医学教学计划。我们将跟随阿尔巴尼亚的医生回到他们的大学，并与他们一起教书。到了7月，我被要求加入该项目并担任驻科索沃主任，必须在那里连续待三到六个月，负责授课与治疗病人。

回家后我和科林说起这件事。能与约翰霍普金斯大学的人员一起工作令我兴奋，我还有机会参与重建被战火摧残的医疗基础设施。科林已看到非洲和波斯尼亚的经历丰富了我的职业生涯,尽管这条路为我们的家庭带来困难,她仍然支持我。她认为,如此一来我们都在严峻的人道主义需求上奉献了心力。在很大程度上,这是实践自身信仰,不受距离或文化束缚。科林认为我能对难民营和战区有所贡献,所以她支持我。除此之外,灾难医学对我的吸引力不容否认,我喜欢这份工作的混乱与危急情景。科林和孩子们对此非常了解,并允许我拥有从事这类医疗工作的自由,即使我离家期间,家人有时候会遇到困难。

我在艾奥瓦急诊医疗部门休假六个月,然后前往科索沃任职。我在家和科索沃之间来来回回。我教授急救医学,同时和卫生部官员合作在科索沃建立急救医疗系统。朱利安·李斯(Julian Lis)博士是我在约翰霍普金斯大学的直属上司,他从约翰霍普金斯大学和附近的医疗中心招募访问学者,我则给他们安排讲座。在项目的最初两年里,我们与其他麻醉部门以及外科部门共同组织了急救医学课程。2001 年夏末,我拜见了科索沃共和国总统易卜拉欣·鲁戈瓦(Ibrahim Rugova),他签署了一项行政命令,承认急救医学为科索沃的正式医疗专科。

在非洲、波斯尼亚和科索沃期间,我培养出应付国际医疗和灾难医学的技能。执行危险任务很困难,需要我们持续专注于变化万端的环境,由于医疗设备和药品往往供不应求,灾难医学迫切依赖医学的“思考面”而非“技术面”。在一定程度上讲,国际级医疗行动的神秘性正来自适应和克服这些医疗设备和药品短缺,并且能够就地取材。而在所有的刺激和个人满足之外,还有病人。我从事的工作对于国际医疗计划当然有贡献,但是那些我帮助过的潘西难民营、波斯尼亚和科索沃的病人改变了我,并且让我渴望变得更好。这是我成为医生的原因。

　　在难民营和战争中的一切经历让我了解到：我需要那些病人，正如他们需要我一样，他们对医生的需要推动了我，让我想成为一位好医生。医生与病人是一体的、不可分割的，任何灾难企图毁灭我们，我们都能共同抵御，最终一起存活下来。

征　召

"9·11"事件之后，无论现役或后备役，每位军人都明白有义务参战，只是不知道部署的时机和目的地。我得知艾奥瓦州第一〇九地区的支持医疗营（ASMB，以下称第一〇九营）正在招募军医，便主动要求从道奇营总部转调第一〇九营，因为我想参加第一批部署。当时我五十三岁，已从医十五年，曾是卢旺达和科索沃医疗救援第一反应小组成员，负责为大规模伤亡军民提供快速而有效的医疗救援。我能在瞬息万变的环境中采取迅速而果断的医疗行动。

2003年1月，艾奥瓦州陆军国民警卫队的士兵都收到了紧急通知函。我向妻子出示收到的通知函并告知工作的医院。科林的反应十分复杂，我无法完全了解，只能视为默许。我想她是因为担忧，并不是真正的恐惧。她有点像收到最终诊断书的人因为安于天命所以表现出爱或坚强，而非惊慌或恐惧。科林和我详谈我将离开多久、发生紧急状况时如何联络我，以及如果我受伤或死亡，陆军会如何通知她等。

我有许多出发前需要安排的事。我花了好几个小时仔细查看文件，寻找所需的信息，根据风险概率挖掘任何用得到的资料。做这些准备工作不需要感情用事。由于我没立遗嘱，因此不得不讨论殉职的法律影响。令人惊讶的是，这对我并没有造成困扰。让我困扰的反倒是有必要建立超然的心态，让战争导致的分离以及有可能从此天人永隔的打击不会影响到我的家人。我和科林几乎没聊那些可怕的事情，反而在谈孩子。我们明白相处的时间越来越少。百忙之中，我们仍然努力保护孩子们，我只告诉他们被调派到伊拉克的基本事实，尽量淡化战争风险，仿佛那是我可以隐瞒的。

我和住在芝加哥的儿子贾斯廷通电话。

我说："这次调派任务会有很多变动，我想确定你知道我爱你，也感激你。我不要求你在我离开期间扛起我的责任，但是如果你能够照顾妈妈，与她保持联络，我会非常感谢你。你需要知道我的遗嘱和陆军所准备的法律文书。"

他回答得很实际："我懂。你会离开多久？"

"我不确定，应该将近一年。我会尽可能常常写电子邮件，但不太可能打电话。我为你们兄弟姐妹骄傲，我深爱着你们。"

在家里，我和达伦、凯特琳、乔丹谈话。达伦正在社区大学读书，乔丹从北艾奥瓦大学（University of Northern Iowa）毕业，凯特琳还在读高中。我问他们每个人在我离家期间是否会帮忙做家务，他们答应会帮忙做家务。我告诉孩子们我有多爱他们，他们说他们知道而且也很爱我。

最难过的是乔丹。"爸爸，你别走。"她流下眼泪，声音拉高，"你为什么不能留在这里，在军医院工作呢？"

我试着解释："事情没那么简单，乔丹。那是我的职责，那里的士兵需要我。"

"这里的军队不需要你吗？"

我答道："哦，亲爱的，他们都需要医生，但当我加入军队时，我承诺过国家有需要时，要尽一份力。"

"这不公平。"她很坚持己见，气得跳脚。她说得没错，世上没有公平这回事。军事调派不公平，家庭破裂也不公平。对于战争的公平性、合法性或是我的参与，我并没有合理的结论。只能告诉孩子们我有多爱他们、多珍惜他们，会尽可能早日回家，其余的，我交由上帝和军队决定。

2003 年 1 月 24 日，第一〇九营奉命成为联邦现役军。接下来几个星期，第一〇九营的 A 连和总部连登上巴士，驱车前往道奇营执行为期一周的"士兵战备程序"（SRP），包括行政任务讲解、法律和红十字会简报、部署前医疗和牙科检查，以及分配设备和服装。在"士兵战备程序"中，牙医照例为每位士兵拍一套牙齿 X 光全图，医务人员则会抽取血液样本，日后我们的遗体若需要进行 DNA 辨认就可提供检验。陆军律师为每位士兵起草遗嘱和家属授权书，并由医官与行政人员面谈，确保每个人的医疗证明和医疗权利都符合法规。我每天打好几次电话给科林，问她能否找到需要的文件并传真过来。她尽力配合，但从她疲惫的声音里听得出她已不堪其扰。

我不认识其他军医，不过另外两位被调派到第一〇九营 A 连的医生也是新来的。执行"士兵战备程序"第一天，我遇到麦克·布朗（Mike Brown）和蒂姆·吉本斯（Tim Gibbons）两位少校。布朗是来自北达科他州的心脏外科医生，吉本斯是来自艾奥瓦州的整形外科医生，我们毫不意外地马上打成一片。来自不同医学领域的我们开始聊起彼此的专业。布朗身高超过一百八十厘米，身形瘦长，深褐色的头发已有一段时间没剪。我的头发也差不多长。我告诉布朗他看起来像只猛犸象，他则说我长得像牦牛。

吉本斯在艾奥瓦州立大学的摔跤队有过相当出色的表现，布朗和我开玩笑说，他的低重心和方头大脸让人想知道他的祖先是谁。

"嘿，吉本斯，叫他们检查你的 DNA 有没有尼安德特人的基因。"我开起玩笑。

他反击："我们都流着尼安德特人的血，特别是你，急诊室医生。"

这星期结束时，我打电话问科林能否带两位同事回家住几天，我们预计在四个小时后到家，请她为我们准备晚餐，烤点东西或做些其他好吃的。起初她不发一语，让我觉得自己太过分了。后来她同意，但要我们点比萨吃，我察觉到她的声音很疲惫，带着微乎其微的叹息声。我们花了整整一星期做准备，却没能完全理解对方的挫折、恐惧和所思所想。

在道奇营执行"士兵战备程序"之后的下一周，第一〇九营在艾奥瓦州国民警卫队军械库进行最后准备，并装载车辆和打包行李袋。3月2日，星期天，士兵在军械库最后一次集合。我们的任务已经安排下来，由军用救护车、部队运输车、悍马车和各种规模的卡车编成车队，前往威斯康星州的麦考伊营进行前置作业。军械库外，冰雹和间歇的雨水冲击着街道，气温回升到二十三摄氏度。士兵的家人们沿着军械库附近的街道站定，一如等待夏季游行。他们挥舞着美国国旗和临时制作的标语，支持奔赴前线的士兵们。许多标语写着"上帝保佑"或"我们爱你"，有些用粗体字写着士兵的姓名。孩子们站在路边挥手，其中有些人微笑着欢呼，有些紧紧抱着亲人。车队驶出军械库大门、经过人群时，我一直到最后一分钟才看到科林正含泪挥别。今天是她五十三岁生日，念高中的女儿凯特琳陪在她身边，握着她的手。我看到她们的面孔塞在冬季大衣里，朝她们挥了挥手，送她们一个飞吻。悍马车前进时，我转过头，尽可能多看她们一眼，看着她们在冰天雪地中挤在一起，紧紧抓住对方。过去几个星期我一直为完成工作而奔忙，完全没有对家人表现出任何关爱、耐性或体贴。对此，我十分遗憾。我始终忙于战争，与家人接触的最后一刻也什么都没留下，现在只能在艾奥瓦州冬末寒气逼人又狂风大作时，给她们一个飞吻。

　　车队出城时途经陆军预备队总部，大约有三十名后备军人在街上列队送行。车队开近时，他们全体立正站好并向我们行礼，直到我们通过。这些后备军人并非依规定向我们行下对上的军礼，而是向慷慨奔赴沙场的战友致敬。对我来说，这象征着一段特殊战争经验的开始，就像有人按下秒表并大喊："预备，战争开始！"那时的我并不知道，十年之后，士兵与他们的家人仍然在等待有人喊出："战争停止，回家。"

　　车队抵达麦考伊堡后分为若干排，进入一座二战年代的军营。此处曾经是冬训基地，和伊拉克沙漠完全不一样。医疗排的医生和军官被分配到一个老兵营的一楼，里面有几张靠墙的窄床，金属床架配上灰色条纹的薄床垫，室内两边有大约一米的空间。布朗带了个黑色塑料提箱，里面塞了几本书、几件衣服和制服、一条毯子，还有一些他认为必要的东西。吉本斯和我对他带的这些东西表示不屑。

　　布朗说："你看看科斯铁特尔，他打包的行李像要去参加周末会议。"

　　我回嘴："这是高速、低阻力，你带的废物够你去迪士尼乐园度假啰。"

　　我们之间的调侃是轻松愉快的，就像那些医疗经验足以开设一间自己的医学院或是掌管国家级医疗系统的医生之间常开的玩笑。在服役前，布朗通常一星期做好几次心脏手术和冠状动脉搭桥手术，他的胸部创伤和心脏重症医护专长对胸部受到炸弹伤害的士兵来说非常宝贵。吉本斯平常做髋关节置换、关节镜手术和骨科创伤手术。他们两个人在一般创伤和专科创伤方面具备的专业知识充实了第一〇九营的技能，让大多数国民警卫队的医疗支持营望尘莫及。他们并非希望从军事任务中获得经验，而是奉献其经验和专业知识，为至关重要的目的服务。

第一〇九营的医务人员和管理人员多半是经验不足的年轻士兵，但高级士官领导阶层已经在艾奥瓦州的国民警卫队工作了十年以上，有些士官曾经参与"沙漠风暴"行动。医务人员中只有少数人有几年经验，有几个前一年才完成军医训练。来自艾奥瓦州乡村和大学城的他们用 iPod 播放摇滚音乐、看 DVD，其中有几人刚进入艾奥瓦大学或柯克伍德社区大学（Kirkwood Community College）就读。他们大多聪明、体格好，有两个医务人员以为可以在摔跤比赛中摔倒吉本斯，没想到大约十秒钟就被他一一按倒在地。然后古本斯一对二，又在大约三十秒内摆平两人。总之，第一〇九营就像大多数国民警卫队，其中大部分士兵二三十岁，其余则是人数少得多、经验丰富的四十多岁士兵，以及少数几个五十多岁、像我一样的人。五十三岁的我算是我们营里的老人。

在"集训"的四星期里，有可以想象得到的训练形式：武器鉴定、自卫、营救行动、医疗紧急救助、病人撤离、地图阅读、陆地导航、设备维护、无线电通信和护航战术。培训项目还包括了作战策略、团队领导、情报作战和制敌战术等。培训没有结束时间，士兵在早上、晚上，在夜间、寒冷的室内和室外都要进行训练。麦考伊堡繁茂的林地仍有积雪，而我们就在雪地上进行部分沙漠战争训练。

其他准备工作还包括必修的简报和讲座，内容是关于性骚扰、军人性侵伤害及自杀预防。陆军工作人员从启用阶段的陆军基地飞来，花费无数时间讲授交战规则、战争法和《日内瓦公约》，附加的简报则包含使用投影设备讲解军人风气和命令概念。其中，关于《行为守则》的简报似乎是最郑重其事的，它规范了士兵成为战俘时的行为守则，但相关介绍也特别令人困扰，因为它们是由 20 世纪 60 年代的过时短片剪辑而成，内容是过度戏剧化的演员在遭受身心折磨时，仅供出了姓名、军阶和身份证号码。大家都知道，大多数士兵最终会在折磨下屈服，无关个人道德。表面上我同意奉行《行为守则》，内心却害怕成为战俘、被敌人折磨或斩首，我和其他军官私下讨论后得知，他们也这么想。我把恐惧当成切身之物，仿佛它是我必须在战争中负责传递的秘密信息，唯有战争结束时才能趁着月黑风高透露出来，甚至有可能到那时都不行。

那星期稍晚时，所有医务人员进行训练，主题是搬运及载送伤员，由医务人员将救护车停放在雪地上的不同位置，再操作担架搬运四名伤员。医务人员和医生轮流尝试操作救护车和相关设备，大多数人从未在救援现场或国民警卫队训练中使用过这些设备，就算有，那些也都是生了锈、不能使用的。

我们以四到六人一组，计划本来是每组进行十五分钟的载送练习，实际操作时各组所花的时间却将近半小时。在延误和重新开始的过程中，模拟伤员在附近的担架上舒适地等待着，没有人真的流血或断手断脚，他们裹着绿色军毯保暖，有几个人还用超大旅行杯啜饮热咖啡。

各小组在载送伤员时遇到和操作担架时一样的困难。伤员加上担架的重量平均为七十七公斤，有几个超过九十公斤。医务人员吃力地将担架放到适当的位置并固定住，因为积雪，脚下不停打滑。组员们夹到手指，压到手，手臂也擦伤了。有的人跌倒，导致担架掉落，同时沮丧地大叫，伤员则呻吟和抱怨。其中有几个人被掉落在雪地里，只能匆匆忙忙清理完再爬回去，嘴里喃喃说着假伤和假痛。我看着这一切，摇头不已，默默在心里嘲笑他们的拙劣表演。

轮到我们这组载送伤员时，我下定决心要比其他组做得更好。但我们抬起伤员时，忘了掉转担架上车的配合步骤。我们停下来想弄清楚哪个方向才对，这时有名医务人员在雪地上滑倒了，担架的一角也脱手了，差点把伤员倒出担架。组员们齐声惊呼——这是我们唯一的一致行动。我们努力保持协调，将担架送上救护车，我的手却夹在担架和支柱之间，耽搁了装载。我想表现出领导力和高超的技术，却反而显得无能。我自觉能力不足，根本算不上军人，或者至少不是个有能力的军人。我心里有种模糊的感觉，自己可能没准备好参加战斗，也许整个一〇九营都没有准备好。

SimMan

为使培训更加逼真，我们动用陆军最新的医疗设备——第一代训练仿真器 SimMan。SimMan 是人体模型"救援安妮"（Resusci Anne）的升级产品，"救援安妮"常用于心肺复苏术（CPR）训练。SimMan 的概念相当诱人：若使用计算机操作的伤员仿真器进行训练，由于它本质上是半机器人，因此能提供真实的伤员反馈。如果我们采取创伤医疗规定的适当步骤，模拟伤员就能幸存，反之则会阵亡。仿真器能够针对医疗行为仿真出真实的生物反应，教官和受训学员当然获益良多。医学仿真训练特别不容易进行，尤其是创伤，很难在创伤中心进行，医务人员会监督受训学员的一举一动。这种训练就是我以前为了成为医生所接受过的职前训练，而且并不容易。

以军医来说，使用计算机操作伤员仿真器进行作战医学训练，我们是全美国第一批。使用计算机操作伤员仿真器是相当顶尖的做法，我想它的成本比陆军医生的年薪还高。用 SimMan 进行练习比用"救援安妮"练习好得多，"救援安妮"的硬塑料皮肤没有真实感，做心肺复苏时被压迫的胸部感觉就像是坚硬的弹簧床垫。

SimMan 则大不相同。每具仿真器高约一百八十厘米，重约七十七公斤，相当于一位普通士兵的预设身高和体重。SimMan 身穿沙漠迷彩服军装，脚穿沙漠靴，头戴凯夫拉头盔，有听得见的心跳声和呼吸声，还有明显的脉搏，瞳孔对于光线也有反应，或是根据计算机设定而保持瞳孔放大并固定不动。我初次看到车上的五个SimMan时颇为怀疑，觉得它们看起来和静态的"救援安妮"没两样。但当我用它们和各种可拆卸的身体部位练习，不禁赞叹逼真的仿真器非常好用。SimMan不仅是橡胶和塑料的组合体，而且有知觉、能做出真实的反应，为我们创伤情境下的角色扮演增添更深层的严肃感。

我们与来自威斯康星州的陆军预备役战地支持医院（CSH）合作训练，监督工作由吉本斯、布朗和我负责。训练的第一天，我花了半天时间跟仿真器技术人员学习如何使用计算机训练软件和可互换的身体部位。训练软件包括一套预先设定好的情境列表。创伤医学教官只需从计算机的下拉列表中挑选一组创伤练习，再按下开始键就行了。训练软件会接手控制工作，让SimMan依据选取的创伤显示出适当的生理迹象，脉搏会随之加速或放缓，模拟伤口则会喷出模拟血液，呼吸也会变得缓慢或剧烈，还有心脏监视仪监控掌握重要的生命迹象数据。一旦教官设定好场景，就得提供一句简短的病史并指示受训学员开始行动，后者随即展开初步创伤评估并采取医疗行动。受训学员持续行动的同时，计算机也会追踪他们的表现，记录一切动作与行动时间。教官则可以通过计算机调整SimMan的物理反应，任何调整都可能会在几分钟之内将SimMan从可应付的状态转变成严重或死亡状态。

如果教官需要显示更多的组织创伤或更关键的状况，只需要更换SimMan的身体部位，再选择适当的计算机运算方式即可，SimMan会模仿出适当的反应。但是，SimMan仍然与真正的士兵不同，它不会痛苦呻吟或扭曲身体，也不会问"我有没有救"这类问题，或是要求医生转达子女对父母的爱。

　　布朗、吉本斯和我负责培训必备的训练医疗技能，包括胸部和腹部中弹、开放性和闭合性头部受伤、创伤性截肢，以及覆盖体表面积50%以上的广泛性烧伤的救护措施。我觉得模拟的烧伤有点失真，烧焦的塑料表皮看起来并不像真正的烧伤创面，缺少炭灰和油烟。其他情境还包含多重骨折、骨盆骨折、心跳和呼吸停止等。为了让情境更具挑战性，让受训学员取得进步，我弄断了 SimMan 的双腿，把断离的双腿留在轮床上，再抓一条绿色军毯盖住 SimMan 腰部以下，等受训学员拿起毯子时，我按下计算机按键，用泵从腿干喷出假血，让轮床上喷出红水，滴到地板上。受训学员总会出现惊愕的表情，迟迟无法回神。

　　我对受训学员要求很严苛，希望人人都能完美地进行模拟练习。我把他们的表现视为自己教学和领导力的体现，如果他们不够完美，就是我不够完美。在布朗、吉本斯和其他医务人员前面，任何不完美都是不够好。

　　我只会给受训学员介绍一点病史，甚至只说："创伤—危急"或"伤员—不明伤害"。我还会根据救援情形加入更多模拟出血，把心率调到正常的两三倍，或者减慢到停顿。为使测试更加精准，我也会下调 SimMan 的体温，模拟严重失温，或是把呼吸提高到"危险"状态，模拟伤员吃力又剧烈的呼吸状况。要是受训学员为了给 SimMan 提供呼吸管而试图插管，我会按一个计算机按键，在 SimMan 的硬橡胶气管下面弄出小气囊，使受训学员无法完成紧急插管。有些治疗方案需要实施紧急环甲膜切开术，这是另一种气管切开术，在创伤医疗上也被称为"cric"。受训学员必须在 SimMan 的颈部做一个中线手术切口，先于底层气管切出一个开口，而且不可伤到颈动脉，然后迅速插入呼吸管，再将呼吸管连接到应急氧气源。这个程序如果有误，可能会造成死亡。

如果受训学员进行"cric"时动作太慢或根本没做"cric"，我会按下另一个计算机按键，把 SimMan 设置为无法恢复的状态，于两分钟内死亡。由于 SimMan 的心脏跳动节奏严重失调，心脏监视仪会发出警报，随后出现一道平坦的亮线，宣告抢救失败。如果 SimMan 有计算机皮肤控制器，它的皮肤会变得苍白而潮湿。

受训学员们在训练时由于紧张、不安和慌乱，大多会忘记在复苏过程中执行关键步骤，有人给 SimMan 服用的关键药物用量不足，有人给 SimMan 服用的药量足以危及生命。曾有人用手术套管刺穿 SimMan 的肺，有个受训学员甚至刺破了心脏并穿过左心室。有些人动作不够快，导致 SimMan 失血而死。一名受训学员因为没有做复苏动作而哭了起来。几乎所有受训学员都有无法控制的手震，我若看到他们在颤抖，往往会调整计算机让仿真状况变得更加困难，仿佛正在进行一场屠杀。

这些情景测试的是技巧和速度，全程通常不到十分钟。这段时间内我们会追踪一切：程序性尝试和非程序性尝试、注射、切口、每个命令和问题，还有每个试验和错误。我们会监视受训学员对创伤医疗规定的遵守情况以及开发有效复苏节奏的自信和能力，也就是从伤员评估到医疗介入，再到治疗监控，以及视需要而毫不犹豫地重复这些步骤的能力，还有不会在创伤救护的典型混乱中六神无主的能力。

使用 SimMan 训练的第一个星期，培训团队测试了大约九十名医务人员，只有少数情况 SimMan 得以幸存。经过两星期的训练后，塑料伤员的生存率达到了百分之九十，但它总会在大约百分之十的情景中死亡。

布朗和我以友好的方式展开激烈竞争，我们都试图在 SimMan 上胜过对方。轮到我测试他时，我会采用最棘手的情况，把起点设在烧伤伤员出现失血性休克，胸部有开放性伤口并伴有窒息，伤员基本上距离死亡只有一步之遥。布朗的反应迅速而且有条有理，他会视情况需要而试图进行紧急插管。当他这样做时，我会调整计算机设置，让 SimMan 的气管坍塌。为了让他无法插管，我无所不用其极。

"你到底在干什么？"他尖叫。

我大声回呛："你到底在干什么？"然后告诉他还有三十秒，附带一个邪恶的笑容。

他连忙进行紧急"cric"，但我把手术刀藏了起来，他不得不使用随身携带的小刀。"你对手术刀做了什么？"他尖声叫道。我通常会耸耸肩，说它们在运送途中被毁，不然就是被炸弹击中了。他终于切开了 SimMan 的喉咙并在气管内插入呼吸管，随即着手抢救其他致命伤。胸管插入，完成。心肺复苏，已做。出血动脉结扎，轻而易举地完成。从技术上来说，布朗的 SimMan 往往能够幸存，但我总会找到杀死它的办法，比如失血过多、体温过低或心跳停止。

换布朗来考验我时，他也会说同样的废话。"那么，医生，让我们看看你的本事。"他哼了一声，他一定会为了报复而杀死我的 SimMan。

每次完成情景模拟后，只需要按下计算机的重置键，SimMan 就会立即痊愈，准备接受另一次测试。

看着 SimMan 受重伤或死亡往往让人觉得十分怪异，尽管大家都知道它死不了，也永远不会被装入尸袋。即使发生最糟糕的情况，SimMan 可能会有身体部位受损或橡胶表皮破裂的情况出现，但那些部位可以在几分钟内从零件仓库换补。大家也都知道 SimMan 的制造商永远不会收到指挥官的信函，说他是一名英勇的战士、在战场上表现出色、为国家光荣牺牲。仿真器训练之所以如此令人不安，是因为几星期或几个月后，某些真正的士兵能否活命，完全取决于当下进行抢救训练的努力和速度。

这一领悟使模拟训练中的受训学员更加紧张，他们会因为在情景中搞砸而生气。就像我一样，他们也想证明自己是个能够在战斗中拯救他人生命的士兵。有时他们会对教官、SimMan 计算机或军队不满，但大多数时候相当自惭形秽。我试图提醒大家仿真器只是工具："从中学习，准确观察并解释临床发现，然后毫不犹豫地做出响应。"

一天晚上我利用投影片做了场演讲，以缓和 SimMan 训练给大家带来的压力。那是我在卢旺达、波斯尼亚和科索沃工作期间拍的战区伤员照片，大约七十张。我开门见山问大家是否对 SimMan 创伤训练的所有情景都能了然于胸，室内响起一阵嘹亮的军人式回答："是！"随着伤员的照片逐一显现在临时屏幕上，教室里轻松愉快的对话消失了。

第一组照片显示的是一名十几岁的波斯尼亚男孩，他有一半胸部被手榴弹炸开。有十几张照片重点展示他的创伤性截肢和穿透四肢的骨头。第二组照片显示的是一名科索沃男孩，他由于术后感染而肚破肠流，医生将空的静脉注射袋缝在他肚子的开口上，用以保持体内的热量和水分，并阻止苍蝇和其他污染物进入。其中一张照片显示这名男孩的憔悴面容，其他几张则是从各个角度显示他暴露坏死的肠子。从另外几张照片中可以看到男孩低下头，睁大眼睛看着外科医生取下他肚子上的静脉注射袋。我让这些照片在屏幕上停留了很久，没有说话。

有些次要的儿童照片显示他们的眼睛向上凝望，只能看见白色虹膜和小小的新月形虹膜。这些照片呈现扭曲的脸部、大面积肿胀，以及眼眶周围或头部遭受撞击造成的瘀青。展示这些孩子们的照片时，教室里鸦雀无声。

一系列拍摄于卢旺达的医疗照片让每个人都触目惊心。有张照片显示我治疗过的那位胡图族女子，她的上臂和乳房有枪伤，我向大家说明进行手臂和胸部截肢的迫切需要。我告诉他们：军人不是我们唯一的病人。

演讲结束后，我问在场的人有没有问题。起初无人发问，后来有位医生举手，问那位胸部被子弹打穿的女人后来怎么样了。"死了，"我说，"三天后她的孩子被送到一个有儿科的营地里。"接下来问题纷至，每个人都想知道不同的病人需要什么药物，以及什么医疗程序能使他们免于各种伤害。大家对于药品供应、野外医疗程序有了更大的兴趣，人人都想接受更多 SimMan 训练。

我们利用 SimMan 进行了好几天的训练，直到大多数受训学员除了最复杂的伤病以外，能够应付一般伤害。一天密集训练下来，我偶尔会思考仿真器训练如何在战争中奏效。我们的训练采用一次一种情景的测试模式，一名医务人员事先就站在预备处待命，而且永远带领着三到四位装备精良的士兵，培训目标主要集中在针对单一伤员遭遇复杂性创伤的快速抢救。我们也会以不使用仿真器的方式来训练士兵同时对多位伤员进行评估，却缺乏时间或资源，无法在单一情景中同时使用十几或二十个 SimMan，让其中一半受伤致死，或必须在进行救治前将伤员拖出热战区。SimMan 仿真训练只关注复苏运算法，无法模拟战斗中的疲劳、恐惧，或在战地死亡的风险，以及受伤的儿童或是其他非战斗人员。此外，SimMan 既无法呻吟和哭泣，也无法表现被凌迟至死的真正痛苦。

我知道 SimMan 为训练增加了强而有力的真实感，带给我们战术上的医疗优势。这是以前战争中的军人无法企及的。但我也知道

SimMan 无法提供的是什么：活生生的士兵因为不规则形状的伤口流血，终于咽下最后一口气，遗体在激烈的战斗中被弃置不顾。SimMan 也无法让我们了解鲜血、烧焦的皮肉，或是刮肉剔骨的恶心气味。因为 SimMan 无法呈现恐怖的景象，所以我们不会因为惊慌失措给伤员带来死亡的风险。这些是仿真器无法教授战斗经验，无论它有多么现代化。

当我想到 SimMan 时，其训练范围固然让人印象深刻，但我也很担心，知道训练情境和真正的战争呈现的不一样。模拟终究只是模拟，战争游戏也毕竟只是游戏。然而，战场无儿戏，更没有机会重来一遍。

我们出发前那个周末，队长发下四十八小时周末通行证，让我们能和家人做最后辞行，士兵们的家人横越中西部，驱车前来麦考伊堡探亲。没来的配偶不是因为工作就是受不了再一次离别的痛苦。对某些我认识的士兵的配偶来说，这次军事任务成了导致婚姻破裂的导火索。我打电话给科林，要她开车来度周末。她最初排斥，说再一次道别太难忍受了，但如果我真的需要她，她愿意来，而我真的需要她。

士兵和家人们大量涌入附近的威斯康星州斯巴达，当地的饭店都是小而干净型的。这些家庭挤进只有一张大床或两张双人床的房间里，有些士兵租下两间房，一间给孩子，另一间给配偶。周六是购物的最后一天，许多家庭光顾当地的特价零售商店，人人都爱礼物和零食。午餐和晚餐时段的餐厅拥挤不堪，打扰了许多士兵和配偶的相处时光。人群、排队、等待和沮丧似乎成了这个周末的主调。许多士兵针对军队准备的遗嘱和授权书、保险文件、待付账单，以及紧急情况处理的书面指示做最后检查，而这些偷走了宝贵的家庭时间。

　　尽管有诸多琐事需要最后确定，士兵们还是找出时间陪伴家人。他们为爱找出时间，为爱创造时间。有个士兵的儿子带了爆胎的脚踏车来，他就在饭店停车场修好了它。一等他修好，他儿子就在停车场到处骑，他则在后面追赶，小孩子笑得合不拢嘴。一个女兵的七岁女儿用蜡笔画了五十二张笑脸贺卡，让她在服役期间每星期都可以打开一张。科林带来一台需要修理的计算机，我换了电池，花了一小时修理好。这些家庭带来足以和全队分享的饼干和烘烤的食物。许多士兵给配偶写下最后的情书，好让他们回家后私下拆开。

　　购物和用餐后，我们回到饭店，科林和我最后一次检查文件和红十字会关于紧急事故的信息。听到电影的声音从别的房间传来，我们争论着要不要看电影来打发时间。我打开电视浏览，似乎没看到有趣的电影，但我们还是决定坐在床边观看。其实我们并没有真的在看，而是把音量调低了以便聊天，不过我们也没说太多，只是闲话家常。我们握着彼此的手、拥抱，科林有时候会哭，说她很爱我、孩子们会很想念我，我也跟着泪流满面。我们互相拥抱，最后像当年度蜜月时那样做爱。夜里，我们开始说说笑笑，谈着我们的婚姻和孩子们，然后为这场战争落泪。科林说她父亲参加越战，独留母亲在家，她没料到自己也会像母亲一样。我想知道如何安慰她才能让这个夜晚不那么痛苦，却无计可施，只能抱着她，直到我们睡去。

　　第二天早上，科林在停车场交给我一张皮夹大小的全家福照片，我答应会随身携带。我给她一个多出来的兵籍牌和一封信，并在信中说我爱她、会每天为她祷告。我说抵达伊拉克后会写电子邮件给她。道别时，我们的下巴颤抖着，但长痛不如短痛，我飞快吻了她后便离开她的车。我在停车场和吉本斯会合，开车回麦考伊堡去装载我们的行李袋。

纽约营

2003 年，第一次战地任务

2003 年 4 月第一个星期的某天中午，我们全队抵达科威特国际机场。不到二十四小时，我们就穿越了麦考伊堡的刺骨冷雨降落在科威特的沃尔伏林营（Camp Wolverine），飞机外面的气温超过三十七摄氏度。机组人员一打开我们租用的 DC－10 飞机舱门，中东的热浪就在几秒钟之内涌入机舱。士兵们纷纷离开机舱，沿着活动梯往下走。走到舱门口时，我看着炎热的停机坪上蹿升的热浪，"哇……"地大叫一声。我身后的每个人都想下飞机，不停地大声吼我。

布朗、吉本斯和我聚集在梯子底下。我们把背包甩到背上，向距离航线大约九十米远的集合点走去。不过是用了那一点力气，我就觉得热汗流到了脖子上。

"现在就爽快给我一枪解脱吧！"我酸了一句。

"我还以为你很强悍呢，科斯铁特尔。这就是沙漠战争，不然你期望什么？"布朗吐嘈道。

寒冷的天气不算什么，在麦考伊堡，我和其他士兵一样，御寒方法是多穿几层保暖内衣，减少外出。但是炎热让人无处可逃，热气吹在脸上和手上，感觉整个人就像站在烤炉前面。依规定我们必须把制服的袖子放下，我已经感觉到腋窝下汗水直流了。不只我报怨这糟糕的天气，其他士兵也在指责这该死的天气。这反而是个适得其所的现象，甚至是一种宣泄，让人觉得烦恼的不是战争，而是沙漠和热浪。大约过了十五分钟，吉本斯终于说话了："我们加把劲克服困难吧，医生。"

这正是吉本斯的风格：头放低，一鼓作气冲破难关，不愧是大学前摔跤冠军。他说得没错，抱怨无济于事。我们必须面对糟糕的天气带来的困难，就像面对其他难以掌控的情况一样。

全营都得听联军地面部队司令部（CFLCC）人员的简报，这个单位相当于远离战场前线的企业行政总部。一位将军发表欢迎辞后，我们听取了部队保护、战争法、性侵和亲善的相关简报，与我们在麦考伊堡听到的一模一样。这是军队拖泥带水作风的最佳实例：士兵们急急忙忙地出发，然后等待，为了确保做得对，凡事都要再多做一次。陆军人员向我们强调人身安全和军事力量的适当升级，"适当"的意思是只有在绝对必要时才能动用致命武力，以免造成附带损害。如果士兵不必开枪，仅靠呵斥就能强制对方听命，则优先使用较轻的武力。吉本斯和我对望一眼，都抬了抬眉毛。后来我们讨论一条军人潜规则：遇到攻击或威胁时，先开枪再问话。许多军人认为，武力升级是落入战争伦理泥淖的交战规则之一。辨认不同的威胁等级并采取相对的措施固然没错，但也有必要避免自己丧命。

听完简报后，我们排成好几行等候再次检查亲属、保险受益人和军饷等表格。由司令部行政专员确认我们的身份，在计算机中将我们备注为"进入战区"。这道注册手续将连动产生多项个人档案，并让我们开始领取作战军饷，军队每个月多给二百五十五美元，而且免税。国防部正式的作战军饷启用日意味着战争开始，没有重来、没有彩排，也没有模拟伤员。士兵会真的受伤、流血和死亡。

医疗营队即将执行的任务是如此严肃，令我对任务充满了期待，却也倍感忧心。如同吉本斯和布朗，我渴望发挥自己的医疗技能，但同时感受到这些技能的负担。士兵们的性命和肢体健全与否全部取决于我们。我们必须以经验和判断来扭转战斗的结果，这一点让人不安。我觉得自己已经准备就绪，但还是有些许的担心。我环顾四周，不知道同事或战友是否将成为我的伤员。希望自己能有更多时间准备、获得更多经验、对战斗有更深入的了解。到头来，接受过良好训练的自信仍不足以让人觉得一切都准备妥当了。

我们花了好几个小时把装备搬入大型帆布帐篷，这些帐篷成排设立并且分区编号，总共有好几百个。士兵将金属桩插入沙地深处，再用绷紧的绳索垂直撑起来，住宿营帐的外观就像毫无特色的组合屋。帐篷经过化学处理，闻起来有点像蓝奶酪的味道。尽管经过处理，霉菌还是在角落和缝隙里滋生。附近的飞机和柴油发电机轰隆声不断，我必须高声说话才能互相听见。行李袋和武器上都覆着薄薄的灰尘。

放下行李与入住前，我们在食堂和帐篷之间的几个交叉路口闲逛，针对简报和任务分配相关的谣言交换意见。那些谣言有我们会在一星期内全部回家，根本没有任务；任务内容是在科威特的多哈营（Camp Doha）待上一年，为进出战区的士兵服务；可能会被派赴科威特北部的某个营地管理一系列医疗站；没有人要去伊拉克；我们都会在原地待命等。有个谣言一再流传，说战争结束了，我们马上要返乡。这个谣言最让医生们不堪其扰。如果谣言属实，那我们的行前集训无疑将白费。

我们这支医疗营队由医生、医务人员和其他部队的士兵组成。

一位英国医生警告：“不要指望有足够的药品或设备，供应路线甚至没有得到妥善保护。”

有些医务人员描述在战区内看到的伤员。到目前为止，谈话内容主要是关于沙漠环境的恶劣程度的。

好几位医务人员告诉我们："在某些地区，沙子就像月球尘埃，会穿透帐篷的缝隙。"

午夜过后，我和布朗、吉本斯一起去食堂喝咖啡，暂时离开混乱的帐篷区。食堂相对安静，仿佛是座绿洲，它的装潢让我想起家乡的咖啡馆。军队似乎希望我们在参加战斗和吃即食餐之前吃的最后一餐能够唤起宁静的回忆。长途跋涉和搬运装备让大家都累了，我们挑了一张角落的桌子，点了咖啡。我们决定饱餐一顿，好好放松一下。我自己就拿了三盒单人份玉米片和一杯葡萄干。吉本斯点了培根、鸡蛋和烤面包，布朗则要了麦片和酸奶，还取笑吉本斯和我吃得不够健康。我们闲聊着各自的家庭。我们都有子女，开始聊起他们，还有他们如何因我们的任务而调整生活。我说："乔丹认为我会挨枪子儿，想知道为什么我们要打仗。我告诉她，我也不知道为什么。"

吉本斯说："我的孩子们太小，还不懂事，他们认为我是拿枪去打坏人。"

布朗的孩子也很小，但他尝试跟孩子解释，说他去为士兵服务，会尽快回家。谈话中我们发现，很难跟妻子解释要去做什么事以及去做的原因。那次闲聊并不轻松，虽然唤起了太多美好的家庭回忆，但也让我们想起太多由自身军事生涯引起家庭关系紧张的过往。奇怪的是，关于家庭的闲聊反而让我们决心全力以赴完成使命，好能早日还乡。我们对于战争有着惊人相同的反应，宛如我们志趣相投或拥有相同的军医 DNA。

半小时后，总部连一位中尉冲了进来，用汤匙在金属托盘上敲了敲。他说："第一〇九营注意，喝完咖啡后去拿装备，我们一小时后向北边进发。"他交代我们到指定地点集合，随身携带装备。

我笑着摇摇头："屁话又来了。急急忙忙加等待。"

吉本斯只说："对呀。"

布朗问中尉我们要去哪里，只得到笼统的答案。

"北上。我们接到命令。"

医疗营队高层的话很快就在部队内部传开，证实中尉的消息无误。即将北上是个好消息，意味着我们会离开沃尔伏林营去执行真正的任务。那些说我们就要打道回府或按兵不动的谣言不攻自破，医疗营队的队员们上下雀跃。但兴奋是一回事，"北上"究竟是指哪里，大家仍然一头雾水。是指科威特北部，靠近伊拉克边界，还是前往伊拉克北部与第一〇一空降师会合？北到巴格达？北到库尔德斯坦？医生、医务人员无不四处打听，追问任务的具体细节。我们要去支持谁，没人知道。我们对被分派到野战医院、医疗救护站，还是去装甲队或步兵队替换现有的医务人员，一无所知。来自指挥系统的信息少得可怜，都带着"可能性""不一定""似乎"等不确定等字眼。因不了解任务细节而不安的心情只会让人更加困惑，我们知道了"北上"，还想知道更多信息。高阶军官说："别担心，你需要知道的时候自然会知道。"

我们开车前往集合区，短暂的车程里，我思考着医疗营队的科威特之行，它让我想到故障机器上故障零件的蹩脚运作，而非军队机器滑顺流畅的精准作业。那种笨拙的特色依然显现在我的穿戴上：我的沙漠作战军靴不合脚，使我的脚踝转个不停。为了解决这个问题，我额外多穿了双袜子，但脚踝依然会动，不断提醒我这一路以来的效率低下，首先是靴子，然后是整个医疗营队。

深夜两点，医疗营队全体人员都登上出租小巴车队，车辆看起来宛如旅游巴士。每辆小巴可搭载约三十名士兵，一位医务人员开始要宝，假装是导游。他大声宣布："查票，请准备好您的车票。"他听起来像马戏团的揽客小弟。士兵们大笑起来，笑声中带着紧张情绪，直到一名中尉终于开口叫他别闹了。

我们竟然是搭乘小巴加入战斗，这种情况和我想象的大相径庭。从某种意义上说，它似乎是在嘲笑"强大行军"的概念，给人一种东拼西凑和失算的印象。从另一个角度来看，这代表了领导部门的适应能力。我想起费克斯中校的话："随机应变，克敌制胜。"我想保持理性，认可这种做法有其绝对必要性，但觉得搭乘游览小巴北上参战似乎是某个深层问题的征兆。陆军是一架机器，我只是个齿轮，或比齿轮更微不足道。

巴士两侧装了大型的推窗，而且为了安全起见请维修工人装上了廉价黑色窗帘。车辆一律禁用车顶灯，以防止敌人认出我们。车上的塑料座椅覆盖着紫色条纹丝绒座椅套，本来可坐四名乘客，但士兵还带着武器、弹药夹、战术背心和一个小型私人包，因此每行座椅约可容纳一个士兵。有些设备挂在座椅角落，弄破了座椅套，枪的背带和绳索则缠住了枪身。我们又累又恼，热汗直流。我身旁一位士兵用拳头猛击了座位一下，咒骂着伊拉克总统萨达姆·侯赛因（Saddam Hussein）。有些士兵骂巴士，有些骂军方，其他人沉默而顺服，仿佛心理学实验里的老鼠，已经被现实征服，失去了反抗的意志。他们无动于衷地坐在座位上，偶尔从面无表情的脸上抹去汗水。我坐在巴士中间一个靠走道的座位，一直告诉自己要放松。吉本斯一股脑坐到我对面的椅子上，和我交换了很不爽的眼神。

经过一小时的装载后，司机发动引擎上路了。前车排气管排放的黑烟吹进我们车内，空调散发着热气，空气中尘土飞扬，皮肤、鼻子、制服和武器上沾满了尘土。车上的中士告诉司机关掉空调，司机是个外国人，频频点头同意却什么都没做。最后中士过去直接关掉了空调，并且重复示范给司机看：开、关，开、关。司机笑着点点头。

车队行驶在偏僻的小路上，我们的司机直接跟在前车后面，前车又跟着它的前车。我们像深灰色的大象，头尾相随，希望领头的大象知道目的地。我们在路上转了很多弯，似乎迷了路。没有人使用黑色窗帘，反正不论是为了隐蔽或为了安全都没有差别，因为即使是晚上，八公里外的人都看得到我们在弯曲的道路上扬起的滚滚尘土。士兵们把颈套拉到脸上，照样把灰尘吸进鼻子和肺里，一路上我们不断听到咳嗽、清喉咙和擤鼻涕的声音。

车队的行进速度非常缓慢，我想不管要去北方的哪个地区，步行比乘车更快些，我也不必忍受尘土以及腿和背部的抽筋之痛。若是乘坐 C-130 飞机，由于座椅的间距小，长途飞行会让人全身僵硬，但在小巴车里，僵硬早已让位给抽筋。士兵们不时扭曲、移动，调整姿势，也试图站起来伸展双腿。我们在尘土弥漫的拥挤道路上缓慢前进，并不时补充水分。一个多小时后，士兵们需要上厕所。应我们要求，负责本车的中士用无线电和车队指挥官通话，但毫无反应，我们继续前进。

有段道路特别崎岖，车队前进的速度更慢了，并且失去紧密的队形，每辆车的距离已经拉长到几乎看不到前车。我们的司机偏离道路太远又赶紧跟上，我们都开始感觉不对劲，紧张了起来。读简报的人介绍过，敌方的武装分子会伪装混进车队。一位中尉朝司机大喊，要他保持在道路上行驶，司机要不是不予理会就是会错意，他不断地脱离车队，在道路上来来去去，一下子突然静止不动，然后就向前猛冲。吉本斯命令一位中尉拿枪押住司机，该中尉坐到前排，步枪上膛，对准司机。我坐在巴士中间喊道："如果他再脱队，就轰了这混蛋。"我可是说真的，不希望我们这辆满载军人的巴士上 CNN 新闻快报。司机可能明白了，不再脱队。

距离士兵们喊着要休息已经过了一小时，我们再次向车队指挥官发无线电信息。指挥官命令："不准上厕所休息，继续向北前进。留在车上。"坐在我身后的一名女兵开始咒骂，尖叫着她很不舒服、一定会出事。她需要车停下来。我们继续前进，为了能够休息再走又交涉了三十分钟。最后，这名女兵绝望地尖叫，直挺挺地站在座位上，脱下战斗制服裤和制式内衣裤。她颤抖地哭泣着，尿在塑料杯里，双手和丝绒座椅沾满尿液。不管她尿在杯子里的是什么，她全抛出了窗外。其他士兵开始鼓噪，咒骂该死的军队和烂车队。我们没有造反，车队指挥官下令停车十分钟。

六点左右，车队终于抵达科威特北部的纽约营（Camp New York）。纽约营是位于科威特北部的几个营区之一，为"沙漠风暴"行动期间建立的卡巴尔（阿拉伯语意为"堡垒"），作为防御性前哨基地，后来改成赴伊拉克的军队集结区与实弹射击靶场。我们抵达后几小时，医疗营队高层赶去和营区指挥官"市长"简短会面。他们在几个小时后返回，说营区不知道我们要来，无法提供正常的住宿营舍，会先在营区边缘搭建多余的帐篷供我们休息。帐篷在外围公路上，离"爱国者"导弹的炮台只约四百米，离燃烧坑不到八百米。燃烧坑是营地士兵燃烧混合物的地方，他们会把燃料和污水搅拌后焚烧。燃烧坑附近还有堆积的垃圾不断烧着，大火产生的烟雾形成的阴霾让人窒息，也灼伤了士兵的眼睛。总部某座帐篷的一个桌上牌写着："欢迎光临纽约营"。

抵达的第二天，我们得到关于任务状态的第一个消息：陷入胶着。我们的快速调派行动让医疗营队与装备分开了，运输车辆、救护车和医疗用品还在某艘船上，正在前往科威特的某个港口。整个医疗营队已经准备好加入战斗，却没有车辆和主要装备。供应中断只是许多状况中的第一个，如果军队的行动比供应链快，那么往往会影响战争的早期行动。而在医疗危机中，我们行李中的私人物品永远撑不过一小时的重症医疗救护，无论我们要去哪里，都得先等设备。

在此期间，队上的管理人员会把正规军医和医务人员分配到营地医疗站去照顾病人。这项任务的主要职责是满足士兵的基本医疗需求，大部分疾病可交由医务人员处理，用不着外科专业知识或急救护理，主要是些普通的疾病，如扭伤、轻微割伤、咳嗽、腹泻、关节酸痛和晒伤。病人照护并非作战医学，我在医院急诊室时早就对这些深感厌烦。这种衔接中断让人很不满。我想提供的是需要使用我大部分技术的病人护理服务。吉克斯、布朗和我都觉得，我们若被分配到第三级或第四级机构（基地固定的军医院或野战医院）会更有用，在那里才能适得其所。在伊拉克受重伤的士兵需要我们，我们也需要他们，命令却要求我们在距离伊拉克四十八公里的纽约营照顾病人，远离真正的战场。医疗技术和任务需求落差之大，使我们几近抓狂。

除该死的任务之外，纽约营完全就是最典型的体验伊拉克战争的地方。食堂一星期被吹倒好几次，大帐篷根本无法抵挡沙漠狂风和沙尘暴。营区高层领导采取的响应措施是搭建三个中型的伙食帐篷，大概有一半时间有用。伙食工每天至少要准备两顿热食，还有很丰富的新鲜水果。伙食帐篷边缘有六个冰激凌冰柜一字排开，冰柜需要发电机才能在大部分时间保持冷冻状态，一旦发电机故障，所有冰激凌就会在几小时内融化。

食堂的洗手台在距离入口十八米远的地方，通常不是没水就是没肥皂。刨花木地板是政府找承包商做的，松垮垮地拼接在一起，我们吃东西时实在很难不把食物掉落在下面的沙地上。白色的塑料庭院椅经常因承受不住士兵和他们的装备而变形或损毁，折叠式的八脚野餐桌则布满沙尘，桌脚倾斜晃动着。有些桌子会在士兵用餐时倒塌，餐盘里的食物倒得满脚满地，士兵们只好用绳索固定住桌脚。一位负责伙食的中士想让士兵们快速流动，不断喊着："赶快吃、不要聊天、出去、腾出地方给其他人。"

纽约营到处是沙子。食物、睡袋、厕所和病人帐篷，内衣、袜子和行李，人的眼睛、耳朵、鼻孔和嘴巴，统统都有沙子。我动舌头时也感觉牙齿上有沙子。呼吸一整晚后，士兵们早上会咳出沙子。沙子使我们看起来像一只只浅色的獾，同时冲击着我们的护目镜，一副护目镜顶多能用两星期。某次沙尘暴中，我发现一名年轻士兵在我的帐篷附近徘徊，低着头，双手放在凯夫拉头盔上。我喊他，让他和我一起躲进帐篷。

"是，长官。"他回答我，如释重负。

"你在外面做什么？"我问。

"找我的酒，长官。"

我们也会利用沙子。士兵们用沙子填满空水桶，放在只有单套杠铃的临时健身帐篷里。穿着制服运动十五分钟后，我们汗流浃背的样子就像在桑拿房待了一个小时。当然，帐篷里没有淋浴间，所以我们会让锻炼时间表与淋浴日保持一致，一做完运动就走到淋浴点彻底冲洗，再换上干净的制服。这是在沙漠里生活的我们扳回一局的方式。

教堂位于食堂附近，可容纳大约二百名士兵，每个人都挤进去的话则是三百人。对于容纳数千人的营地来说，教堂并不大。不论是星期天或任何一天，士兵都可以去教堂参加礼拜仪式、祈祷或聆听减轻压力的演讲。我和吉本斯、布朗以及几位医疗助手参加了复活节晨曦礼拜，牧师利用这个机会谈论新生命，以及耶稣复活意味着人人都可以追求新生命，其意义在于新生命需要精神或肉体上的死亡。礼拜开始前，我们聊着自己的家庭、对家人的思念，以及复活节时的家庭活动，还谈到信仰与它在生活中的角色。我们都同意信仰是身为人和军人的核心，但既然摆在眼前的事实是若碰上我们必须扣下扳机杀人的情况，信仰有时难以发挥作用。布道内容加强了信仰和重生的观念，不过我们三个都承认：我们的重生意味着从典型的医生转而扮演军人这个新角色。在纽约营里，这种越来越明显的重生是另一种不协调，但并不一定让我们失去信仰，反而加深了我们的信仰。因为，军人的任务清楚显示：我们和其他士兵一样，需要扎根在比自身更加强大的事物上。

医疗营队抵达纽约营后不到两个星期，第三十医疗旅的指挥官唐·加里亚诺（Don Gagliano）上校指派我到弗吉尼亚营（Camp Virginia）担任医官，该营区位于大约三十公里外。他的旅即将前往巴格达，需要一名有国际经验的医生重建基础医疗设施。他询问卡巴尔营地是否有人符合资格，我们的队长建议我去谈一谈。同一天，我被带到弗吉尼亚营面谈。加里亚诺上校自己就是医生，他的军医生涯中有相当一部分时间担任眼外科医生，但更多时候是担任行政职高级军官。从我们的谈话中可以清楚得知，他想找的军官必须具备相关的经验和技能才能符合此次任务的特殊需求。他的部队目前缺乏某几类专业军医，而那正是他在寻找的，他也不讳言需要其他领域的专家。

"我审查了你的档案，"他靠在椅子上，透过老花眼镜望着我，"你在科索沃的工作很有趣，和我说说工作内容吧。"

我回答："那是和约翰霍普金斯大学合作的，我们重建培训基础设施并让急诊医生开始驻诊。我负责的是教学和持续发展的部分。"

"我需要的人要做的也是同样的事，而且得和伊拉克医生合作。这意味临床工作会比较少，你愿意吗？"

我答道："我愿意。"上校说他会下令把我调到第三十医疗旅，直属于他，担任他所谓的医疗整合军官和战地军医。那是什么意思我不甚了解，他也是。不过他向我保证，我会成为他的医生团队里大受欢迎的生力军。

我回到纽约营时，部队的工作人员已经收到了我的调职命令。队长要我收拾行李。他说："明天早上动身，这将是你的大好机会。"我无法那么肯定，毕竟特派任务的确切性质尚未明朗，但有一点是确定的：我将承担与伊拉克政府官员及美国军队领导阶层共事的大量工作。我本来会在伊拉克某地的创伤中心和吉本斯与布朗一起工作，救治伤员、安排后送救护车。当我告诉吉本斯与布朗调职的事，他们都认为和旅长一起工作很棒，还要我与他们保持联络。

之后几个星期，我们一如预期向北移动。第一〇九营被派往支持伊拉克北部地区的第一〇一空降师，吉本斯和布朗是营级医官，管理一个营级救护站，只负责病人照护——那可是为了"维持战斗力"的任务。在整个执行任务期间，吉本斯没进行过骨科手术，布朗也没有进行过心胸外科手术，因为没有士兵受到这样的创伤。当他们和第一〇九营其他医务人员准备在第一〇一空降师工作时，我随着第三十医疗旅北上巴格达，执行类型迥然不同的医疗任务。接下来几个月里，我发现这项任务是如此不同。它改变了我的人生。

法医学

　　自从我 4 月转调到第三十医疗旅后，加里亚诺上校指派给我的任务就比较偏重医疗领导，而非照顾伤员。上校的西点军校经验和身为陆军游骑兵的额外训练，使他对于军事任务及其表现均有相当独特的观点。凡是经由他过目的任务，无论大小，他都会认真考虑。如果执行某项任务时需要一些医疗专业知识，他就会指派给手下的军官，交代他们完成。

　　加里亚诺上校每天都会出席陆军高级将领的参谋会议，主持人有伊拉克地面联合部队总司令里卡多·桑切斯（Ricardo Sanchez）将军、总参谋长哈恩（Hahn）准将，或是约翰·加里内提（John Gallinetti）少将。如上校不出席，则由我代替他。一开始我有点紧张，这些将军都是身经百战才在军人生涯中一步一步走到现今的地位，深谙从军作战之道，就像我熟知医术一样，但区区国民警卫队军人出身的我只是个半路出家的军官，仅凭夏季训练和周末训练磨炼自身的军事技巧。尽管自惭形秽，我还是很快适应了新角色，为将军和其他工作人员提供医疗专业知识。

　　指挥层次的作战议题和任务涉及战略决策而非战术行动。我们经常要与伊拉克政府的最高层领导人共事，还得和联盟驻伊拉克临时当局（Coalition Provisional Authority，CPA）的美国官员沟通。加里亚诺上校的工作与他交代下来的任务往往与政治相关，工作强度远远超出我觉得自在的程度。我讨厌政治，它在医学上毫无地位可言，但是这些任务让我了解到：以战争的战略与复杂性来说，每一项任务似乎都潜藏着政治暗流。

其中一项复杂任务在 7 月下旬出现，始于 2003 年 7 月 22 日星期二。当时第一○一空降师和美国特种部队的士兵袭击摩苏尔（Mosul）某间民宅，这次行动是根据伊拉克线人提供给联盟驻伊拉克临时当局的消息展开的。据线人透露，美国列出的萨达姆政权前五十二大要犯，二号和三号目标就藏匿在那间摩苏尔民宅里。军方用一副扑克牌代表伊拉克高价值目标的优先级，把萨达姆·侯赛因戏称为黑桃王牌，他的长子乌代·侯赛因（Uday Hussein）是红心王牌，乌代的弟弟库赛·侯赛因（Qusay Hussein）则是梅花王牌。如果线报属实，成功逮捕或杀掉乌代与库赛的赏金是一千五百万美元。

在猎捕与击毙乌代和库赛时，美军进行了长时间的枪战并对目标藏匿处发射导弹。经过数小时缠斗，士兵们终于进入那间摩苏尔民宅。他们发现的尸体被认为是侯赛因兄弟俩和库赛十几岁的儿子，以及一个无名保镖。寻获的遗体被飞机运到巴格达的一处安全处所。听到他们的死讯时，我的反应就像其他军官一样，混合了庆幸和安慰的情绪。某一次在行动中心进行附属议题讨论时，我对一位航空人员说："我们终于干掉了这些混蛋。"

攻击当天，哈恩将军把我叫到他的办公室，告诉我有重要任务交办。"你知道乌代和库赛已经在摩苏尔被击毙了，我需要你做法医鉴定，确认身份后开立死亡证明。你将和派崔克·肯尼迪（Patrick Kennedy）与克莱顿·麦马纳威（Clayton McManaway）两位大使会面。这是最重要的任务，你需要放下手边的其他工作。"

那两位大使是联盟驻伊拉克临时当局的高层领导，他们的直接上司是当局主席 L. 保罗·布雷默（L. Paul Bremer）。我感觉很恐慌，随即又感觉很恐惧，并非因为担心与当局的领导阶层见面，而是我对法医学知之甚少，可以说毫无涉猎。我受的训练是为了让患者能够远离病理学家，现在竟然被要求充当法医。这次任务与专业彻底脱节。对于一无所知的事，我无法装模作样提出建议。

"那不是我的专长，长官。"我谨慎地回答道。

哈恩将军的回答很直接："医生，你是我们的医官，这是你的任务。有什么问题随时通知加里亚诺上校，也让我知道你需要什么。"

一谈到关键任务，哈恩将军总是言简意赅并强调行动力，提醒军官要小心谨慎地工作。一旦他使用这种沟通方式，讨论空间就很小了。我不便再质疑任务，心想最好尽快完成任务，但我有必要让他了解，战区内没有合格的尸体解剖专家。

我说："报告长官，我们的战区内缺乏可以从事法医鉴定的合适的专家。"

他坚定地说："你是工作负责人，这是重要任务，使命必达。"

"是的，长官。"

我立即致电加里亚诺上校，让他了解这项任务并建议他接手。他说，如果是哈恩将军要我负责这项任务，我就得接受。我温和地向加里亚诺上校提出抗议，认为这项任务与我的专业知识脱节，想避开这项专注于死人的工作。我想把时间花在创伤救护和急救方面，而不是政治上便宜行事的任务。

"你处理过的死者比我还多，"他平静地说，"我们都缺少法医专业知识，军区内也没有病理学家，请你做好相应的规划，坚持到底。随时告知我进度，让我知道你的需要。"

我需要的是不同的任务。我不想和萨达姆死掉的儿子们打交道。在野外或野战医院里的士兵们需要我的专业技术，陆军需要的也是受过创伤治疗训练的医生，我却被分配去应付两个死人，而且还是致力于谋杀、性侵和凌迟伊拉克平民的罪魁祸首。这种安排让我想骂人，但士兵和军官理应适应任务需求才对。我没得选择，不能让将军去找别人来接手这项任务。

自从我被调派到巴格达第三十医疗旅，就和派崔克·肯尼迪与克莱顿·麦马纳威两位大使密切合作。我在会面时说明了我的担忧——军区里的医生都没有资格进行法医鉴定，尤其是我。两位大使都知道我曾经与巴格达法医研究所合作，要求我和所长费克·巴克（Faik Bakr）博士联络，以便和伊拉克的病理学家合力鉴定尸体。麦马纳威希望有一份行动计划，而且马上就要。

"科斯铁特尔医生，"他身体向前倾，"关于我们该如何执行任务，请拿出最好的建议。有些政治考虑因素对时间是很敏感的。"

对我来说，出于政治算计的医疗任务就如同政客亲吻婴儿一样虚假，但伊拉克的法律和习俗要求立即辨认遗体以便埋葬，当地的政治压力迫使我们必须迅速响应。

我说："长官，最好的办法是请多佛空军基地的医疗检验办公室派一个小组来，他们有应对小组可以在全球执行这种任务，也是公认的法医专家。"

麦马纳威摇摇头，强而有力地回答："太浪费时间了。如果由伊拉克人鉴定并开立伊拉克的死亡证明，你就可以签署军方的死亡证明了。这样行得通吗？"

我知道这样行不通，但不知道如何坚持立场。我知道这项任务很敏感，绝对不容失误。我必须明确、果断地行事。

"如果要在专业的法医标准上走偏门，形同渎职，"我小心翼翼地回答，"我们不能自降标准，应该由法医小组与伊拉克人合作处理。如果我现在致电多佛空军基地的医疗检验办公室，他们可以在二十四小时内调派一个小组到这里。"

"医生，你会让我们陷入困境。"麦马纳威大使严肃地说，眉头紧皱。遗体鉴定有任何耽搁都会带来风险，成为伊拉克反对派领导人公开斥责的口实。

"没错，长官。我们确实处境艰难。"

两位大使互望，再看着我。我怀疑自己已经逾越了界限。

麦马纳威大使说："我们去和布雷默先生商谈此事，你在这里等着。"

保罗·布雷默是美国总统直接任命的人，他不一定会像军队高层领导那样看待事情。我做了个鬼脸，以为会被要求签署死亡证明，再多的专业反对意见也无效。但大使们回来时说我必须去打电话，命令法医小组飞来巴格达。

肯尼迪大使说："你说得对，医生。按部就班去做吧，政治后果交给我们承担。让哈恩将军知道我们的决定，还有，叫多佛空军基地的法医尸检室派一组人过来。"我如蒙大赦。总之，我不必签署死亡证明了。

我在下午六点打电话给德拉瓦州多佛空军基地的法医尸检室，由于时差的缘故，德拉瓦州是星期三深夜两点。我请求值班人员帮忙把电话转接给待命的检查员。待命的检查员是一位上校。

"报告长官，我是科斯铁特尔少校，代表哈恩将军从巴格达来电。"

"哪位少校？"

"报告长官，在哈恩将军和桑切斯将军麾下任职的科斯铁特尔医生。"

对方明显停顿了一下："请说。"

"我们需要对高价值目标进行法医鉴定，请求您立即派一个小组提供协助。时间紧迫，将军充分授权我提出请求。"

"需要我们何时抵达？"

"我们需要您的小组立即赶来，不可耽误。"

上校的反应敏捷又专业："我们将在二十四小时内抵达，到时我会直接通知你。"

该小组在二十四小时内抵达，我已和伊拉克的巴克医生展开交涉，请他加入法医小组，他的协助至关重要。大部分伊拉克人不相信乌代和库赛已经死了，街头巷尾谣传我们杀的是替身，要不然就是根本没杀死他们。起初军方高层领导认为，由伊拉克和美国官员发表联合声明就可释疑，但很显然，我们需要提供更多可靠的证据才行。我们认为由伊拉克的法医专家和多佛的法医小组一起做鉴定便已足够，巴克医生却十分不安。他担心与美国人合作签署侯赛因兄弟的死亡证明很可能导致自己被暗杀，或让他的家人成为暗杀目标。我和他以及他的同事们召开紧急会议。我想让他们履行法医专家的职责。

"巴克医生，这是告诉伊拉克全国上下法医研究所不会被威胁或谣言操纵的好机会。我们需要你的专业知识，请你与多佛空军基地的法医专家合作，共同告诉你的同胞，乌代和库赛的恐怖统治已经结束了。"

"恐怖将会持续，你不了解伊拉克。"巴克医生边回答边摇头。巴克医生年纪稍长，秃头、说话轻声细语，后来我才知道他喜欢自己创业。不担任研究所所长时，他经营一家私人诊所和药房。他曾在欧洲接受过医学培训，在那里学会说流利的英语。他确实了解伊拉克，谈到伊拉克的文化史，他可以从文明产生初期开始说起。

我说："是的，我不了解，但是我知道我们已经终结了一个恐怖的根源，而且你可以为伊拉克人民验证它。作为同事，我请你和我共同完成准确的法医鉴定，联盟驻伊拉克临时当局也会赞赏你的合作。"

他说："我们重建法医研究所的工作需要帮助，我们也需要安全的工作环境。"他扬起眉毛，停了下来。

我听懂了他的暗示，对他说我已获得授权，为研究所提供新设备和安保方面的协助。

"我必须和同事讨论这个问题，明天我们再见面。"

我坚定地说："不可能等到明天，今天下午就必须做决定。多佛的法医团队期待你的参与，大使们也期待你的参与。"

我感受到了实实在在的风险。若逼得太紧，他可能会犹豫不决，但我的任务非常明确——邀请他合作。接下来数小时的谈判决定此次任务成功与否，我担心自己的影响力不够。巴克医生说得对，我不了解伊拉克，也不清楚他与美国军队后续合作的风险有多大。他解释道，他不会单独工作，如果他的病理学家同事们愿意一起加入，他就愿意和我们的法医团队合作，并且鼓励他的同事签署伊拉克的死亡证明。

我坐在巴克医生的办公室，看他打电话给一些同事。他想找十二位病理学家代表研究所，前三名接到电话的同事都同意协助，接下来两位拒绝了。经过了一个多小时的电话联络，他终于征集到十二位同事同意组队检验乌代和库赛的尸体，并证明他们已经死亡。交涉结束时已经超过晚上八点了。

第二天早上，我在研究所和巴克医生以及他的同事会合，有两位病理学家没有现身。我们请其他人登上两辆厢式货车，小车队前后共有三辆全副武装的步兵车辆护送。情报人员建议我，前往目的地的路上应该谨防遭受攻击。

　　病理学家的车队抵达安全地点时，多佛空军基地的法医小组已经完成了尸体解剖，法医照片与 X 光片也都拍摄妥当。多佛的法医小组已确定了乌代与库赛的死亡原因，还原了死者的容貌以便进行脸部辨识，正在处理 DNA 样本。伊拉克的病理学家们并没有因为尸体解剖已经完成而失望，有几个人说他们根本不想碰乌代和库赛的尸体。

　　多佛空军基地的法医小组逐一展示证据，就像是在死亡病例检验会议上向科学界同人做简报。照片和 X 光片展示结束后，全体伊拉克病理学家受邀到尸检帐篷内检查尸体。巴克医生首先站起来，同时示意我一起前往。走在最前面意味着领导与权威，就某种程度来说是种光荣。在某些人看来，解剖伊拉克最令人发指的两大魔头的尸体无疑是具有历史性意义的医疗事件，但解剖过程中我一直思索着自己身处其中的角色。他们是杀人凶手和罪犯，甚至连萨达姆·侯赛因都曾经因为数起乌代施行的野蛮的谋杀罪行而囚禁他。他们不是人而是恶魔，竟连普通伊拉克人都不放过。与伊拉克人一样，我厌恶他们和他们代表的一切。我闻得到尸检帐篷内传出的恶臭，而那让我的身心一同反胃。巴克医生向我招手要我加入时，我站起来，走到他旁边。

　　我平静地说："医生，请你见谅，我不能加入。我不愿意看到那些尸体，希望你谅解。"

　　他看着我，握住我的手。我能想象：身为病理学家，他曾经握住许多伊拉克人的手，安慰他们失去亲人的痛苦。他沉默片刻，用充满同理心的口吻说："我完全理解。"

　　说完，他转过身，带领其他病理学家进入尸检帐篷。

　　他没有坚持要我加入让我觉得放心。检查那些尸体对我而言是难以承受之重，但不是指法医或医学方面，而是指理智和那些一辈子挥之不去的影像和记忆。我已经看过他们的 X 光片和照片，我奉命行事而且善尽职责，做了必要的法医安排，这就够了。乌代和库赛已死，他们的身份也已确认，对这次任务我别无所求。我不想过问他们的死亡原因、尸体情况和遗留问题。我渴望救护他人，不论是需要急救、输血的病人，还是需要被安慰的伤员。每当被任务弄得筋疲力尽，我总会想起孩子们。观看法医证据这项任务让我觉得，拒绝检查乌代和库赛的尸体是在保护家人免于邪恶的纠缠。

伊拉克的病理学家在尸检帐篷里待了不到半小时，回来时都确认了乌代和库赛的死亡。他们说话的模样仿佛目睹了一件大快人心的事。其中两位病理学家表示很高兴杀人犯死得其所，有一位说起他认识的家庭曾有人受到库赛的性侵和折磨。说到这些家庭时，他不禁悲从中来，潸然泪下。帐篷内一片沉寂。那一刻我感受到伊拉克人民遭受的痛苦。听着伊拉克医生们讲述多年来亲眼所见的残酷情景，我很欣慰拒绝检查尸体。

死亡证明签署完成后，我返回总部向哈恩将军、肯尼迪大使与麦马纳威大使汇报。他们对我顺利完成任务表示感谢，将军则要求我去他的办公室。

他说："干得好，医生。我知道这不是你想执行的医疗任务，但这是必须完成的任务，我知道你值得信任。"

"是，长官。谢谢长官。"

他微微一笑，很快就严肃起来。"我需要你再做一件相关工作。"

"长官？"我的回应并不是通常那种肯定的语气，而是困惑的语气。我担心这个任务还没结束。

"你得和伊拉克红新月会（Iraqi Red Crescent Society，IRCS）的人员以及你在法医研究所的伊拉克熟人，一起把遗体送去提克里特（Tikrit），由侯赛因家族接收，做最后处置。你必须给他们死亡证明，并让他们在遗体移交表格上签字。"他的命令没有商量余地。

"什么时候出发，长官？"

"尽快，但不要晚于四十八小时。任务完成与交付遗体之前，没有人可以休息。再说一次，有任何需要就告诉我。细节你和加里亚诺上校一起安排。"就这样，简短有力，点到为止。

那天下午我会见加里亚诺上校，拟订移送计划。这一次，各种战术和政治理由和时间息息相关。晚餐前我致电巴克医生，却因为某些细节被列为机密所以很难向他说清楚，只能说我需要他帮忙联络乌代和库赛在提克里特的家人。

伊拉克全国上下因为侯赛因兄弟之死闹得沸沸扬扬，谣传萨达姆的支持者会发动攻击抢回遗体，因为遗体已遭军医解剖和亵渎了。还有传言说反萨达姆战士会采取类似的袭击行动，基于政治目的抢夺遗体。美国军事情报部门的报告则说，一旦侯赛因兄弟遗体的照片被公开，保管遗体的机密地点将不再有秘密或安全可言。我们应该预设对立的任何一方或双方可能会同时发动攻击。

巴克医生的联络人在提克里特认识侯赛因家族，但他没告诉我是谁。他直言："太危险了！"

不过，他确实给了我红新月会领导人的名字让我联络。

我说："谢谢你，医生，你做得够多了。"

晚上七点左右，我打电话给红新月会的联络人哈基姆医生。他已经知道运送侯赛因兄弟遗体到提克里特的请求，该请求来自侯赛因家族的发言人——萨达姆的叔叔。我不知道萨达姆是否真的有叔叔，或者只是他自称叔叔的远亲，这一点我毫不在意。我厌倦了整件事，只想早日完成任务回归医生角色。因此，我必须直接接触侯赛因家族的成员，以便处理乌代和库赛的后事。

我和哈基姆医生通盘讨论，说明遗体移交将在美军最高级的安全戒备下进行，绝不容忍任何妨碍遗体移交的事情发生。他明白这一点，知道移交乌代和库赛的遗体有风险很高。他们的死亡激化了伊拉克的战事，适当处置遗体有可能缓解紧张局势。如果我们让移交遗体变成政治斗争或全面激战，将会有更多伊拉克军民死亡，这也是我们的失职。

交谈接近尾声时，哈基姆医生给了我萨达姆叔叔的姓名和电话号码，说他会先致电通报，介绍我是美军的联络人，并建议我等到晚上九点再打过去。在此期间，我会接到另一位红新月会成员的电话，她是我之前在人道主义工作上合作过的医生，也会帮忙移交遗体。不到十五分钟她就来电了。

她说："科斯铁特尔医生，看来我们将再次合作，希望一切能按照计划进行。"

我说："我只希望你在当天能协助我。我们会在一个安全地点移交遗体，现在还不知道具体地点，细节稍后才能确定。到时你会在那里代表红新月会吗？"

她的答复是肯定的："是的。我已经做了承诺。我会协助你。"我松了一口气。

"那么我想一切都会很顺利的。我会打电话给萨达姆的家人，你认识他们吗？"

"我认识他们。他们会尊重你，他们知道你是医生。"

打电话给那位叔叔之前，我先和加里亚诺上校通话，让他知道我已经找到了联络人，马上就要打电话给对方。上校已初步拟订运送过程中的安保计划，我们将在第二天清晨把遗体从巴格达国际机场运送到提克里特的某个秘密地点，再从那里空运到最终目的地。

我会全程陪同遗体，上校则乘坐另一架直升机去主持遗体移交仪式。如果一切按照计划进行，当天下午我们就可以回到巴格达，享用一顿丰盛的晚餐。

我告诉上校，我没受过秘密行动训练，但我这个急诊医生表现得还不错。他笑着同意："继续做你正在做的事，按规定汇报进度。和萨达姆的叔叔通话后打电话给我。"

起初我有点不适应，却越来越有自信能够顺利完成这项任务。无论作为军人或医生，我都没料到将在乌代和库赛的遗体最后处置上负责重要工作。被派到伊拉克之前，我甚至连乌代和库赛的名字都不知道。

晚上九点，我准时打电话给那位叔叔。他立即接起电话，但差劲的线路在开场白才说一半时就断了。这是个预兆吗？我再次打过去，为线路不良致歉，他也能谅解。我告诉他我是谁。他的语气听起来有点强硬，虽然谈不上粗鲁，但那种姿态足以让我知道他正试图占据谈话上风。我不知道自己是否正在和萨达姆或他儿子们那样的凶手通话。

我说："我有责任移送乌代和库赛的遗体。"措辞和他一样强硬。

他回答："我明白，但您是医生，这可不寻常。"

"好吧，也许不至于。我曾经与红新月会合作，和当地的几位医生关系很好。"

"是的，我听说了。我们需要安排精确的交接时间和地点，而且越快完成越好。"

"我同意。我们计划在十五分钟或更短时间内完成，您或您的代表将取得死亡证明的复本，并且会在安全前提下查看遗体，我方将提供所有的安全保障。我已经和红新月会的人谈妥了，他们承诺以第三方立场监督遗体移交仪式。这些您接受吗？"

"我们要求在移交之前先看到遗体。我们优先选择在提克里特机场接收。"他很坚决。

我警告他："不能使用提克里特机场，那会让我们暴露在外，安全风险太高了。"我继续说："查看遗体后，您必须签署移交文件，然后就可以取回遗体。您将收到军方的死亡证明和伊拉克的死亡证明复本，死者的身份已经经过法医专家小组证实了。"

他突然说："我们不接受您的军方死亡证明。"这让我担心了一下，怕这通电话会恶化成国际级的低俗闹剧。

"没关系，那只是一份官方文件。如果您想要，可以使用贵国法医研究所出具的死亡证明。"

"我们会自行验证遗体的身份。"

"我了解。如果您同意，我们就安排在明天早上移交遗体。"

"我同意。再说一次，我们更喜欢在提克里特机场移交遗体。"

"我也再一次告诉您，提克里特机场不在选择之列。我确定时间和地点之后会尽快致电给您。"

通话结束时，我喘了一口气，尽管我们双方态度坚决，但总算达成了合理的协议。我也因为他知道我是个医生而无比震惊，既然他和我在红新月会的联络人谈过，想必已经搜集了我的相关情报，毕竟我是他的敌人。萨达姆的亲戚对我的了解让我想起《疯狂》（*Mad*）杂志上《谍对谍》（*SPY vs SPY*）那类漫画，而我们这番谈话则更加严肃且危险。

当晚上九点三十分，我打电话给加里亚诺上校，汇报任务进度。"那位叔叔想在提克里特机场移交遗体，但我说'没得商量'。我告诉他稍后会再打电话给他。"

"太好了。我们必须在午夜之前向哈恩将军做汇报。"

最后任务的细节于十一点十五分呈送到哈恩将军的办公桌上。

我们将于清晨执行两项秘密空运任务：一个是载运补给物资的掩护任务，另一个是运送遗体，后者由我陪同。加里亚诺上校会在小型陆军代表团随行下搭乘单独的直升机，携带正式的死亡证明前往当地。他将代表军方签署移交文件，萨达姆的叔叔则代表家属在移交文件上签字。直到我们降落在移交地点之前的半小时，我才联络上红新月会的联络人与萨达姆的家属，让他们双方代表有足够的时间前往移交地点，又不至于事先将我们的意图散播出去。安保工作十分紧张，步兵和空中攻击系统随时保持警戒，在移交地点也会有空中防护。任务始于清晨五点。

我彻夜难眠，不断在脑海中演练细节。万一萨达姆的亲戚没有现身呢？如果他说遗体不是乌代和库赛怎么办？遗体该如何处理？如果我们把遗体留到最后一刻再让亲属检查，以便快速完成任务呢？最糟糕的状况是，我们在移交遗体时遭到袭击该怎么办？我躺在床上盯着墙壁和天花板，重温童年的回忆、在犹他山区徒步、我为科学课作业搜集的树叶；我也想到妈妈，记起她胖乎乎的脸和亲手缝制的围裙、她为感恩节做的南瓜派。比起身为伊拉克军医的任务，我的儿时的生活毫不复杂，人生唯一的梦想是成为医生，但这个梦想从来不包括萨达姆·侯赛因的儿子。我不想时而身为医生，时而又担任后勤官员也不想在最强大的军队和最残暴的杀人家族中间担任调解人。能成为医生是我三生有幸，但身处伊拉克的大局之中，我不知道如何自处。我想如果我能妥善完成任务，那么我就能为更伟大的医疗事业做出贡献，但眼前的任务似乎和更伟大的医疗事业沾不上边。倘若我们能兵不血刃地完成此次任务，至少结果是正面的，这将成为我唯一的慰藉。

清晨四点，闹钟响起，我穿着制服睡着了。由于三天来我不停地奔波，我的制服已满是汗水和污垢。快速冲澡并更换制服后，四点四十五分，我在办公室后面的停车场和加里亚诺上校碰头。为以防万一，我多带了一个手枪弹匣，把它绑在背心上。这时我才想到，若是轮到我动用武器，恐怕已经没命回来了。

前往巴格达国际机场的车队规模很小，仅有四辆车、八名士兵、两份重要文件和两名医务人员。我们会见了殡葬事务部的指挥官。他的士兵已在夜间收到遗体，并在维安士兵和警卫的保护下把运送冰柜准备妥当，乌代和库赛就躺在冰柜里，加里亚诺上校检查了表格和遗体。早餐时间已到，我和上校坐下来讨论任务细节，随后话题偏离，闲聊起各自的家庭，接着又变成大谈特谈萨达姆的家人对摩苏尔枪战的消息有何反应、他们将如何接受兄弟俩死亡的事实。关于他们兄弟俩的讨论破坏了我们原本闲聊各自家庭时的正面气氛。上一刻我还在回想家乡的种种美事，下一刻战争和不人道的话题已悄然蔓延，摧毁美好又平静的回忆。战争就是这么回事。

军人必须面对战争丑陋的一面，这项涉及乌代和库赛的任务何尝不是如此，它把我拖入其中并成为当局者。我永远无法忘记那种当局者的感觉，至少对我来说，那是令人厌恶的。真希望我从来没有被指派这项任务，并且有勇气拒绝。但我没有勇气拒绝，接下了这项任务，提起一口气，抬头挺胸，为自己的任务自豪。偌大的军区里有谁能够胜任这项任务呢？唯有两名军官，唐·加里亚诺上校和乔恩·科斯铁特尔少校而已。骄傲感或责任感又有什么用呢？好吧，它使我接受了这项任务，却让我接触到战争的丑恶，无处可逃。这一切经历和影像都会铭刻在我的生活和记忆里。对于哪些任务会令我永生难忘、哪些任务会船过水无痕，我无从选择。

随着遗体移交时间迫近，我想着十年或二十年后的自己对于这次任务的反应。我会深受其扰吗？我会把任务的细节透露给别人吗？如果有一天我在伦敦或巴黎的咖啡馆遇到萨达姆的家人，他们会恨我还是会感谢我？他们会说："我们记得你，你就是把乌代和库赛的遗体移交给我们的医生。"我能告诉他们我有多讨厌做这件事吗？

时间流逝，运输直升机奇努克（Chinook）到了。我先会见负责运送遗体的飞行员指挥官，当时他还不知道任务细节，直到我告诉他，他才知道要把乌代和库赛的遗体运送到提克里特附近的机密地点。登机时，我向加里亚诺上校敬礼，他也向我回礼。起飞之际，我祈求一路顺风并在提克里特和平移交遗体。"和平"一词就像干面包一样，黏在我的嘴里。

就在抵达提克里特附近的前二十分钟，我告诉飞行员要和红新月会的联络人通话。通信员设法将手机频道转移至无线电话，让我能和联络人直接交谈。确认线路安全无误后，我告知联络人抵达位置和预定落地时间。我请联络人复述一遍信息。

我说："是的，完全正确，我们二十分钟后见。"

我也给萨达姆的叔叔打了电话，他收到了这些信息并表示会和红新月会的人在现场与我见面。

我告诫他："请注意，我们的安全部队也会在场。他们会在路程的最后几公里护送你们，请不要惊慌，他们是为了保护您的安全。"

"我明白，我们会配合。"

我们故意比其他人早到，好确定不会有突发状况，同时在各方代表抵达之前确保移交地点的安全。我们的头顶上盘旋着两架眼镜蛇武装直升机，足以发现并对付任何潜在攻击，周边地区的待命兵力也已部署妥当。奇努克直升机机长降低了后挡板，两具遗体运送冰柜停放在货舱地板上，以使遗体远离日照和损伤。地面兵力和头顶上的直升机营造了一种火拼前的气氛，我们的任务更强化了那种气氛。如果有人在掌控武器时稍有差池，这次任务极可能恶化成一场你死我活的战争。

加里亚诺上校的直升机也在五分钟后降落，我们一起站在直升机后面，从我们所在之处看过去，运送柜一览无遗。我们看见远方有车队扬起滚滚烟尘，朝着隔离的着陆区驶来。

"他们来了。"我对加里亚诺上校说，心里有点紧张。我问："您带死亡证明和移交表格了吗？"我想摆出冷静自制的表情，但我的声音似乎出卖了我。

他微笑着拍拍文件袋。"就等签名了，"他说，并补充道，"一切都会顺利的。"

萨达姆的亲人终于到了，两辆黑色奔驰和两辆红新月会的厢式货车停在士兵们标记的地点，远离直升机。加里亚诺上校留在遗体旁，我走上前迎接双方的联络人。

我向哈基姆医生简短问候，他带我走向萨达姆叔叔的车。我们一走近，保镖就打开车门，一名身型高大、西装笔挺的黑发男子走下车来，我原本以为他看起来会像照片里的萨达姆，也许矮一点、麻子脸加上跛脚。哈基姆医生为我们介绍，保镖向我致意但没有伸出手。我懂他的意思，再一次重申我们要遵循的程序。

"行了，行了，"他不耐烦地说，"我明白。让我看看遗体，我还有两个证人也要看。"

我回答："就像我们讨论的那样，您可以在红新月会代表面前看遗体。"态度坚定但并不强硬。

萨达姆的叔叔盯着我看了一会儿。我看得到他脸上的紧张。

接着他说："没错，就照之前商定的办。"

我们走向奇努克直升机，宛如走在伊拉克最炽热的沙漠或泥地上，每一步都显得艰难、笨拙。目前为止一切都按照计划进行，没有丝毫差错，也没有遗漏。我多么希望接下来几分钟也能安然无恙，并相信其他人也这样想。越界行为或临时提出要求对谁都没有好处。

我们走近时，奇努克直升机装载坡道的警戒士兵全神贯注。加里亚诺上校走出直升机问候代表团，他准备了军方的正式声明，传达以下简单的事实：我们已送达乌代和库赛的遗体，在伊拉克红新月会的合作下，将美军已确认的遗体转交给侯赛因家族的代表。随后，由红新月会成员在一旁监督，我们请侯赛因家族成员检查遗体的身份。

在几名士兵的协助下，运送柜打开，家属们看到了遗体。他们察看时一语不发，我却能感觉到自己心跳加速，肾上腺素飙升。一滴汗水流入眼中，我没动手去擦。加里亚诺上校站在附近，显得安然自在。最后，萨达姆的叔叔点了点头。

"是的，就是他们。"他毫不退避。

话刚说完，他就转身走向加里亚诺上校。上校带领整个代表团离开直升机，来到事先布置好的野战桌上签字。加里亚诺上校在移交表格上签署了他的名字，接着萨达姆的叔叔也签署了他的名字。上校问我是否想当见证人签字，但我告诉他无此必要。我真的不希望自己的名字和最终文件有任何瓜葛。

完成手续之后，我和红新月会的人讨论如何把运送柜装进他们的厢式货车，他们可以在奇努克直升机装载坡道约四十五米范围内行动。他们想派自己的代表从直升机上卸下运送柜，但这是不允许的。运送柜必须由我们的士兵卸下，不过可以把它们放在轮床上，如此一来不但方便移动，而且不会有任何人受伤。我们一行人——美军医官、伊拉克红新月会的代表和侯赛因家族的成员，正是这么做的。运送柜装上厢式货车后，萨达姆的叔叔便带着乌代和库赛的遗体驱车离去，身后留下一片尘埃。

接下来的日子里，我很少听到乌代和库赛的事，听到更多的是其他需要关注的任务。那星期接近周末时，我参与照顾一名罹患白血病的伊拉克女童。女童一直由父亲照顾，由于她病得无法进食，她父亲前往巴格达西边的一个军队医疗救助站求助。他们把要求上报，最后加里亚诺上校得知他们的需求。上校说这是接触伊拉克平民的好方式，下令我去接女童并安排救治。我们的野战医院缺少儿科和肿瘤科医生，基于人道需求，我和一个有儿科医生的意大利医疗团队联络。他们在评估孩子的情况之后，决定安排她和她母亲飞往意大利接受治疗。她父亲非常感激，泪流满面地捂住心口，说了一些我没有听懂的话。我请医院的翻译人员帮忙，翻译人员和他沟通时，我看到那位父亲没有大拇指。

"他感谢上帝派你来，"翻译人员说，"你听不懂他的话，因为他只有一半的舌头。他因为偷食物养家糊口而遭到酷刑。他说，下令切断他舌头的人是萨达姆的儿子库赛·侯赛因。"

"请告诉他，我们会尽全力医治他女儿，我也会为他女儿祷告，如同为我自己的女儿祷告。还有，告诉他，我是把乌代和库赛封棺的军医。"

翻译人员在转达我的话时，那位父亲笑着握起我的手，为库赛的死亡赞美上帝，就在那时我明白了，战地医生的作用远大于一般医生。执行令人厌恶的任务对我来说似乎是浪费时间，但对这位伊拉克父亲来说，得悉两名卑劣凶手的下场，其意义远远超乎我的想象。对他而言，证明他们已死，也许是他所需要的正义终于获得伸张的圆满结局。以前在评估任务时，我从来没有考虑过这方面的价值，这位感恩的父亲给了我不同的看法。但是，无论如何，判断任务的价值和影响力都不是我的责任和权利。我的职责是，以军人和医生的专业与自信完成任务。

检伤分类

从夏末起，战争的节奏生变，敌军用土制炸弹的攻击次数攀升，尤其是在巴格达地区。士兵们采取的回应措施是到处搜罗废金属板，焊接到车辆最脆弱之处。敌军以锥形装药技术制作炸弹，再将多个土制炸弹绑在一起造成连锁爆炸。于是，伤亡者不断从各地被送到战地支持医院（CSH）来。

我在第七联合特遣部队（CJTF7）总部的任务之一是追踪土制炸弹、伤亡人数与医疗反应情况，向参谋长乔恩·加里涅提（Jon Gallinetti）将军提交分析周报。加里涅提将军曾是海军陆战队飞行员，军旅生涯的大部分时间在驾驶战斗机。他身材魁梧，身高超过一百八十厘米，其威严在初次见面时让我略感震惊。加里涅提将军的谈话风格直接简洁，俨然是其权威的一部分。他的声音洪亮，在偌大的房间里也听得一清二楚。任何和将军共过事的人都明白，他要求下属对进行中的战争形势有精确且全面的认识，被问话时能够兼顾合理的总结和突发事件状况。身为海军陆战队飞行员又担任将军一职，这两种角色塑造了他刚毅的性格，但他对陆战队及其下属仍能表现同情和体贴的一面。他既强硬又温柔，坚定又富于同情心，是士兵们乐于追随的陆战队领袖。

某个星期的伤亡情况特别严重，将军要我为他安排一次探访，而且不可以张扬。将军莅临野战部队时通常会启动一套特别的程序，使该部队的士兵无不尽力呈现正面形象，但他不希望如此，他只想去探望伤员，为他们与工作人员打打气。

后来在那个星期的某一天，我安排他在晚上探访。将军、他的护卫队和我搭乘悍马车开了一点六公里，在门口登记后就进入医院，并未发布公告。

几小时前有无数士兵在巴格达各处遭受多起土制炸弹攻击，等待紧急救治的幸存者使急诊室人满为患。外科医生、护士、医务人员和医院职员应接不暇，在伤员之间火速奔忙。他们设法稳定伤员的情况并迅速进行创伤评估，然后尽快将他们送往附近的手术室。外科医生为伤员止血并修复创伤，输血工作顺畅地进行着。医生按下手术夹的动作快得就像飞射的枪弹。一场手术刚结束，下一场随即展开。某张手术台上躺着多处受伤的士兵，邻近房间的外科医生刚刚从某位士兵的腹部取出弹片。旁观者可能会以为这是控制得宜的混乱，唯有深入观察才能揭露更多内情。急诊室人员以宛如现代即兴舞蹈的优雅举止，依照各自的任务和步骤进行抢救工作。护士和医务人员喊着"一、二、三、起！"搬移伤员；创伤小组分辨伤口、输血、注射抗生素、实施麻醉，再将伤员转入手术室。而在手术室里，外科医生以另一种独特的方式精准作业：探索、夹住、切割、绑结。他们统统按照拯救生命或抢救肢体的韵律行动着，彼此配合无间。

加里涅提将军和我前往加护病房探访，护士长对我们的出现大感意外，打算通知医院指挥官作陪，但将军请她为我们简单汇报每位伤员的情况。我们在每一张病床旁边稍作停留，让将军有时间向伤员致敬。如果可以的话，他会把手放在伤员的肩膀上，不然就是放在他们的毯子上。他祝福每位伤员早日康复，也感谢他们的奉献。探访期间，我看到了将军富有同情心的一面，他探访医院不仅基于礼节，更是出于个人意愿。对伤员来说，他似乎更像父亲或医生，而不是长官，这让我想到身为军人，在履行职务时既需要强悍的态度也要富有同情心。我看着在野战医院里置身濒死士兵和受伤士兵之间的将军，他从容而专业，犹如在作战指挥中心指导高阶军官。

我们从加护病房行经走廊来到候诊室。一位年轻的一等兵躺在病床上，他的头被弹片击伤了，手肘紧绷，上臂弯曲至胸前，双手僵硬如石，手指蜷缩。他呼吸缓慢，没戴氧气罩，一条静脉注射管正将生理盐水和止痛剂慢慢输入他体内。在军事医学分类上，他已濒临死亡（expectant）。

他的战友聚集在床尾。除了上尉，他们都是一二十岁的年轻士兵，其中几位也是同一场土制炸弹袭击的受害者，已在急诊室包扎过伤口。他们站在一起注视着濒死的战友，有位士兵的制服上处处是汗水蒸发后留下的不规则白色盐渍，有一个人哭了，有一个人在祷告，还有一个人不断喃喃念着"耶稣"，边说边不断摇头。有一个人面无表情，只是盯着濒死战友头部上方的虚空。一名士官在说明状况时双手颤抖，说得结结巴巴。濒死士兵所属部队的上尉告诉将军和我，这是他们第一位阵亡的士兵，但随即更正，是第一位被送入候诊室的士兵，并说他是位优秀的军人。将军点头表示同意，室内突然陷入一片沉默。

将军把手放在濒死士兵的腿上。我想，那双腿的力气早已消散了，就像灰暗夜空中变化多端的云。它的力气在时光中回溯，那时它尚未支撑士兵步入战场。我看到一名士兵飘飘荡荡返回母亲的子宫，那时双腿还没长成，躯体亦未成形。他的父母无法想象长大成人的士兵有一天会横躺在地、与死为邻。

我注视聚集在床尾的士兵们，望着他们疲惫的脸庞、颤抖的嘴唇和空洞的眼神。我注视他们正在看的短促呼吸和间歇性痉挛的肢体，以及濒死士兵不正常的灰色皮肤。我在脑海中做临床记录，每当需要让自己抽离，从观看重伤景象的情绪中脱身，我就会这样做：记下士兵、伤员，记下一切应该记录的事物。我记下候诊室的大小病床的床架、天花板的瓷砖、头顶暗淡的灯、绷紧的白色亚麻床单，以及医院固定装置闪亮的金属零件。头顶有一个电扇缓缓转动着，四面是灰白色的墙壁，没有窗户，一尘不染的地板带有杀菌剂的气味。每张床都覆盖着褐绿色军毯，有三张空床。我记下现场的死寂，不见护士来去匆匆准备手术工具，没有医疗小组紧急切开伤口并对其他人大声叫喊。我们楼下是急诊室，却没有传来匆忙的声响和士兵的喧嚣。没有人大喊"护士"或"医生"，也没有人召唤牧师。没有护士在剪开衣物或准备敷料，也没有救护车和救护直升机送来鲜血淋漓的伤员。

在这之前十五年，我刚被授予上尉军衔，参加过为期两周的作战伤亡照护课程，地点在德州布里斯营。课程主要教导医官们战斗创伤与野战检伤分类的技能。课程总结训练则包含半天的大量伤亡情景总结、手榴弹造成的伤亡判断以及模拟敌军逼近而关闭伤亡集中救护站。目标是让医官们在实境中进行检伤判断，共有约二十名典型伤员模仿在野战中受伤，从轻伤到必须立即动手术的伤。受训医官每个人有五分钟练习检伤分类并准备适当的后送请求。该训练不包括采取医疗动作，唯一目标是进行检伤判断。

所有参训者都在时限内轻松完成了任务，但军方的训练不至于那么简单明了，总会制造意外因素，目的是测试受训者应付混乱的能力。在布里斯营的训练中，意外因素是一位模拟的精神病伤员，他威胁要自杀，挥舞 M16 步枪并挟持一名医务人员当人质。为了让意外情况发挥效果，训练官会将完成练习的医官赶到检伤帐篷后面。

轮到我了，评分员把我推进帐篷，模拟的精神病伤员正在尖叫，威胁要杀掉人质。其他医务人员哀求那名伤员放下武器，让伤者上直升机。我必须负责控制场面。我脚步坚定并迅速冲向尖叫的伤员，才到半途他就用步枪直指人质，喊道："再走一步他就没命了！"我缓缓退后，侧身抽出手枪，以迅雷不及掩耳的动作开枪，"砰，你死了！"我叫道，用空包弹射杀了他。靠近我的评分员拿走他的武器，让他饰演死人。失控的伤员已被排除，我在五分钟时限内完成了检伤练习。评分员笑了。

我感觉棒极了，因为我控制住了场面。

其他医官问我为何决定开枪。"时间，"我回答，"我只有五分钟，唯有排除威胁才能达到最佳效果。这是作战。"我表明立场。

同组的一位医生问我，作战时是不是真能下手射杀伤员，随之而来的是争辩我的决定是否合乎道德。他们都没能在规定时间内完成练习，有些人设法劝精神病伤员放下武器。有的医生费时将近十五分钟才完成练习，每一分钟都有模拟伤员死去。最后我们认为，开枪或许太过激烈，但为了大局，不得不这么做。那毕竟是我的决定，而它符合任务要求。

《战时紧急手术》（Emergency War Surgery）是战地医学的圣经，书中对检伤分类（triage）的定义是将病人分为四种医疗类别，轻伤（Minimal）、延后治疗（Delayed）、立即治疗（Immediate）和期待治疗（Expectant）。若被归入"期待治疗"，意味着士兵已不可能活命。医生就是根据此单一计算方式来判断是否终止医疗救护。表面上看来，这一决定的最终代价是一名士兵的性命。然而，还有其他代价并不容易计算，例如幸存者的情绪、做出检伤判断的人所承受的心理负担。军医如何准备或响应检伤分类的判断要求？教科书对此未置一词。检伤分类是多种因素的复杂判断，有时候军医必须拒绝救治士兵的生命，军事教科书却没教军医这时该如何做。教科书中多是关于检伤分类何其重要，以及如何在判断时应用既有的医学标准。但做了判断之后又当如何则不得而知。这并非暗示应该让决定的重担落到他人肩上，或者摒弃那些判断标准。除了检伤分类，没有其他方法了。到最后，检伤分类成了医生——其天职是挽救性命——不得不执行的任务，该任务分摊了战争的残酷和丑恶，如同对战友扣下扳机。

候诊室里这名士兵让我清楚地看见了受训时的模拟检伤分类判断与真实作战决定之间的悬殊。对我而言，战场上的检伤分类更像炸弹爆炸，石头和铁片瞬间齐飞，速度很快，被击中者非死即伤，导致震惊、血流如注与呼吸困难。这种情景正如军医进行攸关生死的检伤分类后，还得承受创伤分类造成的道德压力。

在脑海中记录濒死士兵的过程里，我暂停了一会儿，移得更靠近病床，如同将军那样把手放在他的腿上。我把手放在那里，久久没有离开。我径自望向他的脸，注视他的呼吸：在长叹般的呼气之后是静止不动，然后是三四次又浅又短的吸气，我也配合他的模式缓缓呼吸并用手表计时。我在心中默数，同时看向别处，再次注意到室内的寂静与墙面的灰白，闻到空床、天花板和杀菌剂的气味。我又望着濒死士兵，他对我的注视毫无察觉。

我在候诊室的病床边沉思：如果这是我儿子，我希望士兵们聚集在他的病房、细听他的呼吸。我希望他们能打破战场惯例，为他哭泣或祷告。如果他呼喊父亲，我希望他们化身为我。这些程序没有记载在国防部的手册上，也不见于战争理论课或是检伤分类练习中。

最后，我移到床头，把右手放在他胸前，几乎静止不动地放着。我转向其他士兵，嘴唇略微上翻表示确认，随之转移了目光。我举起手放在伤员的右肩上，让身体的重心偏移，像是要轻轻地把他抱到指定位置。我半蹲半弯腰，让我们的身体之间没有距离。我注意到他头盖骨敷料的质地，还有白色棉花上的血渍。那一刻，我祈求上帝接走他。我轻声低语，只有他听得见："你是个好军人，你的任务已经完成，现在可以安心回家了。"我在他脸上看见儿子们的容貌，庆幸贾斯廷和达伦不是军人。

随后，我站直身体走向床尾。一名士兵问我是否已束手无策，我说对，但我想回答的是"不对"。我转向上尉，把手搭在他肩上，告诉他一切都结束了，那名士兵不会感到痛苦，他很快就会解脱，我们每个人都尽了最大的努力。我的语气不是安慰也不是激励，没有悲伤也不带希望，就我记忆所及，我的语气是军事性和专业化的。上尉回答："是，长官。"我的话有韵律，如同检伤分类一样按部就班，取决于幸存者的需求。片刻沉默后，将军和我静静地离开了候诊室和医院。

探访医院之后，我经常想起那位濒死的士兵。我知道我在医院的表格上见过他的名字，或者他的长官告诉过我。我没有时间随手记下来，这让我深感不安，因为在接下来几星期、几个月里，他和我遇过的众多伤员一样无名无姓。那些无名无姓的伤员如同被抛弃似的，而我觉得自己应该负起责任。专业地说，我固然了解伤员并没有被抛弃，他受到的检伤分类是不得不做的，能提升医疗效率，最终能拯救其他士兵的生命。但我也同样清楚，在现实中，某个有血有肉的人负责为伤员检伤分类，理论很快就会被现实削弱。在我心中，理论和现实之争永远充满矛盾，以至于每当进行检伤分类时，一部分的我会同意，而另一部分的我会反对。

弹道演习

军医通常会恪守医道，但是军事训练也会教他们在必要时夺取敌人性命。去部队之前进行武器集训时，如果对着固定的群体目标开火，我能命中厚纸板标靶的头部或胸部正中央。如果我打偏了，往往是打到标靶的左颊或左眼，要不然就是左胸和略高于锁骨处。冲锋前进时，我同样全力以赴。

在得州的布利斯堡（Fort Bliss）基地，作战训练模拟的是近距离遭遇敌军的情况，即在封闭空间内与敌军对峙的距离仅约九米。每一个靶场包含两组站立的标靶，第一组是两名模拟的伊拉克敌军，就在距离我三点六米的正前方。第二组是三名叛军，站在我的十点钟方向，距我约十米，其中一人的脖子上系着红色格子条纹的阿拉伯方巾。教官总是给我简短指示，他会说："好啦，医生，站稳，杀了敌人。"接着下达简洁有力的口令："开火！"我毫不犹豫地对眼前两个纸板标靶开枪，退出空弹匣，重新装上七枚装弹匣。如果教官喊："敌人没死！"我会对着两名模拟的伊拉克敌军再补两枪，一人一枪，确定他们已经"断气"。然后再向第二组标靶移近四点五米，调整双肩，开火。我的目标是在敌人有机可乘之前，先下手为强。

实战训练严格又刺激，与医学颇为不同，模仿战斗风险的训练方式更是如此。医疗风险是病人单方的，遭遇敌军的风险却是双向的，标靶和枪手都不例外。敌人不会坐以待毙，军人必须杀死标靶才能降低风险。军人在武器及实战训练学到的，一言以蔽之，就是"杀"，精确地说，是杀得干净利落。有些教官在靶场会任意使用"杀"这个字眼："杀了标靶""不杀就被杀""痛下杀手""一枪杀个精光"。

我专注于射击训练，五字真言"不杀就被杀"让我全身心融入其中。但训练结束回到营区后，我反省一整天的训练，发觉两套技巧正在相互抵消：医生的技巧对军人的技巧、救人对杀人。我并没有将这种极端的差异视为无解的难题，杀人不是可做可不做的选择，敌人如果攻击我或我的病人，我会杀死他而且不会良心不安。我完全了解自己必须同时掌握这两套技巧，才能成为一名军医。但是免不了的，"杀"这个字眼的含义仍然带有情绪上的重担与道德影响，对于受训成为预备杀手的医生来说，杀人仿佛是另一种医疗仪器，是用来拯救生命的本领之一。我认为杀人确实是救人的方法之一，因此使用武器终究会如同操作手术刀或野外无线电一样，成为有用的技能。

战地医学在许多方面反映了近身搏斗的速度与风险。伤口在无预警的情况下出血或再度出血，稳定的情况突然变得紧急，如同子弹般威胁伤员的生命。藏在骨折和弹片伤口中的细菌会导致病人败血性休克，钝器或子弹创伤可能造成病人脑肿，进而导致脑死亡或直接致命。医生必须学会应付这些突发状况，就像在靶场里射杀弹跳而出的标靶。他们迅速从一个紧急状况转到另一个，从这类伤口到那类伤口，从一名伤员到数名伤员，还必须专注唯一的目标：挽救伤员的生命。医生处理伤口时必须当机立断，快速的介入性治疗是家常便饭。对伤者的医治与其说是医疗干预，不如说是沙场用兵。创伤救治本身就会采取暴力举措，留下进入和穿出身体的伤口。

2003年仲夏，我们救回一名因导弹攻击而受伤的伤员。他的胸部、手臂、脸部和头部有多处弹片伤口，大部分额骨与颚骨骨折，看起来就像是头部的正面和侧面遭受过砖块或铁管的重击，右脸、整个鼻子及上唇则被外物削去。我用手指清除他口中的零碎组织、牙齿和鲜血，动作迅速而且毫不留情，伤员的反应很痛苦。正常情况下我会给他用镇静剂，但我等不及，他快被自己的血呛死了。我在他的气管里插入呼吸管，再连接到氧气筒，将他抬上救护车，送往底格里斯河对面的战地支持医院。外科医生们花费了数小时处理他胸部、手臂和脸部的伤。当晚我在加护病房看到他，担心他熬不过未来几天，然而他最终活了下来。

我热爱急救和战地医学的速度与千钧一发，我的个性或基因里有某方面和急救医学的紧急需求与迫在眉睫的危险相互呼应。急救医学令我热血沸腾，满足了我内心对危险、刺激及风险的渴望。简言之，战争令我着迷，我想成为那粗犷、野性的一部分。我从挑战中获得人生意义和满足感，不断渴望参与其中。对步兵来说，那种渴望会转化为猎杀敌人、在腥风血雨中与敌人交战，以及在生死难料的战场上追求全身而退，那是独一无二的紧张刺激感。对军医而言，转化同样强烈，只不过我们的能力不是用开枪次数或杀敌人数来衡量，而是用医治或救活了多少名士兵来衡量。我们的兴奋源于发挥医学技能与快速反应，以对抗战争造成的致命威胁。

服役期间我继续和巴克医生共事，我们曾经合作辨认萨达姆·侯赛因的儿子们。为了辨认被埋在巴格达地区多个万人冢的受害者身份，我们请国际红十字会和伊拉克红新月会提供解决方案。我们一起工作，互相赢得了对于各自专业能力的敬重。

2003年7月，巴克医生央求军方协助将无名遗体迁往远处的墓园。这些遗体是在巴格达街头发现的，全堆放在验尸房。巴克医生所在的医疗机构缺乏适当的冷冻储藏设备，夏日高温更加快了尸体腐烂的速度，恶臭已经飘散到街道上。此情此景亟须我们立刻提出公共卫生对策。

我安排了一次现场访问，一个由五名军人组成的小组搭两辆悍马车在正午过后抵达法医研究所大楼前。我的士兵小组守卫着车辆与大楼，以便巴克医生和他同事能为我介绍各种设施，让我亲自察看实际状况。伊拉克暴民在战争开始的几星期内破坏了法医实验室。实验设备、医学参考书籍、储存箱、轮床、检查平台等被毁坏。该机构原本是伊拉克政府的法医病理学核心机构，如今墙上的铜线和地板的木条被扯出来，实验室被暴民夷为平地。

我向巴克医生问起无名尸，他领我前往邻近的一处开放庭院。在那里，他打开两个步入式货柜厚重的上锁大门与一辆冷藏车，里面塞满了一百具以上的腐烂尸体，大多是年轻人。眼前的景象和卢旺达大屠杀一样让我震撼，我深感人命轻贱与战争无情。这些毫无覆盖的尸体堆满了架子，我盯着几张肿胀的脸，从冷藏车上飞来一只苍蝇停在我的右脸颊上，我重重甩了它一巴掌，在脸上留下一块瘀青。

当地没有电或汽油，无法启动发电机来运转冷冻储藏设备。我深吸一口气，腐尸味令人窒息。我感觉到从医以来未曾有过的恶心和反胃。让我极不舒服的不全是气味，还有眼前的所有人命，那些被遗弃的青年。我茫然不知所措，眼前的一切似乎都冲我叫喊：看吧！看这些腐烂的尸体。这是你们战争的一部分。你是军医，来解决啊，来改善啊，医好这些人啊！此处已无展开医疗救治的余地，问题已经远远超过法医中心堆积如山的腐尸，正在腐坏的是人性。这些尸体就是证据，而我是目击证人。

我想逃离眼前的景象、腐尸味和整个机构。我转身走开，告诉巴克医生我看够了，他告诉我还有。我简短回复他不用再看，他一再提醒我缺乏冷冻储藏设备和补给品。我要求离开庭院，想结束这一切。我厉声说道："我不需要看这些鬼东西，我已经知道了！"我的态度吓到了他，他显得既受伤又意外，那表情让我失望与内疚，我的言行举止竟然如此不专业，一点也不像个医生。

我们走回巴克医生的办公室，他带我绕去验尸房，指给我看恶劣的工作条件。巴克医生和他的同事们连基本用品都匮乏。我催他回办公室。

"长官，拜托您，请再给我几分钟，我必须向您展示我们的工作环境。"他的语气近乎悲伤。

他的绝望令人动容。我望着眼前的房间，深知若我是巴克医生，我也会做同样的事。

"好的，巴克医生，只能几分钟，不能再多了。"

他说战争开始之后，验尸房的空调就坏了，尸袋和检验手套也未曾补给，病理学家与技术人员都在恶臭、可怕的环境中工作。巴克医生向我介绍他的同事——两位病理学家、六位技术人员。他们都停下手上的工作，专注地站着。我们头上有两个风扇缓缓转动，但验尸房里的腐臭味不动如山。技术人员戴着黑色橡胶手套，就像工厂的工人处理化学物品时戴的那种，有几个人则是徒手作业。他们身穿屠夫的工作服，灰色布料上沾满体液和血迹，额头和脖子上汗珠直流。我问其中一位病理学家每天通常要解剖几具尸体，他说四到六具，但是可以更多。

"长官，您能带发电机和补给品来吗？"其中一人问我。

我回答："我不知道，也许可以。"

我结束了验尸房之行。出门时，我们经过一张桥牌桌大小的木桌，桌上有两块尸块，一块是手掌部分受损的手臂，另一块是残缺的头颅，上面还有一点头发。我看到苍蝇在头发间游走，发出嗡嗡声，当下只想逃出这处人间地狱，远离验尸房、运尸车、冷藏柜，以及肆无忌惮的恐怖氛围。

我们回到巴克医生的办公室，他的同事已经备好各种新烘焙的点心、茶和芬达汽水，这些举措在人性崩坏的环境中表现出了文明。匆忙中，他同事忘了准备冰块，巴克医生坚定地击掌两次，命令职员去拿。户外的道路和建筑物被灼热的阳光照得发亮，不到五分钟职员就送来一桶冰块并为我们服务，只见银色盘子上面垫着亚麻餐巾，点心整齐摆放着。

巴克医生对我说："请用。"

我无言以对，此刻毫无心情享用茶和点心。我犹豫了一下，漠然地谢谢他的好意，再次因为我在庭院时说的话感到惭愧。巴克医生只想完成工作，想解决实际困难，我却藐视他身为法医研究所负责人的立场和权威。我想完成评估工作然后脱身，盘算着礼貌离开的借口，又想到或许留下来听一听巴克医生的计划会更恰当。

我平静地说："我喝柳橙芬达，请帮我加冰块。"

我们讨论解决验尸房问题的可能对策。必要资源（冰块、电力、尸袋和可抛式补给品）的供应链受阻，我开始感到沮丧与愤怒，不是针对巴克医生，而是针对我的上司，他们交办的任务远远超过我的专业领域。这项任务主要集中于尸体处置实务，没有别的，如同之前的侯赛因兄弟的遗体移交任务，我不想与死者扯上关系。我爱莫能助，无力解决街上的尸臭味或验尸房问题。但是，巴克医生向美国陆军请求医疗和法医协助，而我代表美国陆军，巴克医生不容我束手无策或无能为力。最后我告诉巴克医生，我会申请一个后勤小组将尸体运送到临时墓地，未来一星期我们可以合作标

记尸体和做编目。他还提到翻修研究所和提供补给，我会在报告里
列入这些需求。

他微笑着说："感谢您，我的朋友，谢谢您！上帝保佑您！"

返回联合特遣部队途中，我们必须在人称"刺客之门"
（Assassin's Gate）的边界检查站停车接受检查。有四五辆军车排成
一列等候安全检查，还有十到二十辆民用卡车挤在另一条通道上。
执行安检的士兵必须花较多时间盘查卡车和伊拉克司机，因为几个
星期前刚有叛军用卡车炸弹和小型武器攻击了检查站。我想让我的
小组快点被放行，不想被耽搁，便和负责的中尉简短说了几句。我
知道自己在法医大楼的那股余怒未消。

我们终于通过了检查站，司机载着我们沿着主要道路返回办公
室。有辆满是灰尘的、载重两吨的卡车尾随在后面，那是辆非军用
车，车身有阿拉伯文。我从后视镜监视了它将近一点六公里，卡车
司机离我们太近，又开得太快了。我们的悍马车在十字路口减速
时，卡车甚至差点撞上我们。我向我的司机大喊不要停车，但他听
错了，反而踩下刹车。后面的伊拉克卡车打滑，几乎撞上我们的
车。我跳下悍马车，径直向卡车司机走去。

那段距离很近，我用手枪瞄准了卡车司机的胸口。我的手指放
在扳机边缘，能感觉得到那种机械的张力。

卡车司机坐在车内吓得呆若木鸡，我对他又叫又骂了三四分钟。

我对他喊："再往前一步我就毙了你！把手举到头上！"

我期望他听得懂我的每一句咆哮。他坐在那辆该死的印有阿
拉伯文的棕色伊拉克卡车内，双臂高举。我看见他全身摇晃，大
声哭喊，犹如孩子面对家暴的父亲。他只能一直说："是，长
官"。有些士兵聚集过来，观看这场对峙。我看见他们站在我周
围，在我身后笑出声来。我不知道他们是在取笑我还是在取笑司

机，我没笑，卡车内的人也没笑。

司机的双唇和下巴开始颤抖，然后他不断眨眼。人们在对抗激动的情绪时就会这样眨眼。对我而言，司机每一次眨眼都释放出恐惧的情绪。我以前见过这种恐惧的眼神。

卡车司机动了一下，把右手放在前额，用伊拉克的方式向我敬礼。当他的手离开头顶上方，往额头和右眉移动时，我有了反应。我的指尖触及弯曲的扳机，感觉到扳机的张力，也感觉到它的压力。我控制呼吸，接受过的武器训练全浮现在脑海里：进攻时所需的速度、利用压倒性的力道强力行动，以及教官说要快速且彻底解除威胁的警告。

人类一眨眼需要十分之三至十分之四，士兵面对威胁时能反应的时间也差不多，那是威胁记忆和扣动扳机记忆产生的反射，不需要思考。一发九厘米的子弹从手枪射出后，可瞬间到达九米外，比眨眼的时间快二十倍。武器射出的弹头会产生足够的弹道能量穿透目标，如同十磅（1 磅约等于 0.9 斤）重的大铁锤砸破窗户的装饰玻璃。弹头会沿着中心轴旋转或在击中目标后前后翻转——不论被击中的是皮肤、骨头、脑部、胸部、头骨或腹部——造成点状、星状或撕裂状等不同类型的伤口，也可能产生二度空洞现象或剪切效应。每一个枪伤的形状与大小都不同，但都是在一眨眼间形成的。

决定生死存亡那一刻，人们往往会看到自己的一生在眼前闪过。在那紧张的对峙下，我看见一闪而过的影像，但闪过的不是过往，而是未来。其中一幕显示一名伊拉克司机死在他的卡车里，我站在他的尸体前，手上拿着枪。另一幕是看到卡车炸弹客在座位下或门后藏了炸药。他可能已经搜集好情报，稍后就会根据这些情报寻找攻击目标。那些影像纷纷闪现，仿佛我已扣下扳机。影像来来去去，我瞥向司机的那几眼也混杂在其中，注意到几个一开始没留意的细节：驾驶座这边的挡泥板不见了，卡车的颜色是偏绿的棕色而非纯棕色，司机是个有着黑色卷发和稀疏胡子的男孩子，看起来和我的小儿子差不多大。他们两人都有一双年轻的眼睛，还有一副敢顶撞、毛毛躁躁的神情。我紧盯着司机的双眼，眼前浮现关于小儿子的记忆，现场恍如双重曝光的黑白照片。

我记得小儿子坐在艾奥瓦家里的厨房，我责备他高中成绩没有达标时，他就是这副捣蛋鬼的表情。我对他进行说教，告诉他如何在激烈的竞争中求生。在我的咆哮与威仪下，他开始发抖，并逐渐崩溃。小儿子眨着眼强忍泪水，但泪水终究流了下来，一开始只有一点点，然后是两行，最后是涕泪横流。我能感受到他的恐惧与痛苦。我们之间形成了一道鸿沟，我转头离开，感到悲伤而无力。

关于小儿子的记忆有它独特的力量，或许是理智、爱或自制。不论那是什么，也不管它如何发挥作用，它都让我犹豫再三，转移了注意力，没有采取反制行动。在那犹豫不决的时刻，我回想起和儿子的对抗无济于事，而且让人追悔莫及。我开始想象扣下扳机能带来什么好处？开车的男孩明白他对于我来说是个威胁吗？思考之际，我觉得自己更像个父亲而不是军人。我觉得自己仿佛从战争中抽离，正在俯瞰自己、伊拉克男孩和我小儿子。我看着他们眨眼、流泪和颤抖，一个人的震颤化为另一个人的。随后我看得更加清楚：两个人都是爱玩、不谙世事的少年。那个卡车司机对战争根本不屑一顾，或者也搞不清楚遇到我这样的军人有什么大不了的。我迷失在愤怒之中，因为我接受了一团糟的任务。孩子们不是威胁，我自己才是。

我把手枪稍微移开目标，松开了手指。我望着眼前的伊拉克男孩，想着小儿子。然后我想起，这辆卡车通过了检查站，士兵盘查过司机、搜查过车身，军犬也嗅过卡车内是否有炸弹，最后并没有发现什么。更重要的是我想通了，这个伊拉克司机只是和我小儿子一样，开车漫不经心，但年轻的生命罪不至死。我的手指离开扳机，靠在枪身一侧，接着我深吸一口气，放低声音，举起枪又数落了司机一次。

"你千万别再犯，要不然我会逮到你，给你好看。"

他说："是，长官。"他微笑着把卡车倒退了几米。他再次向我敬礼，我摇摇头，松了一口气。回到车上时我明白了，小儿子的记忆使我变得理智，而自己在不知不觉间差点杀死那个男孩。

越　界

　　穿越巴格达的边境和检查站时，我会在心中暗自盘算。从一个前方作战基地的种种已知特质，转移到与敌军接触的可能性和一切未知事物时，我明确注意到了括约肌的紧缩。无论是遭遇敌方狙击手或路边炸弹攻击，其中有某种因素让人兴奋、充满力量。与敌人接触未必会让我对死亡产生真切的恐惧，而是更能提供外在的证据，证明我拥有战争所要求的全部韧性和技巧，心理的、身体的、精神的，无一或缺。在巴格达工作头三个月，有两名医生遭到枪击，其中一位医生开枪还击并杀死了敌方枪手。住院后他告诉我遇敌的过程，那种经验让我不胜向往。我不是指中枪，而是和敌人激烈交手的经验。

　　每每通过有形路障，我的战斗意识就会被激发，这不仅是身为军人和医生的职责使然，而且是情感和心理状态使然。在本质上，它是一种捶胸高呼的虚张声势，必须展现强悍的军人实力。这种情绪变化使我的心态从单纯的"人在战场"到对战争有了更深刻的理解，进而达到身体与心灵完全投入战争的境界。这种变化是真实的，就像我前一回合只是从侧翼参与某一场战事，此一回合却身处战火中心，肩负同时履行军人和医生职责的重担。战地医学的艰难之处在于不是所有人都该被抢救，也不是所有人都能得救。我的同事们几乎没有时间悲伤或难过。我们快速应对，然后继续处理下一个伤员或执行下一个任务，往往把悲伤或愤怒塞进任何一个找得到的藏匿之处。身处战争之中，我要把持住军医的角色，不可以流露出软弱的情绪。

伊拉克并不缺乏路障和边界。最简单的是地图上的疆界，它们区分了地理区域和师级、营级与排级的作战责任，每个区域都标记为下起中尉上至将军的指挥责任区，如果你进入了错误的区域或他人的管辖区，经常会爆发新战事。我在联合特遣部队的职责之一是帮助那些因为战争而受伤或罹患疾病的伊拉克儿童，安排他们就医，我经常会与军事医院的指挥官发生冲突，因为军事医院的使命是治疗美国和联军的伤亡人员，而我的工作会让伊拉克患者住进军事医院，使有限的医疗资源更加吃紧。指挥官认为，伊拉克人有自己的医院，必须去那边寻求治疗。确实没错，伊拉克人有自己的医院，但那些医院缺乏足够的医疗设备和用品，这也是不争的事实，许多当地的医院需要大量的医生、护士和医疗设备。因此军方指示军方医疗部队为平民提供适当的医疗服务，借此赢得伊拉克民心。由于医疗资源有限，我们需要合理安排优先事项，还需要制定把间接伤害与人道主义救护纳入军事医疗基础设施的适当策略。因此，医疗领导阶层之间也有一场战争，医生对战医生，行政官员对战医生。

除了心理和行政边界之外，还有许多实体边界必须跨越，比如路障和警戒线、检查站和安全区。美国和联军部队用新泽西水泥护栏、贺思科（Hesco）屏障及刀片铁丝网建起了边界，划出作战基地、补给路线、重要建筑物和医院所占用的范围。他们张贴禁止标语："停—禁止进入—禁止穿越。"在巴格达非战事区域（green zone）的"刺客之门"入口处有三个火力升级区域，地上有白色的标记横跨路面，形成保护屏障，使士兵免于遭受敌方侵扰。如有叛乱分子试图利用汽车或人肉炸弹闯过屏障，边界卫兵一律格杀勿论。有一天我在外围的大门附近，那里有用阿拉伯语写的红色标语："无军方护送不得进入，如有死伤，后果自负。"当时有一车伊拉克人前来，但他们没看到标语，也许是司机搞不清楚哪条路线不准穿越，或是路障处的士兵大喊大叫让他分了心。这辆车很可能载有携带炸弹的叛乱分子。他们跨过了那些边界。这辆车刚穿过外部警戒线不到三米，士兵就朝车开枪，杀死了司机和前座乘客。死者是两位约四十五岁的平民，分别是后座孩子的父亲和叔叔。孩子的母亲在对抗中受伤，但仍用身体护住幸存的五岁女儿。事后士兵和翻译人员质问母亲，发现她是想把生病的孩子送到军医院。她听说那里有儿科医生可以治疗伊拉克儿童。

1989 年，萨达姆在巴格达"卡迪西亚双剑"（Swords of Qadisiyah）下方的水泥路面用钢盔做了几道减速带，以庆祝他在两伊战争中自封的胜利。据说这些钢盔属于被处死的伊朗士兵，萨达姆下令用水泥填满钢盔，然后埋到马路上。数以千计类似的钢盔挂在吊货网上，再铺到两柄金属剑的底座。这两柄金属剑约四十三米长，被用同样金属材质的拳头紧握着，那拳头很像萨达姆的。我有一次驾驶悍马车压过钢盔减速带，感觉像是压过小鹅卵石。我下车查看它们是不是真的，却不禁为之惊叹：每个钢盔上都有弹孔。我抚摸弹孔的边缘，有些是光滑的，有些呈锯齿状。有些弹孔有星状边缘，透出一点铁锈色，有几个钢盔则有两处弹孔——子弹的入口和出口。大部分弹孔是指尖大小，有一个和我的手一样大。我把手指放在弹孔上，想象戴过那些钢盔的士兵，他们和美国士兵并无差别。这些士兵本来可以在家乡陪伴家人、养狗或种花种草。他们的家人和朋友原本希望他们寿终正寝，但他们的死亡反而成为永久的展示品，成为不人道暴行的警示。我很内疚压过了钢盔，想扭转车轮的方向、清除车轮扬起的尘土。压过这些钢盔让我觉得侮辱了那些士兵的生命，他们的生命遭受野蛮行径的剥夺，仅仅是因为萨达姆想向别人展示战争的胜利。

沙漠中的路障和清晰的权力边界让士兵们对于战斗区域保有控制感。但他们很快就会明白，区区边界无法让他们控制任何东西，不论是地理位置、战火持续的时间，还是战争的节奏，遑论那条幸存者和死亡者之间的随机界线。主导交战规则的道德界限有时候无法让士兵们免于做出违背良心和不合理的战争行为。当士兵越过那些道德界限时，并不太在意后果的严峻与残酷。敌军和联军一样，都越过了道德界限，仿佛开车越过一条白线，这一边是完全可接受的战争，另一边则是举世哗然、令所有人痛恨与痛哭、反理性与反文明的战争。

道德越界使战争成为不可饶恕的人手中的工具。这一方越界进入阿布格莱布（Abu Ghraib），另一方越界炸毁运河饭店（Canal Hotel）。这一方折磨伊拉克公民，另一方拖行烧伤与残缺不全的美军尸体走过费卢杰（Fallujah）街头。越界行为让心灵和道德沦丧，卷入人性的黑暗之中。在那里，破坏和野蛮的逻辑允许斩首、酷刑和肆意寻找迫害对象。这些现象的核心意义是：越界让我们无情地仇恨彼此，这种仇恨就在战争坚硬而粗糙的边缘滋长，那坚硬而粗糙的边缘，正如同卡迪西亚双剑下钢盔的弹孔。

越界只是瞬间的行为，而那个时刻令人难以捉摸。它并不像超级英雄的变身，上一刻你还是个温和的人，下一刻却彻底变身超级英雄。越界会以不同方式、不同程度控制士兵。我认识的一名士兵把杀人变成主要的任务目标，想在战地任务结束之前杀死一名叛乱分子。有些医生把高风险的部队保护责任揽在身上，借以提高与敌人接触的概率，我就是其中之一。少数医生将怒火导向上帝、信仰或政治。在所有越界中，无论是医生、普通士兵，还是军官，他们的思绪和精神中均潜藏着同一种元素：仇恨。这点清晰可见而且难以应付。有些人在经历了太多战斗或见过太多病人之后，逐渐积累仇恨。有些人则是突然开始仇恨他人，通常是因为战友的死亡。越界改变了这些人，让他们憎恨他人，即使憎恨并不是他们的天性。

我自己的越界行为大部分发生在运河饭店爆炸后。运河饭店是联合国特别委员会（United Nations Special Commission）的总部所在地，由人权事务高级专员塞尔希奥·比埃拉·德梅洛（Sergio Vieira de Mello）领导。2003年8月19日星期二，一名伊拉克叛乱分子开车进入饭店旁边的巷子，引爆了一个卡车炸弹，爆炸声传遍全巴格达。当时我正准备做战斗简报，进入联合特遣部队总部之前，我在台阶附近停下来和一位作战部官员聊天，谈论话题只不过是八月的高温、家乡的天气还有家人等小事，时间就在下午五点之前。我们边聊边抽雪茄，吞云吐雾一番。我们看着停车场的士兵进进出出，我刚说完这一天好安静，就听见底格里斯河上晴天霹雳般的爆炸声。

"开工了。"我说。

我们转身走向作战中心，接下来的几分钟和几小时内，关于袭击的详细信息铺天盖地而来。有一支快速反应部队已被派往爆炸现场，在那里进行初步评估，然后向作战中心的军官汇报。启动反应后三十分钟，加里亚诺上校来到我的办公桌前询问最新情况。我在事故初期得到的唯一信息是运河饭店遭到轰炸，受伤和死亡人数不详，但绝对足以启动医院的救灾行动。最后统计共有一百多人受伤、二十二人死亡。已有一个美国法医小组正赶来伊拉克，集结辨识遗体。

爆炸发生在星期二，危机应对初期，相关人员在巴格达国际机场殡葬事务部附近指定了一个帐篷当作临时太平间。星期三，我陪同加里亚诺上校和肯尼迪大使到太平间协助鉴定，大使希望能加快进程以回应伊拉克的要求。太平间是一座大帐篷，已经配备了三个不锈钢工作台、检查手套和尸袋等用品。帐篷外面则有多排铝制运送柜，好将阵亡的遗体运送回家，我数过至少有五十个。太平间帐篷内有两把折叠椅，适合任何想坐或不得不坐下的人。除此之外，现场仅有的物品是一些大型木桌，用来放置送来的尸袋。

从爆炸现场运出的残骸被送到了太平间，士兵把它们卸在木桌上。走进太平间帐篷时，满目尸袋与血腥气味让人崩溃。若非加里亚诺上校和肯尼迪大使在场，我会转身离开。我与法医小组合作整理残骸，根据它们属于同一人的可能性，将各个身体部位分堆摆放。我解开尸袋，用戴着手套的双手伸进袋子里拿出尸块。收回的残骸有些小如香烟盒，有些较大，例如整条腿或半副躯干。我们用比对边缘是否吻合、解剖以及拼凑等方式分析尸块，如同在拼图一般。我将尸块滑过不锈钢槽，带有尖锐边缘的骨头和嵌在组织中的小石子摩擦着钢槽表面，发出令人头皮发麻的金属声。我的牙齿打战，也闻到了焦黑尸块的烟熏味。封上尸袋的拉链时，拉链的振动从指尖传来，那也是我经手每一具遗体时的最后感觉。

为了辨识身份而比对尸体碎块的任务让我觉得自己既冷漠又惨无人道，仿佛被某种恐惧和绝望征服，人类的一切生命到此为止，仅剩下粗糙而空虚的声音以及尸袋拉链的机械化振动。愤怒与仇恨在我体内翻腾，这种尖锐与刺痛可谓前所未有。我把这一切指向那名卡车炸弹客、普遍的伊拉克敌人，以及在战争的可怕与悲惨中丧生的人。

法医小组的辨识工作持续进行，结果显示大部分死者竟然是伊拉克平民,他们在联合国运作的重建计划之下工作,并未参战。参战的是我,是其他士兵。军人成为攻击目标在战争中天经地义,针对平民的攻击却违反了战争原则,不但践踏生命,而且造成无法反击之人的痛苦。我痛恨叛乱分子和卡车炸弹客,他们在身上绑炸弹或驾驶载满爆炸物的车辆,毫不在乎引爆后会置谁于死地。我也痛恨这场战争造成的池鱼之殃,有些爆炸累及儿童与老人,让他们罹难或残废。早在运河饭店爆炸之前我就看过一个十岁小女孩的脸被炸烂,全身严重烧伤,让我不禁觉得死亡才是对她最大的慈悲。还有一个老人被炸断了半只手臂,弹片卡在眼睛里。这些无辜者可曾发动战争?他们如何构成威胁?

在临时太平间工作两天后,我充满成见,似乎借此找到怨恨伊拉克敌人的理由。从今以后,出血不仅是临床症状,也意味着伊拉克武装分子恣意摧毁生命而枉顾战争道德;焦黑的肉体不再只是燃烧的结果,还象征着敌人邪恶的思想和行动。我用挑衅和侵略性的举止表现对敌人的唾弃,感受到更真实的死亡感,更清楚地认识到自己的脆弱,以及我对战争的绝对渴求。我正在越界。我心里有一场战争,人性与非人性、治愈与杀戮、医生与士兵,两股排山倒海的势力紧张地对峙着。

我的内在斗争不断,一件奇怪的事情发生了。除了暗地里渴望逃离拼凑尸块这项令人厌烦的工作,我也想离伊拉克越远越好。我想陪伴孩子们,需要他们支持我。我需要抚摸他们,确定他们安然无恙。这段时间我经常想起孩子们,他们会突然浮现在我脑海中。当我正在处理某个身体部位,试图将它与其他部位合体时,会突然想到贾斯廷、达伦、凯特琳或乔丹,想着他们就坐在餐桌旁,准备出门上学,或是被我说的话逗得哈哈大笑。我叫他们让我专心工作,因为他们离我太近了。我想将他们与我眼前的一切隔离开,但是他们不断打扰我，像是要把我从炸弹攻击的惨无人道的战争中拉回来。我身陷工作的情绪旋涡，而他们正如同抗衡的力量。运河饭店爆炸使我更加接近战争的恐怖，孩子们却牵引我回到身为人父的美好意义。即使是在地狱般的战争中，我也可以看见，或者说是逃回去，重拾人之所以为人的爱。我需要我的家人，他们也需要我，这是既简单又永久不变的，不容妥协。他们提醒着我：我是他们的父亲，我必须回家。

越界现象定义了新的推理方式，它是一种超理性的逻辑，允许我们把敌人视为疯狂的禽兽，他们是一群不知人类情感或正直为何物、无法感受失落或悲剧，或是无法在合乎军人精神的前提下行动的人。越界现象中埋藏了一面镜子，能够反射战争的所有不人道，如果你胆敢看那些倒影，也将看见自己如何变得野蛮不堪。

反思自己的越界，我现在知道它与战斗技能的强化没有多大关系，而与灵魂的硬化有关。在越界之前，我眼中的敌人就和我自己一样，只是穿着不同的制服，基于义务而不得不参与战争。但越界之后的我全然不同，将敌人看成被邪恶污染的人，而我紧紧抓住仇恨，仿佛它就是我的终极武器，拥有万夫莫敌的强大破坏力。扪心自问，我必须承认自己有好几次被仇恨冲昏了头，成为我从不想成为的那种人。在那可怕的越界中，我不再是一名医生，却让战争占据了大部分生命。

第二次战地任务

从运河饭店爆炸案发生到 12 月中旬，我参与了更多非典型任务，但没有像我在移交侯赛因兄弟遗体任务中所做的法医工作那么不寻常。我和一群法医人类学家从事一项集体坟墓项目，目标是保存法医证据，将来才能在萨达姆可能面对的战争罪行审判中作证。我在联合特遣部队总部设立医疗救助站，处理了更多临床病例，其中有一些人是心脏病发作，也安排了许多在战争中受伤的伊拉克公民接受治疗。在阿布格莱布，我进行临床评估并建议在那里设立野战医院以容纳众多战俘。

我的战地任务即将在 12 月结束，加里亚诺上校要我考虑是否延长期限。我说如果他绝对需要我，我在所不辞，但他看得出来我很疲惫，决定让我和吉本斯一起奉命返乡。离开前一周，加里涅提将军找我去他的办公室。

"医生，你表现得很好。你应该考虑转到正规役部队。"

"是，长官，我正在考虑。我热爱这里的工作，这是我的荣幸。"

说完我们互相敬礼，我便离开了他的办公室。我想留下，但我需要离开。

办理完离营文书手续，我和吉本斯前往巴格达国际机场并准备回国。返美路线是从巴格达经德国的兰施图尔（Landstuhl），抵达得州的布利斯堡。我们乘坐空军的 C－17"环球霸王"，同行的还有大约一百名回家过圣诞节的士兵，他们个个归心似箭。如果挥动双臂能够让飞机加速，我们绝对会照办。

我们在布利斯堡执行反向战备程序、缴回设备、进行医疗检查，全程只花了几天时间。在医疗部门，心理健康评估人员给我们一份问卷，很显然是为了筛检创伤后应激障碍和心理伤害，若给予肯定的回答，则意味着我们得留在布利斯堡进行深入心理评估。其中有个关于目睹战斗伤亡问题，另一个问题是关于置身战火和迫在眉睫的危险。你收拾过人体残骸吗？你动用过武器吗？还有些自我伤害和自杀感受必问的相关问题。回答创伤后应激障碍相关问题时，大多数士兵会奉行某个潜规则，也就是尽量减少答复，或者直接说谎，否则很可能会被标记为软弱或被视为无法应付正常战斗压力，许多士兵认为这个标签将结束他们的军旅生涯。回答时，我和许多士兵一样说谎了。

我们参加简报课程，其中一门课程指导我们从军人生活过渡到平民生活。一位陆军心理学家发表简短的演讲，讲述从战场回家的士兵在日常生活中会有什么反应：我们会开快车、对汽车炸弹或狙击手继续保持警戒、对于威胁过度疑神疑鬼以及用命令的口气和军事术语对家人说话。遇到奇怪的或太大的声音时，我们可能会跳起来，甚至寻找掩护或摔倒在地。至于对从事医学、工程或飞行等具有高度技术性工作的人来说，与之前的典型任务相比，我们可能会发现平民生活没那么有意思，甚至无聊。

完成反向战备程序检查后，我和吉本斯飞到威斯康星州的麦考伊堡，在那里待了两天，由工作人员安排返乡交通工具。我们从训练场地到复员场所走了一遭，从国民警卫队的医生变成现役军医，最后又恢复本来身份，自觉做了很有意义的事。但在比医疗专业更大的背景之下，我们又觉得做过的事情微不足道。让思绪打结的反思时有时无，但我清楚地知道：我们可以活着回家。在冬季抵达麦考伊堡提醒了我们中西部寒冷天气的美好，而且我们在几小时内就能享受家的温暖。

我回到德梅因退伍军人医院的急诊室工作。那里的一切都没有改变，工作人员的工作速度让我想逼他们快转十倍。他们都很专业、善良，也很高兴看到我回来，但他们并没有像我一样曾经处于战斗状态。一般病人不太需要我的技能，战场上的紧张刺激、形形色色的创伤和艰难的决定全都一去不返。对我而言，急诊医学的挑战已经消失无踪，如果病人没有创伤或流血，就算不上真正的紧急情况。我仍然快速而专业地应对心脏方面的突发疾病，即便如此，现在的工作也没有比以前更具挑战性。一如往常的急诊室值班工作结束时，我总觉得自己的整个行医经验无关紧要。我怀念在伊拉克与病人和战友结下的情谊以及令人亢奋的战争节奏。如今，我的工作平凡无奇，我只是某个陌生而且一无是处的平民医生。

在急诊室和退伍军人医院度过难熬的三个月后，我打电话给华盛顿特区国民警卫队的医疗队任务分部。一名任务官告诉我，伊拉克和阿富汗的任务急缺急诊医生和飞行外科医生。我毫不犹豫地自告奋勇再次前往伊拉克。该任务是紧急的，不到一星期我就收到命令，要求我去布利斯堡报到，接受第二次调派任务的战备程序。我告诉妻子和孩子们，由于医生短缺，陆军需要我到伊拉克去。事实上是我需要陆军，我需要随之而来的复杂医疗状况和战争的紧张刺激。

在布利斯堡执行战备程序的十二名医生中，仅有两名有过部署经验，我是其一。整个小组都是预备役人员或国民警卫队的医生，此行是替代已经在战区的医生，大多数人甚至不知道会被分配到哪个单位。我只知道我会去伊拉克担任急诊医生，其余一概不知。不知道具体任务让我觉得不确定性在内心激荡，就像出第一次任务时我们的部队刚到沃尔伏林营和纽约营那样。

到达布利斯堡三星期之后，任务分部下发我们的调派命令。我将加入一个支持第三十重型旅战斗部队的医疗小组，地点在名为"FOB 考德威尔"的远程作战基地，它以内布拉斯加州奥马哈的军事专家纳撒尼尔·A. 考德威尔（Nathaniel A. Caldwell）命名。考德威尔于 2003 年 5 月遇害。FOB 考德威尔也是克尔库什（Kirkush）军事训练基地所在地。这个基地距离伊朗、伊拉克边境仅二十公里，被美军占领之前是被伊拉克遗弃的军事设施，也是伊朗入侵伊拉克的前哨站。

如果伊拉克的城市和基地之间有对照组的话，克尔库什就是我出第一次任务时在巴格达所体验的地理和任务的对照组。克尔库什和 FOB 考德威尔有两样东西：沙子和炎热。炎热并非伊拉克特有，但在克尔库什，你吸入的热气就像卡在肺里似地煮着你的红细胞。它离伊拉克的主要地带太远，甚至没有连上全国电力系统，也没有可靠的供水设备。

我在 2004 年 6 月抵达 FOB 考德威尔，在这里我对军医工作有了不同的看法。我本以为第二次战地任务和第一次战地任务相去不远，实际上却完全不同。大部分时间我在治疗普通士兵的伤病，通常是那种我不喜欢的医疗护理，因为毫无挑战性可言。我主要治疗热病。派驻 FOB 考德威尔营的医务人员太多，能和其他营地互通技能的协力合作又太少，我感觉花在做记录与培训上的时间就和给病人看病的时间一样多。

我在 FOB 考德威尔最高兴的事是结识乔·莫里斯（Joe Morris）

少校，他是一位医生助理兼前海军陆战队员。我们很快就混熟了，我俩的共同之处是富有幽默感和专业气质，都对职业生涯充满渴望，以及都接受过任务调派。

乔总是极尽所能地嘲笑陆军的口号："军队一条心"。身为前海军陆战队员，他觉得这很滑稽。

我说："我正将你列入招聘命令转派名单。"

他露齿而笑，用肯塔基腔回答："现在就加入，你会得到免费的沙漠别墅和战斗奖金。"

乔和我比其他大多数医务人员年长，我是这个单位的新"老头"。我到达之前的几个月，乔就在这里执勤，还组了个乡村蓝草乐队，乐队有一名洗手盆贝斯手、一名提琴手、一名梳子和勺子打击乐手。他会演奏班卓琴，能用乡村调闲聊，让士兵们忘记身处伊拉克沙漠的战争，以为是在得州的沙漠里受训。

乔和我一起值班时，我们会把时间分别用在照顾临床患者和培训医生上。在 FOB 考德威尔，我总共发了两次创伤警报，医护人员把十几名因交火而受伤的士兵送到医院。乔和我挖出士兵身体里的弹片并缝合伤口，一位外科医生对一名士兵进行腹部伤口缝合手术，其他医生则负责治疗表层伤口和骨折。

医务指挥官指派乔监督污水处理，这项额外工作的要求是保持水质安全及符合规定。

他说："土地出售！人们梦寐以求的海滨地。"

我回答："你是天生管理屎尿的好手。"

我们一起大笑，并继续说这是他真正的人生使命。有天换班时，我们想出了一个科学论文的主题，一个关于大量粪便如何决定原始社会乃至行军的理论。我们从《无法重现结果期刊》（*Journal of Irreproducible Results*）上某一篇恶搞的学术文章《粪便的起源》

（*The Origin of Feces*）获得某些想法，以下是我们提出的论点：大量人口会产生巨大的垃圾山，堆积如山的粪便将导致人类迁徙和战争，目的是寻求未受污染的土地。我们用这种诡异的方式应付奇怪却重要的任务，供应的水或食物若受到粪便污染，可是会大大削弱整个部队的战斗力。

2004 年 7 月到 9 月这三个月里，我们在克尔库许与周边地区的战斗从未达到我在巴格达经历的那种激烈程度。当步调缓慢、日子过得拖拖拉拉，我变得和其他医生一样，必须克服无聊的情绪才能保持严肃的态度。我经常想，我对伤兵是否有帮助。

将近 9 月底时，我在 FOB 考德威尔为期三个月的任务结束了。离开前几天，乔和他的乡村蓝草乐队为整个营地表演了一个小时，其精彩程度媲美乡村音乐圣地纳什维尔（Nashville）的任何节目。乔让每个人，包括旅上的准将，笑到忘记了我们正身处战争。我从未听过这么多乡村音乐和蓝草音乐，将军甚至为乐队起立鼓掌。第二天，美国石油指数基金（USO）招待全营同乐，请来洛杉矶的萨莎乐团和国家橄榄球联盟的啦啦队。乔和我坐在医院后面临时舞台的前排，像疯狂的大学生似的在橄榄球比赛中大喊大叫。他说我肯定不敢和啦啦队队员一起跳舞，于是下一首歌响起时，我起身跳舞，还向一位啦啦队队员伸出双手，她便跳进三夹板舞池。当穿啦啦队队服的她和穿军服的我随着拉丁舞节奏旋转、摇曳，士兵们鼓噪不已。歌曲终了，我们互相鞠躬，她给了我一个拥抱，所有士兵站起来欢呼，让我觉得是以自己的方式代表了整间医院的工作人员在跳舞。每位士兵都需要这种狂放野性的舞蹈，它让我们觉得活力四射，并被某种与战争无关的节奏包围——即使一切都与战争息息相关。我坐下来的时候，乔和我击掌并笑了起来。"我就知道你会这样做。"他说这样很好。确实太好了。

第二天下午，我准备离开 FOB 考德威尔。我向医生和医务人员最后告别，乔给了我一块棕色小石头，说是从污水处收集的石头，我答应会珍藏。他开车送我去考德威尔机场，我把行李袋放到黑鹰直升机上，飞往位于巴格达以北的后勤支持站安纳孔达（Anaconda），该处也被称为巴拉德空军基地（Balad Air Base），再从那里搭乘 C-130 前往科威特北部的多哈营（Camp Doha）。多哈营是美军在伊拉克进行部署的中心，我一抵达就去复员办公室登记，一名中士办事员将我编入候补名单，我会在七到十天内离开。

在等待的日子里，我打电话回家并给孩子们写信，每天在健身房锻炼两小时，然后在浴室泡十五分钟。我用海绵把全身刷了几回，看着肥皂水流入排水沟，想象皮肤沾满了在伊拉克积累的灰尘、油污，还有战斗气息。我注意到更衣室里缺少士兵们惯有的喧闹与抽打毛巾的声音，相反，这里的情绪是克制的，不全是沮丧或压抑，而是心平气和。我体验过这种混合了智慧、感恩和庆幸自己能在任务中生存下来的情绪。从每天同一时间上健身房的一个士兵身上，我也看到了同样的情绪。那是一位步兵部队的高级士官，驻扎在距离 FOB 考德威尔营地约三十二公里的地方，来伊拉克已近一年。他身材高大、皮肤黝黑、肌肉发达，在陆军后备役部队工作了十五年。他说话的节奏既不急躁也不突兀，行事谨慎、不疾不徐。他告诉我，他在执勤期间看到过几位士兵受伤，有一人在交火中丧生。淋浴后他总是坐在更衣室的长椅上，穿衣时低声哼着《古旧十字架》（*The Old Rugged Cross*）或《奇异恩典》（*Amazing Grace*），没有人打断他。士兵们来来去去，很安静，也彼此尊重，仿佛在参加某种礼拜。我专注于第二段歌词：

> 我已经历众多危险、痛苦和陷阱。
> 神的恩典使我安然无恙，
> 恩典将带领我回家。

这些歌词让我回想起第一次战地任务时的辛劳。他的歌声并没有令我消沉，反而使我振奋、坚定，感恩自己能够走在安全返家的路上。

在多哈营的第七天，我收到国民警卫队医务委员会发出的电子邮件，他想安排一次视频会议讨论我的复员事宜。这有点不寻常，因为他的职责并不是让医生回家，而是前往军区。我在事先说好的时间打电话过去，负责任务的上校先感谢我顺利完成上一次战地任务，然后告诉我另一项额外任务：在直升机攻击部队担任飞行外科医生。我询问任务何时开始，上校犹豫了。"呃，事情是这样的，医生，这是紧急需求。你必须从多哈返回伊拉克，航空部队已经在路上了。"

我停顿不语，沉默许久。战场上有个迷信说法，千万不要在接近回家时自愿执行任务，因为你很可能会"站着去，躺着回来"。你应该保持低调，不要太招摇。迷信就是这样，我也知道应验的实例。我已经告诉妻子和孩子们会在一星期内回家，现在该如何告诉他们这项额外的调派任务呢？

"所以，你在问我是否自愿接受任务？"我问道。

电话那头停顿了一下："嗯……我们没有别的选择。已经没时间了，医生。目前确实没有其他飞行外科医生，我们必须把任务指派给你，你有经验。命令是今天早上下达的。"

我轻轻笑了一下："所以，可以说你是打电话来通报我好消息的。"

"基本上是这样。"上校说，回我一声轻笑。

"好。发人事令和联络数据过来吧，再给我几天和家人谈一谈。我想，你欠我太太一封道歉信或一张卡片。"

我坐了大概一个小时，思索着回到伊拉克的意义，不知道科林和孩子们会做何反应。不论生理或心理，我都已放松下来了，期待着返家团圆。我很累，能够回家让我雀跃不已，但之前接受的训练正是为了这类任务，此刻能被赋予重责更让我自豪。在 FOB 考德威尔的时候，我深深觉得自己在医疗领导方面没有太多贡献。执行第一次战地任务时，加里亚诺上校和加里涅提将军曾经给我接受挑战的机会，希望我多方尝试指挥与领导工作，分配下来的大部分任务也确实拓展了我在非临床和领导方面的技能。离开 FOB 考德威尔之前的那一周，我期待自己能更加胜任复杂的任务和领导职位，并在职业生涯中踏上指挥与通才的道路，却没料到这个梦想会在一夜之间实现。

第二天，星期六，我打电话给科林，告诉她这项新命令。我的开场白是我有多么爱她、多么感激她，然后就抛出战地任务延长这颗"炸弹"。

"我知道你不想听到这种事，但我的战地任务延长了，我得在这里多待六个月甚至更久。"我没有更好的表达方式，只想在没有太多情绪的情况下快点结束谈话。说完后，科林毫无反应，我以为电话断线了。她回话时，失望之情溢于言表。

"我们都期盼你能在家过感恩节和圣诞节。陆军没有其他医生吗？"

"我真的很抱歉，飞行医生短缺。"我说。

她的声音就和我一样平淡、缺乏感情。她问我："你要我怎么对孩子们说？"

我说："我会打电话给他们。"

我们谈论了延期的相关细节，我尽可能多地告诉她一些事情，她说会改变假期计划。她没有哭，但我确定她的下巴在颤抖。从她的话语中，我虽然没有听出生气或伤心，但我认为这两种情绪她多少都有一点。

她一字一字强调："务必凡事小心。"

"我保证我会的。你会没事吧？"我一说出口就知道这是个愚蠢的问题。对士兵与他们的家人来说，战地任务延期从来都不是好事。

"我会没事的，"她回答，"只不过你的工作比我想象的还要辛苦。"我听到低低的抽泣声。

"我知道，亲爱的。我很感激你，再坚持一段时间。我爱你。"

她说："我也爱你。"

说再见时，她的声音沙哑了。多年以后她告诉我，在我所有的任务中，那通电话让她最难过。她觉得无比孤单和空虚，仿佛我已经抛弃了她。但是，她也觉得有义务坚定地支持我，即使这意味着会将自己的情绪逼近临界点。她认为，我的任务延期就像黑洞，无从得知我是否会回来。如果我回不来，她该怎么办。

我打电话给孩子们并告诉他们新计划，他们无不表示失望，也担心接二连三的战地任务。正如我执行第一次战地任务，他们答应会尽力照顾妈妈，也会为我和其他士兵祷告。

乔丹特别不高兴，哭着说要打电话给总统或任何军队管理者。

我说："哦，亲爱的，我多么爱你。你可以打电话给任何人，如果你真的这样做了，我会很骄傲，但我的任务必须执行。"

"爸，让其他人去啊！我不希望你受伤。"她的声音嘶哑。她说得比平时更快、更有力。

"我知道，宝贝。我保证会照顾好自己。"

她很坚持："你做得已经够多了。"

我没有回答，只是听，任由她哭。她问我会去哪里、要待多久，而我没有回答。我告诉她，我为她自豪，并需要她的爱和祈祷。她答应每天为我祈祷并写信鼓励她的母亲。后来，她变得没那么烦躁了，可是到了终于要说再见时，我知道她正强忍泪水。我也是。我希望能说"我很快就会回家"，但我知道那不是事实。我还知道，自己正期待这次任务。

闪亮的冬日

我奉命留在多哈营，加入陆军国民警卫队航空部队并前往伊拉克北部。航空部队抵达后几天，我们从多哈飞往科威特北部比令营（Camp Buehring）的乌代里陆军机场（Udairi Army Airfield），阿帕奇武装直升机飞行员将在那里进行各种实弹射击训练。飞行和战斗训练终于有了用武之地，飞行员和炮手都十分兴奋。我也很兴奋，因为新任务需要随军飞行外科医生，而我的军旅生涯大部分时间在为此做准备。我在乌代里进行为期两星期的训练和实弹射击练习，同时让飞行员与工作人员认识我，并与医务人员、中士一起为前线行动做准备。身为本部队唯一的飞行外科医生，我自觉必须有出色的表现，晚上会另找时间上健身房，确保自己保持最佳状态。有空时，我重新阅读飞行外科医生守则和北约手册《战时紧急手术》的相关章节，并和部队的医务人员演练医疗救护程序与飞行作业。在乌代里期间我大为振奋，心情就像当年还是个年轻的大学毕业生，刚刚获得人生第一份工作。这里充满激情，我对自己和医务人员都要求尽善尽美。

2004年10月第一个星期，离我们前往伊拉克还剩几天，乌代里的牧师为即将穿越护堤进入伊拉克的部队举办了一次特别的晨祷。他每个月都会做几次礼拜，并记录参加过的部队。我们聊过几次，他说除了平安夜，这是最受欢迎的礼拜。

教堂布置得很简单：地面铺设三夹板地板，地板上摆着数百把折叠式铁椅，墙上的大地图用彩色图钉标出伊拉克前方作战基地的位置。一张桌子的靠墙处歪歪斜斜地堆放着关于信仰和希望的免费手册。入口处有个灰色的金属书架，上面摆满了《圣经》和袖珍本《新约》。还有一个稍微升起的讲坛，上面是一个木制讲台，讲台正面有手工雕刻的十字架。

天亮前一小时，大家陆续进入教堂。就座的士兵把武器和凯夫拉头盔一排排堆放在脚下，松开肩上的承重吊带和防弹衣，这让地板不可避免地砰砰作响，铁椅则传来叮叮声。这一切都表示礼拜即将开始。我想或许就在同一时间，敌军也在举行他们的宗教仪式，他们的武器也在临时木地板上砰砰作响着。

牧师带领大家唱《奇异恩典》，然后是简短的布道，主题是勇气以及在接下来的几个月里相信上帝会满足我们的所有需求。牧师朗读第二十七篇《诗篇》："耶稣是我的亮光，是我的救世主，我还怕谁呢？"座席区的细碎声响戛然而止。

牧师特别强调："耶稣是我性命的避难所。"他说避难所是个地方，既是实体的也是心灵的，战斗中的勇士们可以在那里维持战略优势。他还朗读了第二十三篇《诗篇》，再三琢磨上帝为戴维涂抹油膏的部分，也就是祝福和万全准备的象征。涂抹的油膏对士兵有特殊意义，它使士兵有别于其他人。布道中他也提及斯巴达战士的历史，他们预备作战时会将橄榄油涂抹在皮肤和头发上，保护自己免受恶劣的战争环境之害，这也是备战的象征。

我一边听布道，一边想起执行第一次战地任务时的布道，回想起赴任前夕在艾奥瓦州军械库的祷告、登机前的祷告，以及在帐篷中临时教堂提供的祷告。军中牧师请上帝引导我们投入战斗并保障我们的安全，士兵们口诵"阿门"并用手比画出十字架，知道自己即将公然违抗一切圣洁或安全的理念。

每当牧师为我们即将加入战斗而祈祷祝福时，我总是觉得信心不坚，但我还是会说"阿门"。士兵们需要信仰的堡垒，这点毋庸置疑，有时候祈祷是士兵们仅有的依靠。但我也知道有些祷告过的士兵已在战斗中受伤或死去。临敌作战之际，祝福未必都是有意义的。我的信仰不坚，我想敌人也会和我们一样寻求相同的祝福，并以同样的方式祈祷自己拥有力量、勇气并获得最终的胜利。他们是否感受到了信仰的避难所和油膏的保障？他们觉得自己是有福的吗？

牧师布道完毕后，询问在场是否有人想起立祷告，一位瘦小的步兵站起来请求牧师的许可。请求祷告许可倒是让我觉得十分特别，那是个年仅十八九岁的二等兵，最低阶的军人，可能因此而不再恐惧。牧师鼓励他祷告，士兵的祷告是这样的："上帝，我的部队明天早上要穿越护堤，您能否保佑我们获得胜利并平安归来？阿门。"他只说了两个简短的句子，然后一声"阿门"，接着是沉默。没有其他人起立祷告了。牧师带领大家念主祷文，结束这场礼拜。士兵们拾起武器，走出教堂。

有一刻，我思考着这次礼拜，那名毫不起眼小兵的祷告直入战争中信仰议题的核心，也就是控制。控制是军事理论和指挥的核心。总有人能够控制自己和周围的一切。无论战斗的职责或规模多小，某些士兵就是能够控制任务或战争的范围。控制等同于战斗的胜利和个体的生存。

那位士兵祈求上帝控制战争的结果，其实是要求上帝赐予祝福——能够去控制的祝福——以便我们全体能安然无恙地归来，在本质上，这是祈求上帝为我们争取胜利而不偏袒敌人。这样的祷告让我心灰意冷，犹豫并怀疑起自己的信仰。我打从心底想相信那名小兵的愿望得以成真，却抱着不屑一顾的态度。我在这几次战争中看过无数尸袋，深知伊拉克战争的结果不会如那名小兵所愿。听到他的祷告时，我看得出来他对上帝的信任何其单纯，希望自己也能那样简单有力地相信上帝。我很佩服那名小兵，一点都不认为他的信仰毫无根据或信仰使他变得软弱。反之，我担心自己的信仰已经硬化，不再具备纯洁的信心。他的祷告让我觉得自己依靠的是军事本能和医疗技术，而非祷告和信仰的力量。站在战场前线的我看到敌对的双方：一方要求信仰，另一方要求控制。我想兼而有之，却很难理解上帝如何让这位士兵死、那位士兵活；或让一些人断手断脚、失明、神经受损，另一些人则毫发无伤。我所知道的一切告诉我：战争更像轮盘赌注，庄家转动轮盘，球最后落在你选的号码上。

执行第一次伊拉克战地任务时，我在野战医院见到一位颈部受伤的士兵。他在某西行车队里操作五〇机枪，事发时车队就在巴格达动物园附近。车辆接近天桥时，他扫视混凝土桥墩的两侧是否有威胁，然后看到一道横跨路面的闪光，让他想起了在早晨阳光中闪闪发亮的尼龙钓鱼线，和他父亲带他去明尼苏达州钓鱼时用的钓鱼线一模一样。

悍马车驶近天桥时，他看清楚了那道闪光是一条穿越马路、用来引爆土制炸弹的绊索。他最后一刻的念头是往后摔倒在悍马车车顶上，但那条线卡在他的胸骨顶端，从脖子上刮下一层皮肉，从锁骨向上一路直到下巴，扯开了脖子并使气管暴露在外。战地救护队将他送到野战医院，外科医生为他止血并修复脖子。

这名士兵告诉我，他在明尼苏达州的奶奶祈祷他能平安回家。他很庆幸能有这样的奶奶，并庆幸奶奶的祈祷帮助自己活了下来。我同意他的说法，有个会祈祷的奶奶是件好事。但我要补充一点，他那训练有素的快速反应同样帮他活了下来。

上教堂时我总是会想到这场意外，它蕴含了命运、信仰，以及我对于控制和环境的信念。对我来说，它定义了战争的确定性和不确定性之间的平衡。你大可为一切意外情况做好准备，自觉万无一失，但在某个偶然的时刻，一条金属线就可能让你身首异处。在信仰和控制的平衡之间，快速反应——对技能和信仰的反应——似乎是生存的关键。

教堂礼拜的几天后，部队的飞行员搭乘阿帕奇武装直升机和黑鹰直升机前往凯亚拉西部（Qayyarah West）前方作战基地，位于伊拉克北部，靠近摩苏尔。队上其余人员则乘坐两架 C – 130 飞机前往。

凯亚拉机场位于巴格达以北三百二十二公里、摩苏尔以南五十六公里处，士兵们称它邱韦斯特（Q – West）或基韦斯特（Key West），因为它的本名不好念，会让舌头打结。称其为基韦斯特也在词义和地理上将绝对矛盾发挥到了极致，因为伊拉克的基韦斯特与佛罗里达的基韦斯特市有许多相似之处，如同越南的"河内希尔顿"（Hanoi Hilton）既是地名，也是真正的旅馆名。

基韦斯特唯一出名的是曾为萨达姆首屈一指的空军基地，停放过伊拉克第一架苏俄制米格战斗机。美军轰炸机在最初的空袭中将基地与跑道夷为废墟。美军展开地面攻击后的几个月，陆军工程师才重新修建蜿蜒的跑道，使这里得以作为前锋作战行动的基地，并改名为 FOB 忍耐（FOB Endurance）基地。在这里确实需要忍耐，虽然众人在文字游戏上玩得不亦乐乎，但它是伊拉克的前十大烂地方。2003 年执行第一次战地任务期间我来过这里几次，当时这里简直像个被炸烂的簸箕。

我因为延长的第二次战地任务回到基韦斯特，重建后的基地如今已能发挥作用，和 2003 年相比更加现代化。FOB 忍耐基地令我不禁渴望在巴格达时那种组织上的混乱。此外，除了对于基韦斯特的特殊感受，我对沙漠战争也形成了更明确的整体看法。盛夏沙漠的炎热让人难以忍受，足以榨干你体内的氧气和汗水，消耗你的精力和注意力，冬天的沙漠则是另一种折磨，同样让人筋疲力尽。冬天的夜晚不只寒冷，还下雨，由于昼夜温度变化剧烈，地表的雪水在冰冻和融解之间不断来回循环。军车留下的痕迹会从冰冻的车辙变成冰冷的泥土，渗入士兵的靴子、装备和一切器具里。白天的车辙积满冬天的细雨，形成数以千计相互连接的水坑。到了晚上，满目坑洞的地表则会再次冻结。

在这里走路或跑步都不容易，士兵们因为跌倒而摔断脚踝、武器脱手的事故时有发生。少数掉落的武器可能造成意外走火，误伤甚至杀死邻近士兵。士兵开车行经冻住的车辙时，持续不断的震颤甚至会让人咬断牙齿或导致脊椎压缩性骨折。

冬季的光线在车辆、飞机、建筑物和地面映照出令人毛骨悚然的灰色，所有天然的色彩都消失殆尽，放眼所见莫不是枯燥又雾茫茫的物体。浓雾在清晨笼罩大地，犹如废墟里破旧肮脏的窗帘，它会玩弄飞行员和飞行医生的视觉，造成幻视或使士兵忽略危险的实物。地平线消融于冬天的阴霾中，电线和障碍物也随之不见踪影。飞行员必须与天气战斗以免坠毁，这是战争中的战争。

冬季除了需要人们支出大量体力外，还会肆意破坏时间，将时间拉长、变形，成为四小时、十二小时、二十四小时的愚蠢区块，使停滞不动的每一刻都是难以承受的严寒。在那些令人窒息的时间区块里，时间变成和伊拉克叛军一样的敌人。士兵变得倦怠而暴躁，想打仗却无仗可打。他们了无生气地走动，一遍又一遍地磨刀子，一遍又一遍地检查各种规定和程序。有的人在百无聊赖中虚度光阴，有的人则大做返乡白日梦，紧盯孩子和配偶的照片。

如果军人无法思考或做梦，就会试图在自己的任务领域里表现出权威。军人们互相争辩，还经常怀疑自己或其他军人的行为。有些飞行员争论着在攻击任务中谁优先，我和另一个单位的医生则讨论直升机的使用情形，他说直升机要归他用，我回答他："放屁！"排长试着和我争论营救任务的准备工作，我却抽查他的医用包，发现里面没有我要求的手术敷料后，随手就把包扔到六米外，里面的医药用品散落一地。我甚至打开他的止痛药瓶把药丸全倒在地上，大喊："这是一场该死的战争，不是童子军露营。止痛药无法止血，现在你给我去重新准备止血药。"

虽然冬季带来额外的挑战或彻底的痛苦，但它也让我们和家乡与家人更紧密相连。我们收到大量包裹，感恩节和圣诞节的气氛很浓。这些包裹包括：艾奥瓦州德梅因退伍军人医院一名九十岁志愿者寄的两包香蕉面包；朋友的乡村教堂寄来的四百个独立包装怪物饼干；几百张小学生写的卡片，向我们询问骆驼、蛇或蜘蛛的情况。支持团体也送来数百张 DVD、几袋肉干，以及各种口味的咖啡。我们收到的杂志形形色色，如机车杂志，杂志的折页印着哈雷机车和穿着清凉的骑士，其他还有《汽车潮流》（Motor Trend）、《美食与美酒》（Food & Wine）、《读者文摘》（Reader's Digest）。有人认为寄《美好家园和园艺》（Better Homes and Gardens）来是个好主意。

士兵的孩子们寄来手工制作的圣诞贺卡和附有笑脸贴纸的信件，士兵会把它们固定在临时墙壁上或帐篷两侧，或整整齐齐地折起来放入口袋，仿佛这些卡片是珍贵的书籍或圣物。它们也确实是。我的孩子们亲手写的信件和卡片让我百读不厌，我不时用指尖触摸每一道墨水的痕迹。我闻着纸张的气味，把它贴在胸前。只要有空，每晚我都会阅读这些信件，直到对家人的爱让我感到心痛，让我想和家人而非军人在一起才不得不停下来。那种心情让人觉得内疚、悲伤、孤单，像圣诞礼物那样紧实地包裹并压缩在一起。我总共在伊拉克连续度过了三个冬天，每一年都比前一年更难熬。我身处如麻战事，而他们的书信充满了无限的爱，频频把我推到崩溃边缘。我想亲近家人的爱，用心感受这种爱并张开双臂拥抱它。我想和妻子与儿女们齐聚一堂，什么也不说，只是看他们呼吸，默默地爱着他们。

冬天的沙漠带来许多美好的事物，例如家人的包裹和卡片、打给亲人的电话、美好的记忆，以及其他提醒我们生而为人的意义的事物。美好的事物就像冬天的沙漠，既坚硬又柔软，提示战争的艰辛与爱的温暖。士兵们试图兼有战争和爱的活力，然而这比战争更加困难。

拉链的声音

    2004 年 10 月和 11 月是处境艰难的两个月，叛乱分子的攻击与土制炸弹爆炸事件遍及伊拉克全境。在摩苏尔和基韦斯特北部的周边地区，频频交火明显提升了飞行任务的需求。美国步兵和空中部队在摩苏尔及周边地区与伊拉克武装分子交战，陆军医疗组织采取的措施是迁移野战单位以便提供快速救护服务。

    11 月初，伊拉克南部的作战内容由"魅影之怒行动"（Operation Phantom Fury）（第二次费卢杰战役）主导。伊拉克叛军不断攻入费卢杰，到了 11 月估计已超过三千人。联军于 11 月 7 日对费卢杰发动攻击，不到一周便击溃叛乱分子并掌控近四分之三的城市。战地支持医院和野战医疗单位灵活应变，以容纳大举涌入的伤兵。

    11 月 8 日，第二次费卢杰战役的第二天，我和一名医务人员从基韦斯特飞往巴格达北部的安纳孔达，将病人转送到当地的空军医院。直升机飞去加油时，我们在急诊室附近等候。这时，一架海军陆战队直升机降落下来，三位海军陆战队员和一位医院工作人员合力卸下四名受伤的陆战队员，用担架将他们送往紧急检伤区，留下一道从降落地点到急诊室门口的血迹。我的医务人员踩着鲜血一路走回降落地点边缘，说他从来没有见过伤员这样流血的。我说我见过，并要他不要踩到血迹，因为那是对伤员不尊重。他一脸困惑，但照着我的话做了。后来我告诉他，那血迹让我想起"血泪之路"（Trail of Tears）——在《印第安人移居法案》（*Indian Removal Act*）授权下，数千位切罗基（Cherokee）部落的印第安人在被迫迁居的路途中死去。他对这段历史一无所知，我尽其所能地告诉他政府如何用武力强迫印第安人离开他们的土地，也告诉他我将医院的血迹视为士兵的血泪之路，是不容侵犯的圣地。

联军占领伊拉克南部的同时，叛乱分子于11月第一个星期的摩苏尔战役中袭击北部。联军随之还击，11月中旬已从叛乱分子手中夺回摩苏尔。在一次支持北方攻势的任务中，一架阿帕奇武装直升机在一场小型战斗中被穿甲弹击中了驾驶舱。阿帕奇武装直升机的驾驶舱有一片很厚的高科技塑料面板，就在飞行员的脸前面，而子弹穿过了面板的一半以上才停住，技师挖出子弹送给飞行员当作吉祥物。一周后，同一位飞行员在摩苏尔附近执行任务，直升机左侧被子弹击中了。飞行员用无线电通知我们直升机被击中时，我和几位部队军官正在摩苏尔的飞行作战室里，直升机由副驾驶接手后在跑道中央着陆，我带着四名士兵开车过去，把飞行员从直升机里拉出来，他的飞行服正面全是鲜血。其他医务人员抬来担架，我们把他放上去之后便往停机坪边上的医院跑。此前一星期我摔断了脚，几乎无法承受额外的负荷，一位空军中尉帮了我。我在急诊室和其他医院的医生一起评估飞行员的伤势：一枚穿甲弹击中直升机，然后穿过他的左手腕，最后打在飞机的另一侧，好在没有造成更多伤害。技师也挖出了那颗子弹送给他。

这两个月里，我之前受到的各种训练得以派上用场。面对猛烈的攻击，我们要进行严谨的行动，做出关键性决策，快速进行处理。身为一位奉命执行任务的能干军人兼医生，当时的我体会到很大的成就感。那样的经验，别说外面的医生，连军中的医生也无缘遇到。我感到无比自信，这不是自负，而是战斗经验值提升后的自信。从医学院毕业时，我也有过同样的自信，那是知识和成就积累的气魄。这样的突破让我在回首来时路之际，知道自己达成了一些重要和关键的目标。对我来说，这一点比任务的所有要求和战争的艰苦更重要。

11月的战争节奏延续到了12月。我期待费卢杰和摩苏尔战役结束之后可以稍事休息，但休息时间是短暂的。飞行员在飞、医生在治疗、炮弹在轰炸、步兵排在整个伊拉克作战。战事如火如荼，而每个前线行动基地都在庆祝感恩节。在战争之中使用"庆祝"一词何其困难，它让人想到与家人团聚时的种种活动，也使我们敏感地意识到自己的脆弱，这和庆祝的理由完全背道而驰。无论如何，士兵们都为了还活着、没有受伤而庆幸。

对大多数人而言，感恩节是非常重要的一天。战争仍在继续，伤兵仍然需要医生，但是军队调整士兵的任务分配，尽可能让每个士兵可以在供餐时间齐聚一堂。陆军空运来了火鸡和所有配料，食堂工作人员花了近两天准备，大型中央服务台甚至摆放冰雕，现场播放背景音乐。我和几位飞行员及医务人员共进晚餐，我们放松了很久，大谈家庭生活与思乡之情。晚餐后，我和一位叫迈克尔斯的中尉以及几名医务人员在停机坪踢起美式足球。迈克尔斯是个万人迷，他在技艺、信仰和工作生涯等方面刻苦努力，务求在岗位上精益求精。他有十分罕见的热情，即使谈的是新兵训练也能说得有声有色，让其他士兵不禁觉得自己应该再回去训练一遍，因为当初想必是错过了什么。和他聊天让我意识到自己对这项任务的承诺。在礼拜堂时，我们偶尔毗邻而坐。

我利用晚上写信回家、阅读朋友寄来的清教徒祈祷集《异象谷》（*The Valley of Vision*）。我从阅读中得知，清教徒不停为所有事情祈祷。如果他们被派来伊拉克作战，是否还找得到理由祈祷呢？我和其他士兵不停做的事只有执行任务而已。

感恩节过去了，营地已恢复成战地氛围。感恩节固然是值得铭记的一天，但它已在纪念日历上消失无踪。12 月 9 日傍晚，我和牧师见面讨论战斗压力课程以及某位即将转介给他咨商的伤员。会谈结束后，我让所有医务人员解散去吃晚餐，独自留在救护站紧急待命。晚上七点，我离开救护站回到宿舍，想休息一下再去健身房，却在行军床上睡着了。

一段时间后，一阵剧烈的敲门声震醒了我。

"医生！开门！紧急情况，医生！"有人喊道。

"稍等！"我大声回应并走到门口。打开门，我看到一名脸色凝重的飞行中尉，他的声音充满惶恐。

"长官，发生一起事故，我们的飞机坠毁了，指挥官要您立即到战术指挥中心（TOC）。"

中尉脸上严肃和几近恐慌的表情告诉我，出大事了。

"有多少人伤亡？"

"我们还不确定，长官。指挥官会告诉您。"

我收拾医疗包冲向战术指挥中心，途经医务人员的住处并向他们示警，希望他们为最坏的状况做好准备。"你们需要做好灾难应变和多人伤亡准备。"我命令士官。

到了战术指挥中心，我得知在摩苏尔机场的前线区加油站有一架黑鹰直升机与阿帕奇武装直升机发生碰撞。人们对最初的碰撞细节有很多说法，我们不知道事故是因为燃油爆炸还是敌方火力造成的。指挥官与他在飞行作战室的同事联络摩苏尔的人员，确认至少有两名死者，迈克尔斯中尉和芬奇上尉。"那是我们的战友，组成一个反应小组准备飞往摩苏尔。"指挥官对在场人员说。

这番话让我全身紧绷，此次任务的情绪负荷更甚于平常的出勤与救援。我们部队将面对战友之死，这对某些士兵来说会是一大打击。执行第一次战地任务时，我就见过多起伤亡事件，却是第一回遇到自己的队员伤亡，而且在抵达军区两个月之内就发生了。

当晚极为寒冷，小雨让跑道上的直升机看起来比平时更老旧。机组人员匆忙跑来取下轮挡并进行各项飞行前的检查，动作精确审慎，但很迅速。他们向飞行员比出启动引擎程序的手势，燃油点火时发出深沉的爆裂声，响彻了整个跑道。直升机高速排出的废气冲撞着冷空气，喷射引擎刺耳的呜呜声淹没了现场。不到一分钟，加速的旋翼发出黑鹰直升机熟悉的飒飒风声。我们前往指定的直升机时，机组人员中的班长向我们简短敬礼。我抓住机身侧面的把手登机，穿过敞开的机舱门并扣住安全带，再将耳机插入对讲机面板。

我说："通信检查。医生在第六频道上线。"

飞行员说："医生，你的声音清晰无误。将监视第六频道更新。"

我们把医疗包固定在座位的架子上，互比手势表示安稳无虞。几秒钟后，直升机升空离地并悬停，机身略微向下倾斜，随即开始往前飞，速度和高度不断增加。起飞所需时间不到六十秒。

我的座位在机舱门旁边，我瞥了一眼消失的跑道。对讲机上弹出简短的更新信息和飞行员代码，内容是摩苏尔的天气与当前的情况。前线观察员报告说当地有小规模交战，雨势将影响跑道的能见度，机场安全部队已经控制了坠机现场。

飞往摩苏尔途中我彻底陷入思考，想象现场的可能情况：我们会开火吗？我们乘坐的直升机会像其他直升机一样坠毁在摩苏尔吗？我能同时处理多少名伤兵？如果机组人员烧伤或困在残骸中怎么办？就在那个瞬间，我忘了医院位于何处，尽管已经去过很多次。这些情景让我既激动又紧张。我让自己专注于已知的细节：有两架直升机坠毁、两人或更多人阵亡、多人受伤，他们可能都在坠机现场或医院。我告诉自己冷静下来，关注任务的进展，通过深呼吸、手臂与双腿自觉的紧缩和放松来克制飙高的情绪与肾上腺素。我心跳放慢，全身肌肉处于待命状态。

飞行员说："医生……医生……请接第一频道。我们已经出发十分钟了，指挥官要为你更新状况。"

我摸索到频道选择器，将自己重新转回现实。

专注。我说："50 幽灵骑士在第一频道。"

飞行员说："50 幽灵骑士。我们确认有两名 KIA、九名烧伤 WIA。医生收到请回答。"

我说："收到，两名 KIA、九名烧伤 WIA。"

接下来的十分钟如同消耗掉的弹药般消失了。我觉得在我们的任务中，时间已然脱离物理学和飞行法则，呈现跳跃式前进，就像无线电安全频道上闪现的加密信息。和以往身处危机时一样，我的表达、动作和思考趋于简洁有力。我听得到旋翼在空中如雷贯耳的转动声，也感受得到它的声波震动着我的身体。当我预想着即将发生的状况时，也想起了我和儿子们一起打棒球、和女儿们一起去看美式足球赛的情景。我们在温暖的阳光下尽情欢笑，听得见球手手套的拍击声，看得见手套开口冒出一阵尘土。然后，记忆全消失了。

飞行员从对讲机传来信息："五分钟后抵达坠机现场。"

我伸手摸了摸医疗包，并用手按着武器，确保它没有丢失。现场并未交火，否则阿帕奇武装直升机会开火，我们也会转移到其他地方降落。我们不需要战斗或开枪杀敌，唯一的任务是找到伤员和死者，同时保护坠机现场。此次任务的紧张之处不在于和敌军对垒的威胁，而是处理受伤和遇难的士兵，他们都是我们认识且关心的战友。

我把座椅的安全带放松些，以为这样可以更快地移动，但是没有用。我的医务人员也这样做，在我对面的士兵则闭上眼睛并用手比画十字架。我默默祈求上帝赐予我力量，虽然不确定那是否是我需要的。我需要的是清醒的头脑和果断的行动。

我们飞向跑道末端的停机坪，坠毁在加油站附近的直升机就在眼前，坠机现场已被士兵包围起来，直升机残骸冒着烟，机身碎片堆在一起，较小的碎片散落在附近。这让我意识到，飞行医生就是将碎片重新组合在一起。

我们乘坐的黑鹰直升机在直升机坠毁处短暂盘旋后降落在中场，也就是飞机残骸和跑道尽头的医院之间。阵阵强风直击机身，等我们终于降落下来，一名机组人员打开舱门，我抓起装备并蹲下避开旋翼，和安全军官与医务人员一起跑向飞机坠毁地点。

直升机旋翼的转动速度宛如飓风，掀起一阵小雨打在我脸上。在离机场很远的地方，阴云密布的天空下许多团火光历历在目。坠机现场令人震惊。飞机的金属和高科技碳纤维碎片散落在现场，各种线路悬挂在残骸上，机身碎片焦黑不堪，有的已经熔化，留下依然刺鼻的烟味，地上满是燃烧过的油污。阿帕奇武装直升机的旋翼断裂了，有一片脱离的叶片飞过半空落在二十七米外，插入装满沙子的贺思科屏障侧面。飞机撞毁时站在地面的燃料技术人员说，他们感受到旋翼刮过头顶再撞到障碍物时的那股风。飞机残骸燃烧的热量烧毁了阿帕奇武装直升机的弹药。我们在现场评估时飞机很有可能再次爆炸。

评估时我是如此震惊，就像从未见过爆炸后的残余物、土制炸弹或悍马车碎片，以及粉身碎骨或被烧伤的驾驶员。类似的事件我见得多了，但这次事件与我相关，这架直升机是我搭乘过的，上面搭载的士兵也与我有关，因为我是他们的随军飞行医生。对于战争创伤，我向来能够保持客观态度并做出快速反应，可是看到飞机残骸堆积如山、阿帕奇武装直升机的机身翻倒、焖烧的碎片散落一地，而我失去了所有的专业与客观态度，觉得自己更像是失去两名战友的士兵，而非一位陆军医官。我和死者皆有私交：一位是迈克尔斯中尉，在感恩节晚餐后和我及医务人员踢过美式足球；另一位是飞行员芬奇上尉，是个有家室的年长军人，我们曾经一起聊各自的孩子，我很佩服他的飞行教练身份与在部队里的领导能力。他们两人的信仰和领导才能，使他们成为受人尊敬的飞行员。虽然我与他们并非亲近的朋友，却已称得上熟识，而且我们彼此尊重。我失去了专业和客观的态度，觉得既悲伤又失落，但这两种情绪是军医最需要远离的，尤其是危险迫在眉睫时。

　　机场消防队在我们抵达之前已经控制了火势并确保周边安全。在其他人忙于控制坠机现场时，机场安全小组先行移走了两名阿帕奇武装直升机飞行员的尸体，装入尸袋，也将九名受伤的士兵用黑鹰直升机送到机场的陆军医院。

　　我必须去医院与幸存者面谈并照料他们，一位机场安全人员开车送我过去。我向医院的指挥官报到，他带我们去安置伤员的医院侧厅。他们都受到了灼伤和割伤，伤势不严重，已由急诊室人员治疗过。我简单检查每个人的伤势，也试图安慰他们。他们都知道战友捐躯，躺在病床上震惊不已。这些士兵二十几岁，与迈克尔斯中尉同龄，坠机事故对他们的身心都是一大冲击。有几个人坐在床边，不敢相信所发生的一切。他们的外伤很轻，内心的伤痛却很深。搭乘的直升机坠毁，每个人都知道自己刚在鬼门关前走了一回。其中一人说他感觉机身发生碰撞，听到金属撕裂的声音，接着全体往下栽，大家都以为会被困在里面活活烧死。一位班长说他被安全带绑住，无法逃生，挣扎变成了恐慌，越想逃脱，安全带绑得越紧。他自认将在爆炸中难逃一死，索性认命坐回座位，深吸一口气并祷告："上帝啊，请带我回家。"他一放松身体，安全带也随之松动，他脱了身，从坠毁的直升机中逃了出来，几秒钟后直升机便爆炸了。和我说话时，他的双手依然在发抖。

我向医院指挥官询问死者的情况，他说死者的遗体被安放在医院后面，等待尸检人员接走。这里没有临时太平间。我在后门外找到了遗体，它们就装在尸袋里搁在担架上，离垃圾箱很近。医院工作人员竟然将遗体放在垃圾箱附近，我很生气但按捺住情绪，因为我已看见盛怒会让幸存者和我自己变得更糟。我需要冷静，而非愤怒。

我利用排除法与飞行资料得知死者的身份，但还没有查看他们的遗体。我询问指挥官可否交叉核对任务分配和飞行日志来进行身份识别，以便签署死亡证明。他却希望我能够采取积极的方法来辨识死者身份，因为他认为死者身份无法仅由简单的交叉核对飞行日志确认。他下令："我们需要实际确认。"

"是的，长官。"这是我全部的回答。我以专业、敬业且忠诚的态度回答问题，但话里也带着恐惧。

检验停顿了约十分钟后，我终于走到摆放尸袋的担架前，闻到附着在尸袋布料上的残余烟熏味。我看见每个袋子的大拉链以及拉链两侧的细小水流，那是由雨水与烟灰混合而成的。我抬头远望，先望向天际，然后是附近的垃圾箱，最后才将目光才停在尸袋上。冰冷的细雨时有时无。

我必须将拉链全部拉开才能开始检验。我用大拇指和食指牢牢握紧大拉环，然后长长地拉开，对我来说这是最困难的一步。拉开尸袋的动作触发了一连串的情绪，我心跳加速，预想着即将看见的粉碎尸骸。拉动拉链时，链齿发出了金属摩擦声并随着袋子的长度而改变音高。袋子稍微打开后，我必须翻开边缘才能看得更清楚。起初我似乎什么也没看见，至少没有看到任何能够登记或检查的东西。然后，就像坠机现场给我的冲击一样，支离破碎的躯体同样让我震惊不已，仿佛我生命中一切有意义的部分都被暴力破坏殆尽。我失去了身为医生的所学和所能，我不再是个医生，甚至连军人都谈不上，我只是个凡夫俗子，而我眼前的一切，连上帝也不愿意多看一眼。我喘一口气，犹豫了片刻，强迫自己观察每一个碎片，却无法立即辨识死者的身份（即使完成了检验并拉上拉链，我也不确定自己看到了什么）。我遍览所有身体部位，然后分别将它们拼接到原来的位置。我想加速检验，但如果我这么做了，最后将一无所获。所以我放慢速度，缓慢轻浅地呼吸，小心谨慎地移动双手。我陷入了那种被邪恶的东西追逐却只能以慢动作逃跑的梦魇。噩梦包围着我，我无处可逃。在确认运河饭店爆炸案的死者身份时，我的任务主要集中在法医方面，所以我能够以冷静和客观的态度给自己留下一点逃避的余地。但眼前的情况是，当我抓住并拉开拉链时，这种距离就消失了。与死者相识让我的情绪与他们靠得太近，随着检验的进行，他们的个性开始在回忆中浮现出来。若是其他专业场合，我可以找借口脱身，此刻却别无选择。身为他们的飞行外科医生，我的责任之一是在战地任务期间保住他们的性命。现在他们已经去世，我必须承担起辨识他们身份的全部责任。

　　我多次移开视线，然后重新专注于检验。我的手指沿着尸袋内的边缘向下摸，触摸到尸体的碎片。潮湿的烟尘覆盖在我的手背上，熔化的人体脂肪聚集成圆珠状黏在尸袋上。我看到一些皮肤的边缘上翻，就像被火烧过的房子墙壁上剥落的油漆。我还看到被烧成焦炭的尸块肌肉，以及穿破四肢的骨头，凸出的部分看起来像是碎木棍。有一尸体的腿被削去了一部分，另一具尸体断裂的大腿骨刺破了尸袋两侧。皮革被烧坏的军靴露出黑色的脚趾，有一只脚不见了，另一只翻向后面，靠一根肌腱附在脚踝上。焦黑的肋骨勾勒出胸部的形状，隐约看得出人形。我无法立即辨识脖子的残块，小心翼翼地触摸它的边缘，却仍想不出是什么。我没有看到舌头、嘴巴和脸。

我停了下来，觉得自己已从辨识工作中飘移出去。我并没有看见或感觉到特定的东西，只有一个尼龙袋子里装满了形状模糊的尸块，让人无法得出真实的临床结论。我看向别处，然后回到袋子里的残骸。我的目光从一块尸块跳到另一块，没有特别的顺序，因为它们没有特别的顺序。我的手开始在空气中缓缓移动，追踪着它们原本应该在的位置。我对自己说：慢一点，发挥你的专长，观察眼前所见，因为你是飞行外科医生，所以你做得到。

我将心思再次集中于军机事故调查规定上。完成工作时，我在笔记上记录：

> 2004 年 12 月 2 日，时间 23：45，验尸记录
>
> 两个已标记尸袋，一组标记为 A，另一组标记为 B。
>
> 部分肢体遗失。A 的左臂外伤性脱离。B 的右手遗失。B 的左脚旋转 180°。
>
> 注意到广泛的烧伤和创伤性内脏外露。
>
> A 的头已断且无法检验。B 的头部被部分斩首，头骨缺失。
>
> 遗体无法辨认。需 DNA 测试以确定身份。

　　A 的左手腕保留一只完整的飞行员手表。

　　检验结束。无后续行动。

　　"无后续行动"这几个字让我非常难过。我凝视着夜色，整个人陷入黑暗之中。我回头看着遗体的残骸，那只手表的表面告诉了我那位士兵的身份。我在标签上写了两个名字，拉上那两条拉链，听到闭合的金属声。

　　一天后，九位受伤的士兵飞回基韦斯特。我和他们每个人进行深入交谈，他们各签署了一份航空医疗表格。直到他们能够再次飞行为止，全组人员统统禁飞。他们不喜欢这样，我也不喜欢这样，但规定就是要求这么做。一个星期以内，在他们经过一次飞行体验后，我可以补签一份结单，他们就能再次回到繁忙的战场。在这场坠机事故和在这些战争中生死存亡的决定性时刻，我思考之后会发生在我们身上的事：有些士兵带着难看的疤痕或沉重的心理创伤回家，有些士兵可能根本无法回家，而大多数人则会被幸存者的祝福与诅咒纠缠。至于我，我是飞行外科医生，在他们最需要的时刻、最需要的地方，我努力治疗伤员。我会带着这样的记忆走下去。

环球霸王

第三次战地任务期间，2006 年 1 月第一个星期的某个晚上，我正要从图书馆回宿舍，听见基地的医疗机构传来即将接收后送伤员的警报声。我只身在一片空旷的土地上，离医院有八百米远，看得见直升机正在靠近降落场。我以为我们要接收伊拉克南部附近一家医院无法接诊的伤员，因此朝医院跑去。虽然乌代里拥有众多优势和通往各军事建筑物的道路，但仍有大面积满是凹洞、岩石和半掩埋的钢筋残余物的原始沙漠地带。主要建筑之间有人行道相连，但许多士兵会直接从沙土地带抄近路。听到警报声时，我毫无戒心地跑上一条近路，想起在摩苏尔时跑向前线区加油站的情景。我感觉到脚下的靴子滑得足以把人摔出去，弯起并收紧双腿，设法保持平衡。我应该步行而不是跑步，应该冷静判断而不该仓促匆忙，但是紧急的医疗情况让我无法分心思考。

右脚打滑、完全踩在沙地上时，我大概已经跑了四十五米。我听到"啪"一声，感受到电光火石般的痛楚，跑步的力道将我推向空中。之前训练时教官教过，摔倒时要将双臂抱在胸前并在撞击时打滚。我练习过，能掌握在地面滚动而毫发无损的技术，但这些动作完全与现下无关。在飞向半空中时有个念头闪过我脑海：这一下会很痛。我的手臂伸出并挥舞着，直直摔在地上，左肩因撞击而脱臼，右脚踝可能脱臼或骨折，此外还有要命的疼痛，那是骨头断裂或关节脱臼时，让你满眼金星、无法呼吸的痛，一下子就传遍全身。

我躺在地上大概有五分钟之久，足以恢复平静并爬起来坐在那儿。我盯着自己，查看脚踝。没有凸出的骨头，也许没骨折。我的手臂动弹不得，当我扭动手指与弯曲手腕时，肩膀痛到让我想吐。我在地上多坐了几分钟，决定原地等待救援。我用右手抓住左肘，缓缓将左肘抬到头顶，深吸一口气，将左肘向外侧旋转。肩膀弹回原位时，大部分剧痛也骤然停止。我擦擦汗水，站了起来，试图跛脚走向医院。但是实在太痛了，我只能待在泥地上，很想踹自己一脚，谁叫我愚蠢到失控。那家医院里有很多医生，但我并不在那里工作。我只是参与紧急抢救，因为那是我最重视的。

在停下来之前的那五分钟里，我尝试让脚承受重量，前进了大约九米，最后只能大骂"该死"。我想坐下来，但转念又想这样士兵更不可能发现我。于是我站起来，睁大眼睛等待。在等待时，远处的星空、医院和帐篷全都成了超现实的布景。我的注意力集中在疼痛上，然后转移到医院，再转移到星空，最后回到我的疼痛。我心里不停想着：最应该谨慎行事的时候反而莽莽撞撞，真是蠢到家了。

几名士兵和一名飞行作战室的中尉开车经过，终于近到我可以拦下他们，他们协助我上车并送我去医院。医生和医务人员仍然忙着处理后送伤员，我不想打扰他们，请中尉带我到前门外的长椅上坐着。我的痛苦稍微舒缓，应该可以在那里坐一段时间，但如果有人想帮我打止痛针，我会要求一剂超级剂量的。

中尉说："长官，我们应该让您在里面，医生才能照顾您。"

我说："我在外面很好。我坐在这里等他们处理完紧急事故，等他们空闲点再进去。"

中尉说："长官，我们不能把您丢在这里不管。"身为中尉，他大胆，您应该去挂号。

我回答："我是医生，我没事的。你必须去你要去的地方。我可以在这里等。如果你愿意，只要让医务人员知道我在这里就好，但是告诉他们我没事。"

"好吧，长官，但我们真的应该有人留下来陪您。"

我坚持："我真的没事，但你可能是对的。"

一名中尉的同伴抽签留下来，和我一起坐在长椅上。

大约二十分钟后，医院的一名军人出来，协助我躺到里面的轮床上。他脱下靴子时，我的脚踝已经肿成了两倍大。我的脚和肩膀都痛得要命，若是我的病人，我一定会帮他打一针。急诊室医生评估时担心我的脚踝和肩膀都受了伤，X光片显示我的踝骨移位，肩部出现异常。她为我穿上一只脚踝固定鞋和肩吊带，然后给我打了一剂止痛针。

她说："我明天会送你去阿里富江（Arifjan）进行骨科评估。你至少需要做计算机断层扫描或核磁共振检查，并找骨科医生来检查。"

"我没有时间受伤。"

"谁都没有，但我们会找到时间的。"她的回答简直是命令。

我盯着她看了片刻，她也盯回来。那临床表情意味着不管官阶和职位如何，她是医生，而我是病人。身为一位受伤的医生，这真是最难堪的事了，我必须允许自己当个病人。被其他医生控制让人不安。

第二天，我的中尉和我飞往科威特阿里富江的海军医院，一位骨科医生给我做了检查并要求我做肩膀核磁共振检查。核磁共振显示我的肩臼软骨断成三块，肩回旋肌有两处撕裂。我的脚踝则有两处骨折，其中一处的肌腱断裂。骨科医生说这两处都需要动手术，而且得在兰德斯图尔（Landstuhl）或美国的医院才行。他想把我转送到科威特阿里萨勒姆空军基地（Ali Al Salem Air Base）的空军应变航空医疗分级机构（CASF），以备医疗后送。

我说："我现在无法离开。我是军区唯一的飞行外科医生，候补人员还有一个月才会到。"

"唔，但你无法在脚踝受伤的情况下走路，而且你的左臂若不动手术就会继续保持脱臼状态。你可以拖几个星期再做，可是一个月就太长了。"他似乎对我的反应很惊讶，但是带伤留在军区并非没有前例可循，也不是很反常，有时候就是必须这么做。

我说："没有接班医生，我无法离开。"

"好吧，长官，"他勉为其难同意了，"让我们在你的脚踝绑上束带，你必须随时穿着脚踝固定鞋，即使出任务也一样。我们会用夹板固定你的肩膀，你不能举手也不能跑。"

医生命令我的中尉，如果我出现任何问题，他必须保证会把我送回来。我谢过外科医生，他填写医疗后送表，授权我转院。我在伊拉克的三次战地任务中为许多士兵签署过相同的表格，从未意识到单纯的医疗决定对于士兵的全面性影响。医疗后送命令会启动一系列连锁机制，将士兵转为伤员。对一名有意愿而且有能力战斗的士兵来说，"伤员"这个特殊类别道尽了他的能力与未来。医疗后送有其目的和必要性，却总是在不适当的时机造成士兵与任务及所属单位的分离，是一把双刃剑。从我自己这名新病人的角度来看，医护人员的决定让我非常感激，但是医疗后送证明我事实上很脆弱。明白这一点让我心情沉重。

返回乌代里的飞行途中，我的心情无比复杂。从军以来，我第一次被剥夺了影响力。指定医疗后送使我成为一位依赖其他军医和医疗系统的病人。我一直处于众人仰赖的医生地位，如今依赖关系逆转，影响很大。起初我试图假装自己受的伤不足挂齿，我可是金刚不坏的医生。阿里富江的同事把我归类为医疗后送伤员破坏了我自认是一位仍能执行任务、能独立作业的飞行外科医生的想法。虽然我知道受伤并未导致我完全失去医生的用处，但是仍然想尽可能抹杀这个事实。

我的肩部夹板没什么用，它会滑动并翻落，大部分时间被我挂在椅背上。回到乌代里第二天，我与司令和其他飞行员共进午餐，我伸手要拿盐时肩膀再次脱臼。我疼得喊出声，指挥官问我是否需要医生。"大概。"我回答。他知道我跌倒以及在阿富里江做了医疗评估，但我们还没讨论细节。午餐后我们见了面，我把计划告诉他。

"我们会尽一切所能加速安排接班人员，"指挥官向我保证，"请尽可能让你的中尉协助你，我没想到你的伤会这么严重。"

"我也没有，但骨科医生说情况有点复杂。我会活到接班医生出现的，到时我可以成为他的第一个病人。"我笑了一下。

接班医生是一位俄亥俄州国民警卫队的上校兼飞行外科医生。他在2月的第一个星期抵达。我向他简述自己的病情，他立刻签署了飞行外科医生授权书，批准我的医疗后送申请。他在计算机外科医生登录系统的训练以及被派赴劳德堡（Fort Rucker）的资历都不深，所以我花了一个星期的时间交接，协助他熟悉工作。这段时间我收到官方通知，说我已晋升中校。

一名中尉和两名医务人员被指派随行，与我一同飞往阿里富江，指挥官命令他们为我提供一切所需。我告诉他不需要帮手，却被替换我的飞行外科医生否决了。

从阿里富江出发，我将在当天下午两点以前抵达科威特阿里萨勒姆的 CASF，在那里等待两天后到达的医疗后送航班，经由德国的兰德斯图尔飞往得州的布利斯堡。这是医疗后送常见的做法，行动伤员在定期航班前一到两天抵达，术后或危重伤员则在飞行当天抵达，有时是在出发前几小时。这种时间安排允许 CASF 的医生与护士根据需求及检伤分类处理伤员。

备妥文件后，我的小型随行队开车载我去阿里富江。我要他们转往军中福利社，坐在那里享用了咖啡和甜甜圈。我给中尉提了一些管理飞行医生办公室的最后建议，还聊到他的职业生涯。我不认为我的话有任何深刻的见解，但是那一段短暂相处对我来说颇有意义，让我有机会向他人传授关于军事医学和职业精神的智慧，那都是辛苦得到的体会。中尉专心倾听并用热烈的"是的，长官"认同我说的每个要点。咖啡差不多喝到一半时，我不知道是否已经到了话题可有可无的灰色地带。

随后我们开车前往登机区登上去往阿里萨勒姆的航班。这短暂的航程将是我在黑鹰直升机上的最后一次任务，也是最后一次在美国陆军医疗队担任飞行外科医生。我们于下午一点起飞，半小时后降落。离开停机坪前往 CASF 前，我目送同伴们起飞并返回乌代里，心中百感交集。我感到孤单，仿佛在军中失去了战友。我有点恼怒，气自己不小心受了伤。我又觉得宽慰，因为获得了应有的医疗照顾。总之，我很矛盾：我想留下来，但我需要离开。

前往兰德斯图尔的医疗后送航班排定在星期日，待在 CASF 的星期五和星期六，我大部分时间在睡觉、阅读和观察工作人员检查伤员并准备医疗后送。他们的任务就像我的一样，都是专注于飞行医疗，但他们得面对整间医院满满的伤员，而我一次只面对一两个伤员。看着他们就像在看蚂蚁筑巢，医生、护士和医务人员的工作只有一个目标——把各种类型的伤员转移到下一个医疗梯队，并且确保他们不会出现并发症。

星期天早上，一位医务人员轻轻摇醒我。"长官，请起床。该准备出发了，五点三十分了，长官。"我抓住他伸过来的手，慢慢爬到床边，我的肩膀和脚踝好痛。我问道："现在几点了？"他重复说："五点三十分，长官。医疗后送飞机大约一个小时前已经抵达，是一架C-17环球霸王，真的很棒。"他向我保证，我们有足够的时间做好准备。

在CASF醒来后十分钟，所有病人都着装完毕，着装时有些人扮了小小的鬼脸，其他人则没有遇到明显的困难。在夜里我的手臂吊带缠在一起，脚踝因为无法保持抬高而抽搐。一位年轻的空军医务人员协助我将手臂放在安全的地方，同时帮我穿脚踝固定鞋。我告诉他我可以自己搞定，他礼貌地告诉我，他是奉命来帮忙的。

我是中校兼飞行外科医生，这名医务人员是尚未晋升士官的空军小兵。我看着他，停顿一下便放弃了。他检查我脚踝上的皮肤，轻轻触摸肿胀处，问我会不会痛，我说会。接着他抓起我的白色压力袜，看了看之后就把它们丢了。"太脏了。"他说，随后打开一双新的。我开玩笑说，在执行第二次战地任务期间，我连续两个月穿同一双袜子。我们都笑了起来。

"在这里不能这样，长官。"他说，脸上仍带着微笑。他小心翼翼地将新的压力袜穿到我脚上，抚平右脚踝周围的最后几道褶皱。他说："我想确定压力袜不会摩擦脚踝。"我点头赞同。他拿起脚踝固定鞋，谨慎地帮我穿上，收紧六条黑色绑带但又不至于太紧。他让我站起来，仔细检查是否合适，随之将手指沿着鞋子边缘可能造成压力的点移动。他的笑容让我也不禁笑起来。"感觉怎么样，长官？"

我回答："感觉很好，谢谢。"

在对街的食堂吃过早餐后，我被推回CASF。到门口时，我回头看了伊拉克最后一眼，晨光在阿里萨勒姆的建筑物洒下橙色光影。

沙地上有一张手绘的告示牌，上面是简单的两个大字：食堂。我瞥了它一眼，想起摩苏尔附近 FOB 马瑞兹（Marez）的食堂。2004 年12 月，一名自杀炸弹客袭击该地，造成二十二名士兵和平民死亡，六十多人受伤。在另一起事件中，一名叛乱分子以基韦斯特的食堂为目标，用手机 GPS 定位但坐标错误，我们全部逃过一劫。

我的目光转向吃完早餐回来的一长列伤员，他们看起来像断翅的鸭子，在一场忙碌的战争中来回蹒跚，我咯咯笑了起来。有时候战争会让你莫名其妙发笑或说出奇怪的话。我曾向医务人员大发议论，说埋在阵亡士兵喉咙里的兵籍牌"很有意思"。在 FOB 考德威尔执行任务时，我的室友在火箭推进榴弹攻击时爬下床，一屁股摔到地上。我笑了。执行第一次战地任务时，来自艾奥瓦州的大学摔跤前冠军吉本斯因为做噩梦滚下床，一把抓住旁边的士兵，吵醒了帐篷里半连的人。我嘲笑着这场骚动，其他士兵也有人开始大笑，有人大喊安静。吉本斯醒来后马上又睡着了。

坐在床上等待期间，六名医务人员急急忙忙处理着一位被土制炸弹攻击、刚从野战医院送来的伤员。我注视着他们，CASF 变得安静无声。医务人员将伤员移到术后患者旁边中间排的备用轮床上，看得出来他已经接受过积极治疗而且命悬一线，甚至可能连一线生机都没有。

他已打过镇静剂，脸部被弹片撕裂而肿胀，左腿膝盖以下被截肢。他身上有透明塑料管、显示器导线及导管连接药物、液体和机器。心脏监视仪追踪他的心跳和其他生命体征。空军飞行外科医生检查了缠在一起的线路和监视器上的数字，重新检查他的敷料并聆听他的呼吸。

我在床上看着，自觉一无是处。身体的外伤似乎已经抹杀了我的专业能力，我只能被迫站在角落袖手旁观。我想移到他床边，探查他的伤口、为他备齐敷料并施用抗生素。我有知识、渴望和技术，对我而言，CASF 的最后一名伤员已然成为全宇宙的伤员，而我是全宇宙的医生。但其实我能做的只是在一旁观看，仅此而已。

我的视线慢慢远离新来的伤员，看了一眼 CASF，每个有能力的人都会看一眼那位伤员，随即转过头去。每张床的墙上均有护工送来的被子，我想拿一条盖住这位最后来的病人，仿佛在对他说："这里很安全，快躲进来，被子会保护你远离战争。"

终于有一位飞行护士来到我床边，确认我的名字在乘客名单上。

"乔恩·R. 科斯铁特尔，中校。"

我说："是的，就是我。我也是医生。"

"没错，长官，"她毫不犹豫地继续说，"让我重新调整你的手臂吊带。我要在胸前加一层弹性包覆，以免吊带在飞行过程中发生移动或错位，我们需要多用一组套件。我们还会安排你在起飞前打一剂止痛针。准备好了吗，长官？"

我点头。但实际上，我没做好准备。我想象着自己继续执行飞行外科医生的任务，做出关键决定，关照士兵的需要。无论如何，即使我没准备好，航班也已准备好了。

伤员们搭乘救护车和巴士抵达登机区，一小段车程后，C-17 环球霸王已映入眼帘：巨大、灰色、壮丽。诚如我的医生所说："真的很棒。"如果有可能爱上飞机，那我可以说是深深爱上了 C-17 环球霸王。我相当赞赏它完美的尺寸和机型、它的机翼弧度和爪形起落架。另一架 C-17 环球霸王起飞时，我双眼紧盯着天空背景下的机身轮廓。我爱 C-17 环球霸王把我带入战场，进入军区，运来水、食物及医疗用品。我也爱它将伤兵从战争中解救出来。

　　军机在我眼中是力量的象征：它们攻击敌方阵地、运送物资、疏散病患、在夜间侦察，以及派送部队。我把它们看作士兵和军医的身体与思想的战术延伸，也就是我的延伸。执行战地任务期间，我常常在日出之前走过登机区，那里的飞机与跑道平行排列，机轮卡在地上，整齐划一地等待任务。早晨的阳光照射着机身，映出多变的色泽。我的视线萦绕在黑色、橄榄褐色和灰绿色的金属机身、航线边缘那些麦芽棕色车辆脏兮兮的油箱，以及布满尘土的白色数字与警告标志上。只靠轮廓、颜色图案、油漆与油渍，我就能分辨每架飞机。我观察过机组人员执行维修保养任务及早晨的飞行检查，无论是启动任务、引擎更换或飞机配置，他们都能有条不紊地完成。我偶尔会走到飞机侧面，情不自禁地抚摸它们，让双手滑过温暖的机壳，感受那些铆钉和接缝。JP–8 喷气式飞机的燃料气味混合了微量的涡轮机油味，航线上的灰尘往往会在跑道上的空气中徘徊不去。我把飞机和侧装火箭的气味吸入体内，那是战争的气息，能让我的心灵更接近战场。这仪式就像宗教礼拜，完成时会让我觉得恢复了军人的信仰并充满军医的活力，让我敢大胆说出这是我的直升机，全军没有其他医生能拥有这架直升机。它属于我，这是我的办公室，也是我前往战场的起点。

　　停机坪上，飞行医务人员正协助伤员登上装载坡道，一名医务人员把我带到指定的座位上，位于飞机中段右侧，离中间排担架约一点八米。

　　登机顺序是行动伤员最先，术后伤员最后。这种安排方式对应 CASF 的床位，行动伤员在两侧，中间是重症伤员和术后伤员。

　　位于中间的伤员都随身带着他们的医疗记录、手术记录和飞行指令。文件包通常装在拉链式防水袋里，放在伤员两腿中间，随着担架一起运送。如果病人没有腿，袋子就会放在担架末端。护士们会快速浏览文件包并按清单进行各项检查，同时交叉核对文件与伤员腕带上的姓名。伤员身上有常见的、连接在机器和药物上的手术后透明塑料静脉注射管与监视仪导线，头部、四肢和腹部紧贴着白色手术纱布和米色弹性绷带，并通过套在头部的双头鼻管或脸上的浅绿色塑料面罩传送氧气。我在三次战地任务中送医疗后送伤员登上飞机，偶尔会有人问我伤员能否度过危机，我总是给予肯定的回答。

那位最后抵达 CASF 的伤员终于登机了，装运长在锁定担架时，他醒了，我怀疑是移送时的震动吵醒了他。他开始挪动手臂和头部，又透过氧气面罩对护士说了一些话。他的右臂开始抽动，从口鼻拉开面罩，以至面罩偏离中心，氧气都送到了脸颊。他抬起头来望向他的脚，护士向医务人员示意求助。他们握住他的手臂，重新设置好氧气面罩。护士弯腰将耳朵贴近他嘴边，用双手托住他的双手。他设法吐出一个不知所云的问题，护士用一个字回答他："是。"

飞行外科护士用一只手继续抚摸伤员的前额，用另一只手向飞行外科医生挥动。医生转向中间排并检查监视仪，我从他的嘴型知道，他说"吗啡"，同时举起的两根手指则代表两毫克。他也增加了新指令，我想应该是打镇静剂或其他能让那位伤员无意识的麻醉剂。吗啡迅速生效，宛如一剂致命药物，伤员再次睡去。护士靠在他身上，继续握着他的手，轻抚他的前额。我在野战医院看过很多次类似的情景，护士用手握着完全处于静止状态的危重患者，抚摸他们的额头，有时甚至在他们睡着时对他们耳语。我偶尔也会这么做，真希望我做得更多。

所有病人登机完毕后，装运长收合装载坡道，坡道关闭时发出"砰"的一声，震动了整架飞机。机组人员做最后一次安全带检查，引擎发动时发出低沉、嘶哑的咆哮声，连座椅都传来振动。几分钟后，飞机开始滑行至跑道，大多数伤员在滑行时只是坐在那里，盯着机舱另一边，与跑道方向一致。

环球霸王终于抵达跑道尽头，暂停片刻等待起飞许可。然后，四个喷射引擎同时加大火力，飞机开始向前滑行。不到几秒钟，推进的力道将我们挤向座位一侧，大家都得紧抓两边的椅架才行。环球霸王以令人不安的方式陡然爬升，我们已飞在空中。

飞往兰德斯图尔的航程大约五个钟头，其间飞行外科护士和医务人员频繁巡查伤员。若不是我知道现在身处医疗后送的航程里，可能会误以为还待在 CASF，看着护士们来来去去、喂药及打针、匆忙前往下一名伤员身边、检查生命体征、听取伤员意见，并在医疗后送表上做记录。

大多数伤员会左右张望机内的景象，若与其他士兵眼神交会则立即转移视线，看向鞋子或另外一边。我很难不盯着其他伤员，特别是位于中间的那些。我盯着他们的伤口、敷料、石膏和包扎处，有些绷带上有血迹，有些绷带被下面的纱布隆起，这一切似乎让众人心神迷乱。我宽慰着自己不属于中间那排病人，却又因此而觉得内疚。

一位眼睛受伤的年轻士兵坐在我左边的座位上，我看向他，尽量不紧盯着看。我为他做了临床评估：二十出头，脸部遭受弹片伤害，眼睛被弹片刺伤；他可能失明，觉得害怕与孤单。他的眼角膜看起来暗淡无光，我猜弹片已经穿入了他的眼睛。他应该戴上的黑色眼罩挂在脖子上，不知道为什么没戴。我没有问。也许压力会让他疼痛，也许眼罩会提醒他有一只失明的眼睛，也许他觉得害羞或尴尬，或者眼罩让他觉得自己不像个军人。

飞行两个小时后，我俯身过去，问他是否需要帮助，他说他没

事。稍后我终于有足够的勇气问他发生了什么事，他说土制炸弹的
弹片狂撒在他脸上，他已经动过一次手术清除脸部和眼睛的碎片，
并说他觉得自己非常幸运，弹片并没有击中大脑，但是必须进行眼
科手术以免失明。

"医生说我再做一次手术就会没事了，"他说，"你怎么了，
长官？"

我说了我的故事，他回应一个低调、拉长的"哦……"，然后
看着他的靴子。

我们聊天时，我更清楚地看到了他无神的眼睛。我不知道他的
医生是否真的告诉他会好起来。比起眼睛和脸部的伤，我更注意他
的情绪。他一直盯着自己的靴子，手肘放在膝盖上，额头搁在双手
握成的拳头上。有时他会变换姿势，用一只手掌拖起下巴，另一只
手落在双腿之间。他的眼神如同那幅第一次世界大战的黑白照片中
所描绘的极度惊恐的步兵，凝望着远方。当他向下看时，那样子像
是要将目光调整到灯光底下，以便把地板看得更清楚。他终于躺回
自己的座位，在肩膀上固定了一条毯子，把头靠在上面，一直睡到
目的地兰德斯图尔。

看着他，我试着想象他的感受（或恐惧）。临床经验告诉我，
他可能会成为接受伤后忧郁症和创伤后应激障碍治疗的士兵之一。
我不知道他会不会是用自杀来结束战争经历的其中一位。每次遇到
患有忧郁症或自杀的士兵，我总是不知道心理伤害是从哪里开始
的。我没有得出任何结论。但是环视环球霸王，我那颗忧郁的种子
似乎会在此次医疗后送飞行中发芽。

在剩余的航程里，我好奇我们可能会遇到什么样的并发症。我
终于注意到这几次战地任务让自己变得多么疲惫不堪，尤其是上一
次任务。我已经学会对于眼前的伤亡保持超然，此刻却是当局者

迷。临床经验一直帮助我面对战争的挑战，却无法帮我面对自己的伤病。我竟然成了伤员。士兵们总是认为会受伤的是别人，不是自己，我就是这样。我没有意识到这次经历会如此突然地改变我的生活。

第三部
适 应

苏　醒

　　我第一眼看到的是光。蓝光。白光。强光。我想起阿拉斯加冰川，冰山的山肩断裂并滑入海洋时看到的光。我和家人在冰川湾旁的船上远观，深邃的蓝白色与巨大的冰冷波浪令我敬畏。它的波峰朝着地平线涌动，如梦似幻，如此空灵，仿佛在向我们招手，随它们流向天涯海角。

　　某种奇怪的重力环抱着我的身体。我闭上眼睛，心思飘荡……

　　我听见科林和孩子们的声音，他们的话语沿着冰冷波浪的表面一路行来，如冰川的蓝色一样强烈，亦如尘土一样轻软。他们呼喊我的名字，声音听起来很遥远，就像是远方岩石上拍打的波涛。

　　我的右腿想动一动，什么都没发生。想弯、想抖、想踢，但什么都没发生。我的脚趾头在床尾附近，但我无法确知它们的位置或朝向。我抬起头想看看它们，看到一只脚和一条腿，似真似假，若有若无。我右臂的皮肤有些地方刺痛着，其他部分则毫无知觉。我的右手垂在身旁，手指笨拙地碰触到大腿的粗糙皮肤。我向右看，所有事物都被一个大黑洞掩盖了。我眨了眨眼，黑洞仍在。

　　我认出科林和孩子们，但喊不出他们的名字。我想叫他们。他们彼此交谈，也对着我说一些我不明白的话。他们聚集在我身旁，摸摸我的手臂和头。那触摸很模糊，我就像被麻醉了。

　　有什么消失了，但我心中没有具体的想法。我专注于右腿和触觉，想起自己是医生，打算坐起来自行诊断。我设法挥动左臂，一名护士却把它塞回被单下。我皱起眉头，仿佛在对她咆哮。科林抚摸我的手臂，我转头看她。转身时我又看到了光，那冰蓝色的光充盈整个房间。一阵凉爽的空气扑面而来，闻起来像塑料味。我鼻子上有什么东西让我不安。我睁开眼睛，看见一只手正拿着面罩盖下来，我想喊叫却发不出声音。一名护士叫我深呼吸，我照做了，心神开始游离。

我正在观看一部老旧的默片，动人的画面闪烁着，并在我来不及理解之前消失无踪。我飘进了巴格达的某家医院的帐篷，一位年轻的陆军医生喊我的名字，他摇摇我的手臂，要我动一下脚趾。我认得他的声音，他的脸却是别人的。他称我"先生"而不是"长官"或"医生"。我咕哝了一些难以分辨的模糊声音，他打断我，对我说手术进行得很顺利。他的话很笼统，根本言之无物。他拍了拍我的腿，转身走开。我想叫他回来，口中说出一个简短的字，也许是两个，但这些字只在舌头绕了一下便掉到嘴边，紧紧卡在牙齿内侧，在那里赖着不走。我的思绪摇摇晃晃，如同周末夜晚喝醉酒的士兵。我想说话，渴望说话，就算一个字也好，却什么都说不出来。

我来到伊拉克，感觉到直升机的冲击，某个东西吓到了我。我的妻子在床边说话，我听到她的声音却没听清内容。一名护士在我的腿下放了个枕头，要求我动一动脚趾，但脚趾早已离我而去。我淡出……回神……淡出。我开着悍马车穿行在巴格达的街道，远处有迫击炮的爆炸声。药用酒精的气味刺激了我，眼前出现了一间野战医院。我醒了。科林说："……家。"

我再次尝试说话，还是没用。我看着自己的腿，它不是我的。我闭上眼睛，莫名恐惧。我的思绪回到了伊拉克。我的帐篷帷幕在沙漠风暴中来回晃动，沙尘叫人窒息。我听见护士说："吸气。"
我那不是腿的腿、不知所踪的脚趾、宛如面团的皮肤，统统融合成
难以捉摸的肢体融入骨骼，骨骼化为皮肤，皮肤蒸发成空气。我的
右臀外翻，靠在床上，一副凹陷的模样。我的脚踝变成膝盖，膝盖
变成脚趾。我的膝盖想摆动却动不了。我的大腿试图弯曲，但它根
本没有关节。我的右手和手指碰触大腿，什么都摸不着。我的左手
伸上来揉搓胸口、脸和手臂。我的右肩不见了，右脸也不见了。我
的头发分边，左边是真实的，右边是假的。我看着达伦和贾斯廷，
他们的脸残缺不全，让人无比忧心。我闭上眼睛片刻再张开，他们
还是半张脸。

　　我的嘴似乎在参加一场无情的战争。我命令舌头和嘴说话，它
们却只吐出支离破碎的声音。字词沿着神经元长途跋涉，浑然不在
意应该找到我的嘴巴。不像莫名其妙的腿，我的话语完全不肯同心
协力，它们一哄而散并且躲藏起来，逃出我的大脑。我开始火大
了，心思飘回睡梦中、飘回我的战争里。每次醒来，我对于身在何
方与自己是谁都知道得更多。科林看起来越来越真实，贾斯廷、达
伦和凯特琳微笑着，一次一个轮流说话。从他们说话的声音以及抚
摸我的手臂或大腿的方式，我能感受到他们的爱。我开始自问种种
问题，内在的医生却置之不理，对于毫无知觉的皮肤、失踪的脚趾
和破碎的意念没有任何诊断。在我的脑海中，我在艾奥瓦州和伊拉
克之间来回跳跃，所有意念全都抛弃了我。我既不是战士也不是医
生，既不是活着也没有死。我是落在中间地带的某个东西、某个
人，一个飘移的物体。

　　我在阴霾中狂乱地搜寻，找医疗后送直升机、找武器、找医务
人员。我的医务人员在哪里？我们得继续前进！我想发送求救信
号，我努力说话，但我的嘴巴紧闭。我试了一次又一次，终于强势

地将一个字挤到牙齿边，再坚定地迫使它从嘴角滑出来。科林弯下腰听我说话，我用嘴唇吐气，发出低沉的嗡嗡声。她抚摸我的右臂，我毫无知觉。我需要她的触觉，我们的触觉。我需要说句话，需要恢复神智，让自己坐到床边，我却飘浮并扭曲着。我的心思畅行无阻地从医院流向战争、从病人流到军人。伤员的血腥气味惊醒了我，病房里的无菌气味则让我困惑。我有点尿失禁，却没感觉到一丝温热。

我穿过巴格达街头，闻到医院的药味，感受到火箭推进榴弹的击发。顶着受损悍马车的沉重车门时，我的身体随之摇晃。一名士兵在野战医院里呻吟着。手术灯照亮了我的房间，我睁开一只眼睛……闭眼……睁眼。我的医生看起来出奇眼熟，他说麻药的药效很快就会退，麻木感即将消失，我需要休息。科林抚摸我的手臂。我看着她的微笑，心思飘回战争中。

我的直升机着火，烧伤了我的皮肤，我想尖叫却办不到。一枚导弹击中直升机，我感觉到金属的碰撞——医生正放下我的病床护栏。子弹戳穿并撕裂铝皮，其中几发打中我的腿——护士反复敲打着我的腿。弹片击中我旁边的士兵，我想走到他身边，安全带却把我拉回去——科林的手试图让我冷静。直升机警报声大响——静脉注射警示灯响起。直升机坠落地面，士兵们尖叫起来，某个人从敞开的机舱门跳了出去。我挣扎着要脱离枷锁，却猛地撞到右侧，重重摔在地上。我吓了一跳，睁开眼睛。科林和孩子们站在一起，贾斯廷说："爸爸。"我望着他们，对科林咕哝："我好痛。我的腿……麻了。不太对劲。"

诊　断

　　从兰德斯图尔搭乘医疗后送直升机离开后的两个星期，艾奥瓦州的艾奥瓦大学医院骨外科医生向我简述了治疗计划。陆军把我从布利斯堡转送到伊利诺伊州的岩岛兵工厂（Rock Island Arsenal），那里有一个受伤士兵项目（Wounded Warrior Project）的管理团队，已经和中西部地区的大学与私人医院都签了约。为了应对从伊拉克和阿富汗返回的大量伤员，陆军决定转移，以加快伤员的医疗护理。

　　我被安排了一系列左肩、左手、右脚踝和右腿手术，随后还有适当的术后物理治疗，也计划进行颚面手术，修复感染引起的上颚损伤。手术于2006年3月开始，到来年一共动了八次手术，五次是脚、肩部和手，三次是上颚和鼻窦，各领域的专业医生轮番上阵。每次术后均有数个月的物理治疗，重点在于锻炼关节，帮助我恢复体力和活动力。所有手术都按计划进行，没有意外，恢复期却越来越长。手术比我预期的更痛，术后的物理治疗时间也更长。

　　2007年5月第二个星期，某个早晨我醒来时感到严重恶心和眩晕。由于站立时无法保持平衡，我不得不爬到浴室。我没有眩晕病史，脑海中跑过一长串病症清单：美尼尔综合征（Ménière's disease）、迷路炎、感染、脑瘤、脑干中风、颅内出血，没有一项合理。我觉得应该去看医生，至少打一针或吃个药。我喊来乔丹，她即将在 6 月成为新娘，已经在家准备了一个月，我让她带我去艾奥瓦大学医院。我告诉急诊医生只需要打针，但他坚持全面检查，做脑部计算机断层扫描和神经科咨询。这是标准的医疗做法，我却想避免这些，以免在乔丹婚礼前发现严重的病症。假使症状没有解决，我会在婚礼后进行全面检查。我想坐起来接受检查，一阵恶心却猛冲上来，让我感觉天旋地转。我的眼睛很有节奏地来回跳动扫视。我赶紧抓住床，保持平衡。

检查结果显示，我的大脑底部有动脉瘤。急诊室医生在告知时郑重看了我一眼。我感觉这下有大麻烦了，脑中浮现一件事：出血。从医以来，我治疗过好几位脑动脉瘤破裂的病人，出血总是让他们濒临死亡。我想打一针速战速决，那或许能缓解症状，却无法治愈动脉瘤。我难以置信，只能回应："真的吗？"

负责咨询的神经学家审视着计算机断层扫描，认同了上述诊断，但认为我的症状不太寻常。他进一步测试，想确定我患的是脑部病变的中枢性眩晕，或是与内耳或前庭神经问题有关的姿势性眩晕。他诊断眩晕的原因来自内耳，认为动脉瘤是偶发的。我也遇到过类似的病例，病人在初步诊断时，化验室或影像判读经常会发现其他次要和偶发问题，有时次要问题反而比主要诊断更严重，比如我的动脉瘤。在他帮我注射了一针，并将小耳石重新定位在内耳的前庭系统里后，症状几乎立即消失了。他为我预约了下星期的脑部核磁共振和神经外科转诊。

几个小时后，乔丹来候诊室接我，她想知道所有细节。

"他们有什么发现？"她问我。

我故意不提动脉瘤。我回答："我的内耳有问题，神经科医生给我打了一针，处理我脑袋里的一些耳石。也许是病毒吧，还不确定。但我现在好多了，我们可以回家了。"

她问："我一向知道你脑袋里有石头，所以这都是因为耳朵感染吗？"我们都笑了。

"比那稍微复杂一点。耳石起平衡作用，你愿意的话，回家我翻解剖书给你看。"我说。

"没关系，爸爸。"她说，眼睛溜溜转着。

说完我们就离开了急诊室，开车回家，途中我决定连科林一起隐瞒，"动脉瘤"一词肯定会让家人紧张。我还有核磁共振检查与神经外科转诊，先确诊再说。我告诉乔丹和科林还有后续回诊，但只说神经学家需要评估眩晕的根本原因。事实上这套说法半真半假，我有些内疚。

核磁共振和神经外科证实了诊断。神经外科医生说，动脉瘤长在大脑底部加大了手术难度，并建议由神经放射学家进行血管内手术，置入小型钛环。他解释道，血管内手术的手术程序与冠状动脉支架或球囊血管成形术的心脏导管插入术非常相似。医生将血管导管穿过颈动脉并穿入我的大脑，在那里将线圈释放到动脉瘤上，以阻止它扩大或破裂。这是最安全的手术选择。

神经外科医生走后，神经放射科医生来探视我。他审视核磁共振造影，再次向我讲解整个手术过程。"手术时间应该不到两小时，你当天就可以回家。有什么问题吗？"他说得有点急促。

"你确定我需要动这个手术？"我问。

"目前动脉瘤小，正是治疗良机，如果我们什么都不做，动脉瘤会有膨胀和破裂的风险。你有高血压病史，风险更大。"他说话的态度和我向患者解释医疗风险时一样，精确描述中带有一丝警告意味。

"我知道风险，但是这太突然了，我并没有任何症状。"

"小动脉瘤很少有症状。"

"我知道，但我不希望有人在我的脑袋里挖洞。我知道你有经验，我只是想确定你知道你在做什么。"我以为他会因为这番评语而心生防备，但他的解释既简短又专业。

"对，你的担心合情合理。病人随时都在问同样的问题。我们已经完成了数百次线圈手术，大部分没有并发症，"他向我保证，"出血、中风和感染的风险虽然存在，但很罕见。"

"我知道，只是我从未想过要动脑部手术。"

"谁都不想。"他冷冷地说。

提供临床事实和临床保证，两者总是有区别的，手术风险越大，其差异就越难弥合。虽然医生给了合理的保证，走出他的办公室时，我仍然质疑脑部手术的必要性，觉得医学专业背叛了我，逃逸得无影无踪。我自问：我怎么会需要做脑部手术？身为医生，我很清楚那些会伤害别人，却不明白同样的事情可能也会合谋来伤害我。我把一生都献给了医学，它却反过来针对我？

我决定继续对家人隐瞒病情，至少先撑过乔丹的婚礼。乔丹和其他孩子应该知道的事情被我变成秘密，他们会怎么想？得知丈夫如此见外，我同样不知道科林会怎么想。我会让他们知道一切，但是时机由我决定。

乔丹婚礼前一周，全家精神紧绷，所有婚礼都是这样。我试图保持冷静，却不禁想着我的动脉瘤和手术。为婚礼细节做最后确认时，我也担心动脉瘤可能会爆开。我想象自己站在伊拉克的土制炸弹旁边，害怕稍微移动炸弹就会引爆。

得让某个人清楚状况才行。我在排练晚宴前把牧师拉到一边。"如果我发生什么事，那是因为脑动脉瘤，快打电话给119，要他们送我去神经外科。"我也简要说明了诊断和手术内容。

"我知道了。科林怎么想？"他问。

"我还没告诉她。"

他看了我一眼，表情混合了担心和责备。"你确定不需要告诉科林？我有一个姐姐死于脑动脉瘤破裂。"

"不用，我想办完婚礼再告诉她，请帮我保密。"

我心中有股冲动想警告科林，让她不会在碰到紧急医疗情况时六神无主，但我不想冒着搞砸婚礼的风险。这是属于乔丹的时刻，我希望事事美好，不要被家庭医疗剧弄得一塌糊涂。

6月第一个星期天，我陪乔丹走上红毯。步入礼堂时，我转头告诉她我有多么爱她。这是专属于父女的一刻，世界停止了转动，此刻世上唯一重要的是父亲和女儿之间的爱。在那一刻，身为人父的喜悦紧紧围绕着我，就像即将在夏日微风中飞翔的种子。"我爱你"脱口而出时，对我来说它拥有双重含义，一是表达女儿结婚离家时若隐若现的父女关系，二是表达最后仪式的秘密内涵：我可能也会离开家，不是为了新的开始，而是为了结束，再也见不到你了。我很抱歉你会悲伤，我也会。然而即使我不在了，我也永远爱你。

婚宴上，我们跳舞、吃饭、说说笑笑。我向新人举杯祝福，跳着传统的父女之舞。父女之舞让我心情沉重，如果不是死于动脉瘤破裂，我很可能会死于心碎。乔丹是我第一个女儿，为了矫正先天性主动脉缺陷，她小时候动过心脏手术，初中一年级又动了脊柱侧弯手术。手术和康复使我们的父女关系特别紧密，当她宣布要结婚时，我只想抱她更久一点、更紧一些，我在跳舞时就这样做了。音乐结束时我亲吻了她的前额，放手让她离开。如同我说"我爱你"一样，这一吻同样带有双重含义。

婚礼第二天，我邀科林去散步。她觉得事有蹊跷，因为这种闲散的运动不像我会做的。走过街区时，我提到腿部和肩部在手术过后确实有改善。

"我知道你不是带我出来谈你的手术。发生了什么事？"她问。

"呃，我需要和你谈一些事，有点棘手的事。和孩子们无关、不是另一次战地任务，也不一定是坏事。"

科林停下脚步看着我："你吓到我了。"

"不，不，我不希望你害怕或担心。"

"我已经很担心了。"

"我知道，但是不需要。一切都会解决的。没那么糟糕，真的。我只是需要做个小小的手术。"

"一个手术？什么样的手术？"她不是在发问，而是在拉警报。

"呃……我需要动脑部手术。"

科林僵住了，转头看着我，我无法分辨她是否听到而且听懂了我说的话。她脱口而出："什么？"结婚四十年来，我从没见过她的脸色突然变得这么惨白，即使是分娩、孩子骨折，甚至是我在任务后动手术，看起来就像僵尸而且一条腿肿成两倍大，她也没有这种反应。她的脸毫无血色。我知道告诉她这些必然会引起情绪冲击，却没料到科林反应这么大。我边说边后悔，真心希望能用不同方式述说。她和我一样承担了任务和长久跋涉的重担以及战争的不确定性，如今不得不承受新诊断的影响，这对她并不公平。

"不是脑部肿瘤、癌症或诸如此类的疾病。我的大脑底部有个动脉瘤，现在还很小，但我需要动手术防止它破裂，造成更多问题。"

科林要求更多细节，问我："这是他们在急诊室中发现的吗？"

"是的，但我不想在婚礼之前说什么。我不想让大家担心。这不是什么大不了的病。"

"对我来说很重要，你应该告诉我的。"她没有生气，但看起来很失望。无论何时，只要我努力想降低坏消息的影响，她总能看穿表面的现象，直指问题核心。

"不是这样……我不想让任何人不安，特别是你。如今重要的是进一步评估，然后安排手术。我只是要你知道发生了什么事。"

"你认为呢？"她回答。我们继续往前走，她握着我的手。我试图回答她的问题，但对我们来说一切都充满了未知。我们都想知道出现意外会如何，答案却既模糊又复杂。我们决定走一步算一步。

我必须回报诊断结果，以取得岩岛兵工厂伤员办公室丹尼·史密斯（Danny Smith）上校的可派遣任务评估。丹尼是一位友善且经验丰富的军医，也是我的朋友，我曾经在艾奥瓦州国民警卫队和他共事将近十五年。自布利斯堡转移以后，他一直负责监督我的任务后医护与康复情形。当我们讨论诊断结果时，他排除了所有任务派遣，直到术后康复为止。本来考虑转移到马里兰州的贝塞斯达海军医院（Bethesda Naval Hospital）治疗，但考虑后勤和家庭影响，我选择留在艾奥瓦州动手术。

接下来一星期排满了大脑成像检验和艾奥瓦大学医院的医生访视。所有测试和咨询都结束后，我们计划在7月第三周动手术。我在电话里与乔丹和贾斯廷谈话，尽可能详述细节而不让他们惊慌。达伦和凯特琳在乔丹婚礼结束后还待在家里，我和他们谈论手术细节并尝试回答问题。贾斯廷决定在手术当天回家，乔丹才刚搬到华盛顿特区，我坚持她不必回来。把脑部手术告诉孩子们的过程让我想起了告诉病人必须通知家人的昔日时光，因为那代表即将做的手术是重大手术，但是召集家人齐聚一堂本身即含有潜在信息。正如医生向我保证的，我也试着向孩子们保证手术的风险很小，却常常引发莫名的恐惧和担心。我告诉他们"脑外科手术"就像"癌症"

这个词一样，总会引发各种疯狂的情绪，但事实上我比大多数需要动脑部手术的病人拥有更好的手术选择。我们都相信这一套推论，因为它提供了直观的意义并带来希望。尽管如此，一般人还是持续地、令人费解地认为"脑外科手术会带来重大并发症"。

动手术前的日子里，科林和我都觉得仓促、疲惫。共进晚餐时，我们自问是否已经准备好了，虽然我们都认为还没有，路还是必须继续往前走。我们只谈论手术本身，并未深入细想。

"这算是通常会很顺利的手术之一。万一有并发症，至少我们已经准备好了。"我说。

"我明白，我只是从来没有想过手术并发症。"她静静地说，把食物推到一边。

"我也是。"我平静地说。

医生已经解释了手术的所有风险，并提及死亡在手术并发症中是罕见的，这引起了我们的注意。尽管我们知道从理论上来说，并发症的死亡风险低于百分之一，但不论因手术并发症而死的可能性多小，都比战死沙场的风险更带有不祥的预感。我曾签字同意上战场，科林从她父亲和我的军旅生涯中也了解个中风险，可是我们都没有做过神经外科手术，不知道其可能引发的不良后果——无论多么罕见，至少对我来说，脑出血或中风的可能性就比死亡更严重。

我们停下刀叉，坐在厨房的桌子旁聊天。起初我们谈论相关的法律文件："遗嘱是最新的，保险单已经支付了，我的档案夹里有一份财务细节清单。律师有副本，以防万一。"

"一切井然有序，感谢。"她说。

很快地，除了文件以外就没有别的话题了，我们只是静静地坐着。我终于脱口而出："如果我出血或中风，一切都会改变的。但是，毫无作为不算是选项。如果动脉瘤破裂，我可能会死。"

"我知道。那很可怕，特别是对孩子们来说。每个人都听过脑部手术的故事，如果有人需要动脑部手术，就代表情况不妙。"科林说。

"我知道，我也很害怕。我尽量回答了他们的问题，但我不希望他们紧张，我们必须保持平静。"

"平静。我们的生活何时平静过？"她问。

我笑了笑："我向来对你保证，嫁给我你永远不会觉得无聊。"

科林咧嘴一笑："偶尔无聊也不错。"

手术当天早上，家人和我乘两辆车，像一整班士兵出任务。我们这一车很安静，没有最后一分钟还在问的问题，也没有闲话家常。到医院后，我们在术前候诊室道别并相互拥抱。我告诉科林和孩子们我有多爱他们，他们也对我说一样的话。一位外科技术人员来带我去做手术，我们又说了一轮再见，我推开门时，科林给了我一个吻。

在手术室里，护士们把我从轮床滑上手术台，再连接到显示器上。医疗人员确认我的姓名，告之相关程序和风险。

"我们会用血管导管在动脉瘤中放一个线圈。"其中一位说。

"是的，我知道。我是医生。请不要破坏任何东西。"我半开玩笑说，但没有人笑。

"别担心，我们会非常小心的，这些程序我们做过数百次了。我们应该会在大约一个小时后完成手术，你会在术后复原中醒来。"

"是的，我了解这种手术。"我说得好像真的懂，其实我根本不懂。自从初步诊断以来，这一切经历都超出了我的专业领域，不得不依赖其他领域医生的知识和经验。这既令人感到欣慰又令人不安，是某种在信任与控制之间寻求平衡的情绪。

　　麻醉师说我们准备好开始了。"好，科斯铁特尔医生，我要给你打镇静剂了。你应该会觉得嘴唇有点刺痛，然后昏迷入睡。"

　　房间里的声音很快就变得模糊而遥远，我注意到嘴唇有麻醉师说的那种刺痛。一位护士开始准备导管穿刺，皮肤上的防腐液感觉又冰又冷。我听到医生和护士忙着进行手术时的交谈，连接到荧光镜的大型计算机监视器挤在几十个静脉注射盐水袋之间。我看见了一个影像，是我的大脑。这个场景把我带回学生时代在梅奥医学院手术室的日子，那简直是世界上最大的房间。麻醉师在床头俯身，请我深呼吸。我深深吸了一两口气，看着外科医生调整手术室的照明灯。它们是蓝色和白色的，就像冰川的光芒。它们停在那里，强烈地照射着，然后就消失了。

发　现

　　休养室很安静。我从手术室被推回来后，科林就要孩子们先回家，他们离开前逐一到床边来看我。我躺在床上半睡半醒之际，一位医生走进房间要我动动脚。我的右腿完全没反应。我看着医生和科林说，我的腿毫无知觉。"镇静剂的药效很快就会消失。"医生说。他解释手术很复杂，因为我的动脉瘤竟然是漏斗状，顶不住线圈。我保持清醒听完解释后，又睡着了。

　　中午过后，另一位医生来看我。他检查我的腿部导管进入的地方，再听一听我的心脏和肺部。我说我的腿没有知觉，不太对劲。他更彻底地检查了一次，向我们保证办完出院手续就可以回家。不到一个小时，科林和一位护士帮我穿好衣服，坐上轮椅。我手中拿着出院文件，医药包里有个塑料小便器，我们就这样离开了医院。医院大厅看起来是如此陌生，我仿佛第一次见到。

　　回到家时大约是三点，孩子们不在，科林把车停在车道上，方便我下车。

　　"不要动。"她说。

　　"我不太舒服，我要吐。"我回答。

　　"深呼吸。"

　　"快点让我进屋吧。"我恳求道。

　　科林把车开到家门口，帮我抵住车门。我们没有轮椅，我们没想到需要轮椅。

我把脚挪出去，手搭在科林的肩膀上，推开前排座位。我一站起来就像坐在划桨船里，身处三米高的海浪上。

"坐下！"科林喊。

这倒不困难。我的腿在科林的两脚之间晃荡，然后一屁股撞到汽车座位。

"你得撑住我才行。"我咕哝。

科林穿着雪衣也不过四十五公斤左右，我则有九十公斤。

"我们办不到的。我打电话请贝弗莉来帮忙。"科林说。

贝弗莉是位退休护士，也是我们的教友。她家离我家不远，五分钟之内就能到。贝弗莉和科林尝试让我站好走路，但我很不稳定，一次只能走几步。她们最后决定从科林的计算机室弄一把椅子来，把我推进屋子里。进屋之后，他们带我到靠近壁炉的躺椅上，我觉得像是刚跑完马拉松。我睡着了，身旁放了个大桶，预防我想吐。

第二天早上，我的腿和手臂仍然觉得麻木，不过可以动一点了。科林扶我去洗手间，我困难地小便，头很晕。我说有什么东西不见了，一切又怪又模糊。她不得不在浴室里撑住我，帮我穿裤子和洗手。我的右手拿不住牙刷，牙刷不断掉落，我们都认为这很不寻常。我累了，比我想象得更累，我们想这可能是术后反应。科林让我坐回躺椅，重新放妥我的腿。"也许我们应该打电话给医生。"她说。

"不，再等一下。看看明天情况如何再说。"我回答。我一整天大部分时间在睡觉。

回家后第二天我更加提高警觉，但是许多手术前或手术的细节我都记不起来了。我努力要一次表达几个句子，话说了出来却七零八落，有的更是不知所云。我的右臂和腿部依旧麻木，触碰手臂时会有一小块皮肤感到刺痛。我隐约觉得哪里出错了，而且是比麻木更严重的事情。手术和大脑让我恐惧。我试着检查自己的细部肢体协调能力，发现敲打手指、敲打脚趾、捏合右手拇指都做不到。当我在躺椅旁站立时，摇晃得就像是摆在汽车仪表板上的摇头娃娃。我认得出客厅、厨房和浴室，但其中的印第安风格的装饰品毫无颜色和线条。我随手翻阅一本书，书中尽是陌生又空洞的字句，我甚至看不到页面右上角的句子。我翻动页面，那却让我的头痛极了，只好放弃。我断定体内仍有镇静剂，第二天就会没事。

达伦在家帮忙，和科林轮流照顾我吃药、上洗手间，喂我喝果汁和吃饼干。我大部分时间在睡觉，需要任何东西就拉茶几的小铜铃。术后第三天，导管切口的疼痛大多已经消退了，站立时却依旧摇摆不定，注意力无法集中，记忆也不稳定。我的意识无法集中，我把它归因于手术的残余影响。科林很担心，想带我回医院。我觉得她小题大做，要她等到回诊那天。

科林在我动手术前的几个月本计划去拜访表兄弟，参加亲戚间的年度聚会。当我宣布要动脑部手术时，她打电话去航空公司用医疗原因取消了机票。机票是不退费的，但对方同意给她一张开放日期的机票，让她日后再用。吃过早餐，我请她去杂货店买些东西给我。她走后，我打定主意要让她休息一下，她应该去旅行。达伦说，如果有必要他可以在家帮我，开车载我去办事。科林一回家我就告诉她，我感觉好多了，说她应该去探望表兄弟。

"你的回诊预约还有一星期，我得在这里盯着你。"她说。

她坚持留下，我坚持让她离开。

"你有机票，"我坚定地指出这一点，"你盼望了一年，这里需要你做的事达伦都能做。他有电话和车，如果我需要医生，医院离这里只有约三公里。我很好，去收拾行李吧。"

科林事必躬亲，非要万事安排好之后才肯离开。但是在努力让每个人都能平平安安的同时，如果突发事故使事情无法如期进行，她往往会有极大的负担和压力。我要她放手并相信我们，达伦和我应付得来。她很不情愿地答应了，但必须先拟好详细的清单：药、紧急电话号码、喂食时间表与喂猫说明。

"妈妈，我们会没事的。你去吧。"达伦说。

"我不知道。我打电话和贝弗莉说一声好了。"她犹豫了。

我快抓狂了："科林，我们会很好的，"我说，"我们有电话，达伦知道该怎么做。去吧。我爱你。去吧。"

她在下午稍晚时离开了，依旧战战兢兢。

术后第四天，我在早晨八点左右醒来，达伦在楼下卧室。我得去趟洗手间。我想自己去，所以没有按铃。我从躺椅上站起来，两脚大开，张得比肩膀还宽。我将双脚移近些，然后再放宽些，尝试站好。脚并拢，我是摇头娃娃；脚放宽，我是海上游艇的乘客。两脚超宽的站姿最适合平衡，我拖着脚步走向洗手间，仿佛内裤里装了重物。在浴室里，我像照相机三脚架那样保持平衡，双腿伸得很开，左手扶在马桶上方的墙壁上。

返回躺椅的路上，我试图不扶墙壁走。来到走廊时，我的双臂向两侧伸出，左右摇晃得像在马戏团走钢丝。我办得到，我对自己说，一步一步来。碰到沙发时我没有扶，而是让腿抵着沙发，感觉似乎有点违反某种步态和平衡间的神秘规则。我确信自己能够走完剩下的十几米，左腿坚定地大大跨出，从沙发往前迈出一大步，头和上身紧随其后，右腿却一动也不动。我开始跌落。我尝试扭动身躯来补偿力道，这么一来扭动了臀部，手臂开始摆动。我向前跌跌撞撞走出一步，直直摔了下去。碰到地板之前，我用右手挣扎着抓住沙发后面。向前倒下时，我的手臂或多或少拖过沙发顶部。

这样的扭曲和压力足以撕裂我的肩膀肌肉。摔到地板的声响加上呼叫声惊动了达伦，他跑上楼。

"爸爸！"他大喊，"发生什么事？你在做什么？"

"我试着去浴室后再回来，弄伤了肩膀。"

"你应该按铃找我帮忙。"

"我不想吵你，我想我做得到。帮我回到椅子上就行，我没事，不要打电话给你妈妈。"

达伦扶我回躺椅。我躺着休息，想弄清楚发生了什么事。达伦给了我止痛药和开水，在我的腿下放了个枕头。我的左臀和右肩抽痛不已，我担心右锁骨骨折，几分钟后才确定没事，但肩膀继续抽痛着。

我一边恢复一边觉得哪里出了问题。我的右腿失去活动能力，我的手则缺乏握紧的力气和协调性。我开始专注思考跌倒和失去平衡的原因，术后护理的说明书没有提到失去平衡、腿部和手臂麻木，或是注意力不集中等现象。我再次思考为何会跌倒，试着从临床角度判断。我告诉自己能想得通，却毫无进展。

当天稍晚用过午餐后，达伦扶我去洗手间。走到走廊时，我停下来看着客厅墙上的一幅画，那是一位印第安艺术家的印象派油画，描绘一名马背上的战士冲向前方的篝火。靠近看，我只见到散乱的颜色和大图像的虚线。画中红色和蓝色的交叠引起了我的注意，充满动态的线条与飞溅的颜料亦然。这些笔触呈现爆炸性的能量以及对正常线条的蔑视。盯着这件艺术品时，我发现自己的思绪正好能够呼应这些虚线和散乱的色彩。我没有线性意念。我的思绪就像印象派艺术家的狂野笔触。这幅画让我既惊奇又惊艳，奇在它的绘画手法违背了许多本土艺术家常见的现实主义手法，美在它的印象主义风格散发出我前所未见的色彩与形式。观看这幅战士画时，我的脑海中浮现出某些东西：散乱的线条、破碎的整体、油彩和纹理的模式，以及几乎不连贯的笔触。"笔触"（brushstroke）这个意念徘徊不去，brushstroke 是由 brush（笔，刷）和 stroke（笔画，中风）两个词组成的，各有两种含义。这个领悟令我惊讶。我在艺术脉络下想到"笔"的含义，又在医学脉络下想到"中风"的意义。中风，一切都合情合理了。手术、手术后的麻木和软弱无力、失衡、我的心智和恍惚，我怎么会忽略了这一切？

"达伦，"我盯着这幅画自言自语，"我中风了。"

他不知道那是什么意思，我试着解释。

"手术可能造成了损伤，我需要去看医生。"

检验室闻起来像医院，墙上时钟的秒针似乎卡住了。我坐在那里与贝弗莉一起等待，她坐在我旁边的椅子上。达伦和朋友约好那天下午要见面，我叫他去赴约，说会打电话请贝弗莉来带我去医院。他一开始不愿意，但我向他保证没问题。

大约三十分钟后，一位年轻的医生进来了。我隐约记得在手术前见过他，他正在神经放射科进行相关训练。他解释说神经放射科医生去镇上开会了，还说他正在研究我的核磁共振影像，有点担心。"担心"一词让人困扰，我自己行医时也会使用这个词，很明白它意味着什么。

"我们从屏幕上看。"他说，要我把椅子拉近。我在椅子上挣扎着移动，贝弗莉帮了我。核磁共振影像在计算机屏幕上闪烁，我的名字出现在图像的右上角。从手术前一个月至今，这是我第一次见到自己的大脑。它看起来就像人类神经解剖学的横断面图，细节则说明了一切。屏幕上的图像都有编号，以灰阶方式显示复杂的剖面细节。我认得皮层、脑室、小脑和中脑，脑干果然看起来像一根茎，髓质和脑桥从它们的茎部略微隆起。我看到白质，它在核磁共振上影像上不是真的白色，而是一片灰色。我想起接受的训练，在脑部核磁共振影像上，白色可能表示发现异常，而我的大脑没有白色。

医生按下计算机按键，屏幕显示出十二幅图像，微型的大脑图像几乎是在按下按键时同步出现。"你的速度太快了。"我说，无法理解看到的图像。

"我们可以放慢一点。"他逐一点击图像概述，却还是比我能够理解得快。后来他转回第一幅，我没看见异常的白色。他点击第一幕中间的一幅大脑图像，停住不动，放大影像，用手指轻敲了一下。"这里，这里有个点。"他肯定地说。

我看到了他指出的白色。我停顿，拍打着右腿，仍然没有知觉。我的目光远离那些图像，转向贝弗莉，她噘起嘴唇，什么都没说，微微歪了歪头。我回头看着大脑影像，那个点还在。

"好的。"他的声音很平缓。

他浏览着屏幕上的图像，宛如在扫描书页。"这是另一个，"他说，"这个病灶出现在脑桥，这个在尾状核，这个在皮质，这个在枕骨，脑干有较大的病变。"他说这些点是真的，不是人造的。他用"栓塞"和"梗死"这两个词来形容这些斑点。我知道这些词的意思，但我不懂确切的含义，以前行医时我也用过这几个词。他指着白点时，我看到了，起初只看到一个，然后是另一个，然后更多，从皮层分散到脑干。我数了一下，有七个，但还不止七个。我想说出"脑病理学"这个医学名词，但我做不到，只能称它们为"白点"。

"我看到了，这不是个好兆头。"我说，尽可能听起来很超然。

"对。"他回答，听起来和我一样超然。

我看着贝弗莉："我的脑袋里有白点。"说这些话时，我感觉到括约肌的松动。

医生调整核磁共振影像，每一幕都有我的名字。那些大脑偷了我的名字。图像被放大后，白点成了焦点，我决定把那些图像当作其他病人大脑的。"你确定这是我的核磁共振影像吗？"我怀疑地问。

医生坚持，点点头说："没错。"

我觉得他弄错了，因为他是个混蛋。他指出那些粗糙的病理学白点，给它们特殊名称：皮层、枕叶及脑干梗死。我又问了一次那是不是我的图，坚称那些是其他病人的。他说，很不幸，它们是我的，而且都是真实的。那些图像超过三十张，都是毫米比例的切片，从不同角度和不同深度投影相同的白色斑点。那些图像不可能是我的大脑。医生弄错了。

他问是否可以帮我检查，我想知道为什么。"要干吗？"我脱口而出。

"我们需要将检查结果与你的核磁共振影像联系起来。"

我不想让他碰我，但我说："当然，就做吧。但请记得我是医生，我会给你打分的。"我轻笑了一下，但他没有回应。贝弗莉扶我上检查台。一坐下，医生就拿走我的鞋子和袜子，卷起我的裤管。我感觉不到右腿和脚掌，我知道他检查后也会有同样的发现。

他用针戳了我一下，要我敲手指和来回转动手腕，转得越来越快。他接二连三问我无法回答的问题。我知道人在医院，但不知道日期或是他要我记住的话。那只是三个简单的词，我咕哝着，强迫它们冒出我的大脑。我猜一个是"苹果"，可是"球"才对。苹果是球的一种啊。三加五变成十三。一百倒数，一次减七……数字还没到嘴边就消失了。我站得摇摇晃晃，当他要我把双脚靠拢时，我的身体以某种混乱的姿态有节奏地摇摆着。我无法走一条直线，这是醉汉的测试，我觉得自己喝醉了。我往右倾就会跌倒，他和贝弗莉抓住我。医生告诉我，检查结果和核磁共振影像上的斑点有关，斑点是真实的。他是个混蛋。

他解释给我听：在手术过程中，主动脉可能有一处动脉粥样硬化破裂，导致栓塞性中风，或者有可能是气泡不慎进入导管系统，阻断了大脑的几个不同区域。他说手术过程显示我的动脉瘤确实呈现漏斗状，这种异常扩大的形态无法顶住线圈。"总之，你有多病灶中风。"他坦率地说。

"换句话说，手术没那么顺利，"我回答，仍然表现出超然的临床态度，"贝弗莉，这可不是好事。"

医生插嘴道："这是我们在手术前谈论的风险之一，有可能会发生的并发症。"

"我知道，但不应该这样。你确定那份核磁共振影像是我的吗？"

"是的。我很抱歉。但这是你大脑的核磁共振影像。"

我静静坐了一会儿，当下鸦雀无声。房间太温暖了，我需要新鲜空气。我不想面对这些影像的真相、这个医生，以及并发症的事实。我要求再看一次核磁共振影像。

基于讨论的必要，我同意那是我的大脑。它们是一组图像，显示我的大脑已经受损，我陷入大麻烦了。或者说，至少我需要一位好的神经科医生。医生再次检查每张图像，我一幅接一幅仔细研究，就像在准备证照考试。我把手指放在斑点上，轻轻擦拭计算机屏幕，想抹掉它们。一切都没变。我们再一次看着每张大脑图像，白点仍然存在。我终于说出了"梗死"这个词，然后是"多重"，接着是"栓塞"。医生重申诊断，再次告诉我手术的正常风险。

"正常"和"风险"这两个词仿佛是我的右腿和脚，飘浮在空气中，迟钝、不真实，让房间感觉像伊拉克沙漠一样炎热干燥。我没有说话，不知道科林和孩子们会做何反应，也不想让他们知道。医生最后说，中风可能会暂时中断我行医，但他会把我转介到神经科做进一步检查。我不知道"进一步检查"是什么意思，这些检查还不够多？

我坐在椅子上环顾房间：沉默……这是宇宙的裂缝，纯粹的空间。接着觉察到心跳、呼吸，然后是一个独立的意念：中风。我看到病理白点，当医生谈到我的职业生涯时，我终于明白了这些白点的意义和医生的意义。这些白点是真实的，像素没有说谎。我没入无所不在的黑暗中，看到我的生命也随之消失。

中风学校

贝弗莉从医院开车送我回家并扶我进屋，我坐在躺椅上思考、放空。我没有打电话给科林告诉她发生了什么事。三个小时后，我起身去洗手间，抓住沙发，靠着走廊的墙壁保持平衡。我盯着浴室的镜子，问镜子我该怎么办。没有答案。我摸索裤子，小便，再次看着镜子，镜子里的自己好像是一个陌生人。我回到躺椅上休息了一会儿，重新阅读手术后的指示，关于突然头痛的部分用红色笔圈了起来。我的头不痛。

达伦很晚才回家，问起诊断结果，我说我对中风的看法是正确的。

他问："什么意思？"

我回答："我还不确定。这星期我得去看神经科医生。这表示我暂时无法走路。"

他问："你打电话给妈妈了吗？"

我回答："没有，我明天会打给她。"

我没有打给科林，倒是她惊恐地打给我。教会里有人发现我中风了，牧师把我放入祷告名单，发送电子邮件给教友："让我们为乔恩·科斯铁特尔祷告，他中风了。"远在加州参加表兄弟聚会的科林中午检查电子邮箱后得知这个消息，立即打电话给我。

"这是怎么回事？我刚收到一封电子邮件，说你中风了。"科林焦虑时说话会更直接，句子也会缩短。

"我没有发任何电子邮件。"

"我不懂，那你还好吗？"

我犹豫再三，纸包不住火。"呃，我必须去看神经科医生，那位年轻医生说我在手术过程里中风了，可能是因为主动脉的血块或气泡。"

"你为什么不住院？"她的简短响应不算是问题，而是用怀疑的语气表示责骂。

就像当初跟科林说我准备做脑部手术一样，我使出浑身解数想减少影响，但她早已看穿了我。"我没有出血，现在也没有什么可以做的。接下来几天我必须去看神经科医生和内科医生。"

"我今天就回家。"

"不用啦，你帮不上忙。医生又做了一次核磁共振，并没有紧急情况，不需要再开一次刀。我可以等你回家再去看神经科医生，再多等几天而已。"

"我不管，我现在要回家。"她坚持。

"别生气，没有什么可以做的。"

"我没生气。你去医院时为什么不给我打电话？"

"我不知道。我不想让你难过。"

"我不难过。"

我和科林以讽刺的口吻谈话。我们很难过，但在努力克制情绪。

中风诊断之后，内科医生及神经科医生为我安排了几次后续约诊。首先是内科医生莱斯莉，她做了一次完整的神经和精神状态检查，而我的两项检查结果都不理想。莱斯莉医生身形高挑，身材匀称，态度始终和蔼可亲。我在芬尼医院工作时，她也在内科任职。只有极少数内科医生被请到急诊室接受咨询或批准病人住院时不会抱怨，她是其中之一，对病人与同事都抱着同样振奋人心的态度。

她用打击锤敲打我的膝盖，并用棉签和针在我的皮肤上测试触觉。

她说："闭上眼睛，告诉我有什么感觉。"她的声音中透出医生的临床客观性。

我说："我觉得左边很软、很尖锐。右肩有一点感觉，和左肩不一样。"

她指示："拧我的手指。"我照做了，感觉右手无力。

在护士的陪伴下，我走过诊所的走廊。几天前做初步诊断时发现的混乱姿态并没有改变。我说："我走路的样子像喝醉酒。"

回到检验室后，莱斯莉医生继续进行认知检查。"请从一百倒数，每次减七。我会告诉你三个词，你要记住，等一下用得到。你知道总统是谁吗？你能告诉我你人在哪里和今天的日期吗？"

我知道自己是谁，至少知道名字。我知道我在艾奥瓦州，她是我的医生，也是我在艾奥瓦州杜卜克市芬尼医院的前同事。我选了她当我的内科医生，因为她曾在梅奥诊所培训，声誉卓著，病人都爱她。莱斯莉医生除了具备医学上的一切敏锐度，还能让病人觉得自信，并相信在她的照顾下能获得最好的医疗照护。我也有同样的自信，但她检查我时，我很失落。随着每次敲击锤子、接触针头，我的缺陷剧增，那位放射科医生看核磁共振检查结果时说的话对我的冲击也越来越大："这可能会暂时让你中断行医。"他那么说的时候，我认为最多是他搞错了，最坏的是他说谎。无论如何，连死亡都无法阻止我行医，更别说战争、疾病、事故或生活了。听到乳臭未干的年轻医生说某个不幸的手术结果可能会影响我的行医能力，完全让我无法接受。但当莱斯莉医生完成检查，与我讨论诊断结果时，我不得不承认她的诊断有凭有据，因为我知道她不会信口开河。当她说出"中风"，我知道诊断是准确无误的。

"嗯，科斯铁特尔医生，"她冷静地说，"检查结果与诊断一致。我看过你的核磁共振检查结果，也和神经科医生讨论过了，你需要做中风复健，我会帮你安排。"

"我要多久才能回去工作？我打算接受另一次任务。"

"这我们得再讨论，你在中风复原之前无法工作。你的步态、行动无力与认知缺陷都意味着你需要再花一些时间治疗。"

我见过工作时的莱斯莉医生，她的特殊能力是在与病人或家属交谈时，即使是最危急的情况，她也能鼓励对方冷静地理解而不是恐慌。她正是这样和我说话的。

"我知道，但那需要多久？"

"我还不知道。我知道的是你多病灶中风，需要长时间治疗。某些伤害可能是永久性的，但现在谈这个为时过早。现在我只能建议你继续请病假，你必须把自己当成病人，把我当成你的医生。"

我说："我明白了。"但我心里知道我并不明白。莱斯莉医生说出"永久"和"长时间"这些字眼让我很难过。我知道中风很严重，但仍希望自己的病有更多选项可以让我控制。

"好。现在我需要科林在场，我们一起谈谈。"她宣布。

科林加入我们，和我一起并排坐在检验室的办公椅上。莱斯莉医生开始讲话前，科林拍了拍我的腿。她的碰触告诉我，她知道，就像莱斯莉医生也知道，在这场即将开始的医生和家属的会谈中，我们会谈论后续事宜，我们必须面对现实，而现实会揭露我们最担心的一切。我感受到成为长期中风患者的沉重感，职业生涯岌岌可危。中风的分量如同战争，我想抗拒，想要重来，想重新动一次手术，再听听别的意见。但是，身为医生我知道眼前这位医生是对的，不需要再进一步做什么了。

莱斯莉医生解释完我的中风情况后，科林问道："他的症状会好转吗？"她的问题似乎紧贴着检验室的墙壁，这是所有问题的核心，但我不敢问，她却真心诚意且充满担忧地问了，掩盖了我能迅速康复的所有假设。

她回答："现在说还为时过早。我们可能会看到改善，但很难预测他将恢复多少功能、恢复的时间要多久。随着治疗的推进，我们应该会知道更多。"

"他是否会面临再次中风的更大风险？"科林又提出了我想问却没问的问题。

"这取决于潜在因素。如果我们在他的主动脉、颈动脉中发现斑块，那么答案是肯定的。高血压也会增加风险。我们需要在知道更多之前完成中风检查。"

就这样，我成了中风患者，如假包换，没有退路，没有复原时间表。科林碰了碰我的手臂，我的喉咙哽住了，咽不下去。我眨眨眼，收回几滴眼泪，因为我是军人和医生，没有任何该死的中风能够撂倒我。

莱斯莉医生已经与神经科医生讨论过我的病例，也安排好了中风复健，地点是艾奥瓦大学医院的物理治疗与神经心理学科诊室。物理治疗师会解决我的步态和身体缺陷问题，神经心理学家则会研究我的认知缺陷。她的处方还包括一根拐杖，用来帮助我保持平衡。拐杖激怒了我，我在她的办公室里全力反抗。

"你可以给我任何东西，我真心感谢你的协助，但我不要用拐杖。门都没有。免谈。我不会用的。"我抗议道。

"科斯铁特尔医生，你我都很清楚，中风后病人有跌倒的危险，为什么要排斥拐杖呢？你已经在家跌倒过，得更注意平衡和步态。"

"嗯，我能走路，就像我能走进这间办公室一样。"

"你的意思是用失衡和混乱的模样走路。"她答以临床式的反讽。

我咆哮起来："我不想要拐杖，就这样。"

"为什么？因为你在意别人的眼光，还是你不相信自己需要它？"

"我只是不想感觉像个中风病人。"我说。我固执、排斥，想寻找出路。我想去散步，抽根雪茄。

"但你是中风患者，和其他中风患者一样有小脑和脑干梗死。你看过核磁共振影像了。"

"可是我不想中风。"

"这不是你或我可以选择的，不是的。"

接下来一星期，艾奥瓦大学附属医院的心脏病专家经由食道给我进行了心脏超声波（TEE）检查，寻找心脏和主动脉弓的动脉粥样硬化斑块证据，因为很可能是那些粥样硬化斑块在手术中脱落才导致我中风。检查结果是正常的，意味我的特殊中风不会增加再次发生的风险。这个结果是正面的，我乐在其中，把它当作癌症缓解的消息。后续我接受了更多次回诊，莱斯莉医生监测我的血压并调整药物，使它维持在正常范围内。她问我对于陆军和急救医学有何打算。

我说："我想，一旦这一切结束后，我会回到执勤岗位，继续从事急救医学或在拉克堡的飞行外科医学院任教。"

"你和陆军那边讨论过这个问题吗？"

"史密斯上校已经知道了，他说我必须持续就医，直到康复为止。"

"那意味着没有部署任务，对吧？"

"对……目前是。"

莱斯莉医生看着我，在椅子上俯身向前，等到我关注她时才开口："科斯铁特尔医生，"她加重语气，"我希望你明白，康复所需的时间将超出你的预期，你要做好准备。你的中风病情很复杂，它影响了大脑许多区域。"

"是的，我了解。"我想不出别的话说。没有临床观察、没有质疑她的意见是否有效，"我了解"只是肤浅的认同，如同不知天高地厚的少年被要求小心驾驶。莱斯莉医生说得对，我的中风病情很复杂。我是医生。我了解。我会尽我所能治疗，恢复，治愈，最多六个月。这是摆在我面前的路。

我去艾奥瓦大学医院接受第一次物理治疗是在手术后第三周。治疗室看起来像没有举重器和跑步机的大型开放式健身中心，患者和治疗师在垫子和桌子上按表上课、使用器械。佩姬是我的物理治疗师，担任治疗师的时间比我当医生更久。她向我和科林自我介绍，并说我们会从基础评估开始。如果在压力下迅速行动是我在急诊室工作的特色，佩姬的风格则恰恰相反，她展现出一种冷静而淡定的态度，与我以前的临床表现控制迥然不同。

"我们需要做一系列短暂的体能测试，这有助于评估和规划你的康复运动计划。"佩姬的举止让我想起在梅奥医学院的儿科老师罗兹博士，他们说话时都带着不疾不徐的智慧，让人充满信心并相信如果耐心倾听，就能学到很棒的东西。

我说："我不知道还有测试，我以为只要做一堆平衡练习。"我并不想贬低治疗方法，只是真的不知道会发生什么事。

"哦，锻炼是计划里的重要部分，但我们也需要根据你的具体损伤来评估起点与设定目标。合理吧？"

确实有道理。佩姬通过这种解释事情的方式既承认我身为医生的经历，又让我了解中风复健的本质。她说话的态度仿佛治疗适用于我和科林两个人，即使我才是中风患者。

她解释道："你们两个人都得接受治疗。我们在这里做的一切都会影响你们，你们必须学习新事物并一起努力。科林，我会对你说明如何在家继续训练。乔恩，你必须记住，科林和物理治疗师一样，是治疗的一部分。如果你们合作无间，治疗效果会更好。"

佩姬带我去做评估，使用我不熟悉的临床指标进行评分。据我所知，这整个概念是为了量化每一项肢体运作的缺陷，再根据评估结果设计一个专属的物理治疗计划。步态和平衡是我最大的身体缺陷，佩姬解释中风如何破坏负责控制右腿、右臂、脚和手的感觉和运动皮层，以及破坏负责协调和平衡的小脑区域。我还有左右视觉不均和细腻肢体运动的问题，尤其是使用右手和手指头。

一小时的训练单元结束之前，我们开始第一个练习，也就是在双杠之间散步，测试我的步态。我身上配置了步态带，佩姬则站在我旁边。我用那种超宽的姿势开始走路，拖行，向右倾，用眼睛追踪右脚的位置。这让我想起念医学院时在物理治疗科的临床实习经历，我们观察脑部受伤的患者学习走路，虽然看起来很有趣，但总让我觉得不舒服，因为他们拼了命挣扎，取得的进步却那么微小。置身双杠之间让我感受到恐惧。我会永远盯着我的脚吗？

"直视，向前走。抓住双杠并保持稳定。抬起下巴，环视整个房间。"佩姬在一旁指导。

"如果抬头，我会跌倒。我得看着我的脚才知道它们在哪里。"

佩姬没有退让，她冷静但有目的地控制着训练的节奏。她说："我明白，但让我们专注于更自然的步态和姿势。注意你的姿势，让我们做一点点小改正。再试一次。"

我重新开始。双杠的长度不超过三米，而我感觉像是九米。这不是因为疼痛，而是因为我无法保持平衡。我在双杠的末端准备起步。我告诉自己要专注。我再次开始却没能保持下去，还试图让我的双脚靠得更近。在佩姬阻止我之前，我大胆走了两步。砰！我撞到右侧的单杠上。佩姬抓住步态带防止我跌倒。科林坐在房间另一头的椅子上看着我。她看得很专心但没有说什么，我看得出来她很害怕。我也很害怕，但我不想表现出来。

"用双杠撑住，"佩姬坚持，"抬头。如果你感觉快要失去平衡，马上停止并恢复控制。注意不要受伤。"

"我在注意。"当我这么说时，我知道我们话语的含义不同。在双杠间挣扎着行走让我看到自己退化成学步中的婴儿，如此依赖父母持续的鼓励。我不想成为那种依赖他人的人，却很难宣称自己是独立的。

佩姬说："重来一次。这次利用双杠，找到平衡后再往前迈一步。"

我双手抓住双杠站立，抬头看着整间治疗室，用左脚走了一步，右脚步伐很慢但确实跟上了。我偷偷低头看右脚放在哪里，发现左脚只在右脚前方一个脚趾远，一点也不像正常的走路步态。佩姬要我抬起头，说我这一步走得不错。

她说："好多了。让我们再走一回就结束。"

我问道："就这样？"

佩姬说："这是个好的开始，让我们有始有终。接下来你需要在家里练习，两天后再见。"

让我们离开之前，佩姬说明了测试及其结果，那些测试与中枢神经系统对肌肉群及运动功能的控制有关。她提醒我们，走路其实需要大量技巧和控制能力，测试则会显现出脑部损伤对于这项后天技能的影响，而我的状况不算特别，栓塞性伤害使运动、感觉和小脑受损，这种状况固然复杂，但并不罕见。她还告诫我，取得进展需要时间。

佩姬说："在以英寸和月当作测量单位的医学领域里，复健正是其中之一，虽不能说一概如此，但许多个案是这样。我猜我们会合作好几个月或更久些，你需要给自己时间，而且允许自己痊愈才行（治愈许可）。"

治愈许可，我第一次听到这种说法。需要时间我懂，但我没有核发许可的权限，我并没有让自己中风，为何需要给自己治愈许可？我点了点头，说："好的。"

头几个月，我每星期安排周一、周三和周五共三次复健课程，后来改成周一和周四，每星期去两天。我在日历上把它们标示为"中风学校"。第一个星期是人间地狱，身体虽然不如预料中痛苦，情感和精神层面却相当难受。每一项练习都会强化我有神经缺陷的认知，每一次课程都提醒我是个特殊患者：我中风了。这种提醒具有牢不可破的临床意义，我的某些缺陷很可能是永久的。

除了倚靠双杠进行步态训练，我也会沿着地板的蓝色胶带走直线，这是种双人式走路，由一位物理治疗实习生扶着我。当我收拢双脚，在胶带上迈出一步时，佩姬和实习生会抓住我的步态带。在脱离路线之前，我最多只能成功走一步，只要一收拢双脚，运动失调就会发作，让锻炼退化成防止摔倒的练习。当我顺利迈出一步时，不是没踏在线上就是走得歪七扭八，看起来就像在高速公路上被巡警要求测试酒精含量的醉酒者。谢天谢地，我们只会花大约五分钟做这个练习。

我也会练习在橙色障碍锥之间穿行，但双脚的缓慢晃动影响了我的注意力，使我不能保持平衡。与绕行障碍锥练习轮流进行的是沿着走廊走，走廊上每三米悬挂一幅照片。当我找到行进节奏，我的步态却只是让我往前移动，无法转向任何一边。这时，佩姬会让我边走边看照片。我的头总是看着前方或向下斜看着脚。每当我转身看时，脚就会停下来，身体则因无力回旋而摇摆不定。我无法边走边看，一次只能做一件事，就像走路或嚼口香糖只能选一个。每次复健课我们都会走这一段艺术步道，持续了整整三个月，但只要一看照片我的脚就不动了。为了改善这种情况，佩姬在我走路时问我问题，但结果一样。

"那么，告诉我你的姓名和住址。"

"乔恩·科斯铁特尔。2388……"

话语还在脑海中成形，尚未脱口而出时，双腿就已停止在大厅里。我来回晃动，像只被地板上的胶带活捉的田鼠。若佩姬帮助我往前走，我也会乱说一通或口吃，要不然就是漏掉部分地址。我说一个字、走一步、停一下，说另一个字，然后再迈出一步，无法边走边说。偶尔能够同时做，但话语和步伐都变得断断续续。佩姬说，这种断断续续的情况说明大脑神经元想为无人看顾的步态建立新连接，如同婴儿学习走路那样。我不知道这些事，却很清楚走完走廊而不跌倒需要花费很多精力，尤其是想同时兼顾两件事时。无法走路和说话时，我会赌气骂自己"狗屎"或"该死"。佩姬提醒我已经颇有进步了，要我走路和抬头看时记得呼吸，不要把自己逼得太紧。"你对自己太苛刻了，别忘记给自己治愈许可。"她说。

虽然物理治疗的进展缓慢，但是佩姬有时候会让它变得很有趣。当我练习走过障碍锥时，她要我假装自己是赛车手或滑雪选手。有时她会陪我走去大型治疗室，那里有许多治疗师在开放空间里为病人做复健。我看到其他中风患者，有些人的缺陷比我更严重，让我觉得自己并不是最糟糕的。

佩姬没注意时，我会偷瞄治疗室的时钟，它看起来像是停摆了，我怀疑她对时钟动过手脚，好让训练可以更久些。可是，课程始终会在五十分钟后结束，那正是在我心力交瘁之时。每次下课后佩姬都会给我一杯水，谈谈我的复原进展情况。我未必完全相信她，但会为了取得更多进步而继续参加复健。她说："几天后见。"顺便提醒我："深呼吸。"

开始进行物理治疗的那个星期，我也开始接受神经心理学团队的认知疗法，从佩姬的办公室走过大厅就是神经心理学科了。科林在那里放下我，答应治疗结束后来接我。第一次治疗时，工作人员说明如何针对认知缺陷进行评估，以及如何为脑部损伤患者需要重建补偿策略和可能的新神经连接。治疗理念听起来和物理治疗一样。

第一节课我完成了一系列测试，并和神经心理学家与治疗师面谈。认知测试花费了数个小时，由一位神经心理技师和一名研究生共同操作，一人测试，另一人记录测试分数。技师要我记住并重复清单中的词汇，她开始念："球、火车、玩具、苹果、沙发、书、香蕉……"清单里一共约有三十个词。我全神贯注用力记，在脑中重复：第一个、第二个，然后是第三个。等她念到第三个或第四个时，我忘记了第一个。当她念到第五个、第六个时，前面的我都忘了。最后她要我复诵，我努力回想却只记起三四个。我们重复了几次，相同列表、相同顺序，结果也相同。技师不断念，我不断遗忘。三次测试过后，我说："我什么都记不住。"技师要我尽力而为，不必担心，说这只是测试，没有正确答案。但对我来说测试是有正确答案的，那就是记住应该记住的全部词语。

我加法算错、单词拼错，甚至连一页短篇故事也念错。我阅读时，技师在一旁计时，再请我回答关于故事主旨和内容的问题。该死的！我会阅读，他们测什么测？我画一个钟，她请我画出正午、六点、三点和九点，我做对了。哈！让她知道我可不蠢。她再请我画九点半，我把时针和分针搞错了，画六点半，再错一次。我无法依序摆放孩子们玩的那种积木。把该死的积木按顺序摆好就行了啊。研究生在一旁做记录，我知道那表示我很愚蠢，而他正在记录我的愚蠢。中场休息时我想回家，因为我看不出进行一场无法准备的测试的重点何在。"没有正确答案。"他们坚持这么说。对，我告诉自己：如果没有正确答案，为什么要测试？

　　最后，神经心理学家来和我谈我的工作、家庭成员和家庭生活。我是哪方面的医生？我在军队的工作是什么？我喝酒或嗑药吗？我如何应对生病和压力？我知道自己中风吗？理解预后的长期意义吗？我有过忧郁症或寻求精神治疗吗？对啦！我知道中风是什么，还有，我可没有发疯。在连珠炮似的问题过后，神经心理学家向我介绍认知治疗师雪儿，她和一位歌手同名。雪儿的年龄是我的一半，脚踝上有刺青，说话自信又专业。尽管我向来怀疑治疗师的专业能力，雪儿却让我很自在。她可能是在我环顾房间时看出了我的犹豫，或许她对于我们的年龄和专业差异同样敏感，不论如何，她知道我疑心重重，而且毫不迟疑地面对它。

　　"科斯铁特尔医生，我叫雪儿，我将陪你一起做复健。"她和我握手，仿佛主控全场。"请坐下，让我们谈几件事，然后我们下星期会再见面，看看你的测试结果。我知道你中风了，也知道你是位医生。"

　　"是的，我有动脉瘤，手术不如预期成功。"我看了她的办公室一眼，书架上摆满神经病学和神经心理学的书籍和专业期刊，还有几个用颜色编码的塑料大脑模型。

　　"你太太不在，这种情况在测试日很常见。下星期她会加入我们吗？"雪儿边说边记笔记，并和我进行眼神交流，让我保持专注。

"她会的，但她今天另外有约。"

"好。我只想强调她在场对我们的课程很重要。"

"当然。我会有多少次课？"我不耐烦地问。

"还不确定。"雪儿只用三个字就说明了治疗的本质。确实不确定，再急躁也无法加速治疗进程。

"哦，我以为会有个固定的数字，比如十次之类的。我对这类治疗一无所知，不知道事情会如何进行。"

"每个人的需求不同，很难明确说明我们将如何进行以及你的治疗要持续多久。还有别的问题想问吗？"

"呃，我不知道你打算做什么。我知道我的测试结果很差，你要重测一次吗？"

她微笑着说："这并不是做得好不好的问题。那些是诊断测试，可以提供信息，让我们安排治疗。没错，我们会重新测试你的治疗进展。我看得出来你很在意测试结果，请不要这样。那些测试只是个起点，它们也确实会让所有人对自己的智力感到难为情。"

我不想单刀直入询问关于智力受损的事，那将反映出我害怕被当成愚蠢的人。我不是不信任雪儿，但我不相信测试以及在诊断测试中做得很差劲的意义，也或许，这些在本质上说明我对雪儿缺乏信任。

雪儿没有谈到智力受损，将话题转向我在陆军和急救医学的角色，还要我逐项说明。她往前坐，仔细聆听并做了笔记。

离开雪儿的办公室时，我觉得她的专业水平不错，但以治疗师来说太年轻了。我不知道这位脚踝有刺青、房间充满书籍和人脑模型、名叫雪儿的治疗师能否协助我康复。我判断她可能做不到，但无论如何还是要试一下。我会尝试这一套所谓的中风复健疗程，就算这些神经心理测试、认知重构，以及让人心理扭曲和高度怀疑的疗程失败了，但至少我试过了。

在下一次的每周例行课程中，医院内的神经心理学家在课程前半段与我会面。他检查我的测试结果，就认知损伤清单——向我说明，并针对每一项列出治疗计划。其中有些缺陷是同一类别，也就是记忆力丧失，短期和长期记忆都受到明显影响。执行功能的显著缺陷则使我无法组织信息以解决复杂的问题。从金属钉练习则可得知我的细腻肢体运动受到了限制，尤其是右侧的肢体运动。我的阅读速度和理解能力只达到原来的百分之三，而不是百分之三十。我的专注力水平类似那些有注意力缺陷障碍的患者，而且他担心我的最后一次战地任务已经使我患上了某种创伤后应激障碍。就这样，第二次进行认知治疗的前三十分钟结束时，我有了一大堆关于大脑和中风的问题可以好好考虑——有鉴于我的认知状态，如果我还有考虑或是考虑的能力的话。正如神经心理学家强调的，每种特定缺陷都像脑中的恶性细胞一样会增长，也会尽其所能地侵入最多的正常细胞，使我变得一无是处。

在课程的后半段，雪儿边记录边问我对测试结果的反应。她说："告诉我测试结果。"

我无法立刻回答她的问题，因为还不知道应该做何反应。我应该生气、沮丧或难过？我是否应该感恩还活着，没有死于中风或陷入昏迷？也许我应该庆幸不用被绑在椅子上，没在裤子里拉屎，也没让口水流到衬衫上。我不知道该怎么想，因为我没在想，而是正在重温过往的人生，那个我被视为一位医生和军人，凡事大多称心如意的人生。我也在追问：我的大脑损伤更像断臂，还是更像截肢？

我总算开口："听起来就像我没有大脑。"

"哦，你有大脑，而且它装满了宝贵的信息和经验。"她温柔又体贴地说。

这番话似乎抵消了我的痛苦情绪。雪儿放下笔，看着我的眼睛说："科斯铁特尔医生，重要的是你要明白，中风并不会让你智力减退。中风是让记忆的形成和召回变得困难，但我们会一起努力帮你弥补。中风无法贬低原来的你。"她传递的信息既强大又温暖人心，我需要她的见解来祛除恐惧。我对未来、大脑和生活十分担忧，我必须听到并正确理解她的信息。若非如此，连希望都会破灭。

下一次的每周例行课程里，雪儿要我从列清单和写日记开始，这是一种能让我进入治疗程序并将注意力重新集中在细节上的办法。我的表现很糟糕：断断续续、语无伦次、马马虎虎，但我做到了。我写了好几页笔记，也列出了简短的清单。清单应该要帮助我去完成某些事、为任务排序，就像某种纸脑子。如果我没有每天列出要做的事，那么除了去看医生或做回诊，我什么也不会做。我每天早晚都应该和科林一起检查清单，但我通常会忘记，科林不得不提醒我。我尝试使用附有日历、待办事项与提醒功能的 PDA（掌上电脑），却把 PDA 和纸上清单与用来标记约会提醒的桌面日历搞混了。它们的不一致让我破口大骂，我撕碎不一致的清单，弄不清楚哪个才是正确的。雪儿会在课程中看我列清单，大约治疗十周后，她一提到清单我就变得特别沮丧。

"这星期你能追踪约会和工作事项吗?"她问。"不行，"我断然拒绝，"我不需要清单。"我并不是对自己苛刻，但是清单会让我觉得头脑失控、受伤、散漫。我无法完成列表，更不想追踪清单。

雪儿停下来看着我。她说："告诉我发生了什么事。"

"这没有用，"我脱口而出，"我宁可死在伊拉克，至少死得其所。现在我连一份清单都处理不好，更不用说照顾病人了。"我站起身想逃走或躲起来，能做的却只是让身体歪斜地晃动。雪儿温柔地要我坐回椅子上。我觉得深陷泥沼，想从治疗中解脱出来，我是军人和医生啊，如果有谁能摆脱中风，那应该是我才对。

"你先坐一会儿，深呼吸。"雪儿冷静地说。等我平静下来后，她继续说："你开始列清单到现在几周了？"

我没回答，自顾自地看着书架上的塑料大脑。

她说："我认为你做这些治疗的时间比你当医生时治疗你的病人所花的时间要少。"

"我不想当病人，我不希望我的孩子看到我这样，这比死还难过！"说出这些话的时候，我双手抱头，盯着她的桌子看，久久不发一语。我咬住舌头，避免显露情绪。

她让我沉默了一会儿，终于说："但是，科斯铁特尔医生，你还没死。你仍然是医生，也仍然是军人，而且你的经验丰富、聪明过人。中风无法贬损你，你明白吗？"

听到她的话时，我真想号啕大哭一场，让眼泪奔流，填满整间治疗室，冲刷掉我的痛苦、恐惧和失落。雪儿缺乏军事知识。她的刺青和年龄，乃至专业能力以及她不是医生的事实，都让我不信任她，如今所有怀疑都烟消云散了。她说我因为身体和大脑受伤而悲伤，或许也在担心永远无法康复、无法再成为医生或军人。她说的这些是对的。就在那一堂课里，我终于大彻大悟——我之所以坚持军人和医生的身份，是因为觉得它们就是我，中风则让我粉身碎骨。我仍然活着，虽然确实受了伤，但我依然具有思考和战斗的能力，也依然向前迈进。

治疗课程快结束前，雪儿说她很幸运能够和我一起做复健，希望我给她讲讲军事医疗、战区医生如何治疗伤员的事情。我向她要了一支马克笔，表示在白板上画图比较容易理解。画完军营简图和多个医护部队的位置时，我很惊讶自己还记得军队的细节。五分钟后，我画出军事医疗部队示意图，解释医疗后送系统，还有我们如何将伤兵从战场转移到美国的军医院。她大表赞赏，说我做的是很了不起的工作。下一个星期当我回来时，那些图还在，她要我详细解释："告诉我营和排的不同，上尉、少校和上校的职责差别在哪里。何处是战斗的前线？不对称战争是什么？飞行外科医生究竟是做什么的？"我用一整堂课的时间回答她的问题。当我说完时，又觉得自己像个飞行外科医生了，也对刚才的问答有点困惑。

我问："我怎么能记得那些军事细节，却记不住医疗内容或是我太太今天早上要我做的事？"

她回答："不同种类的中风症状不同。你有混合型缺陷，这代表你的医学知识很可能完好无损，但是神经通路已经被打乱了，而且不容易取用。目前你有短期和长期记忆缺陷，两者都不完整，你也有注意力不集中的现象，这让一切更加棘手。"

雪儿在屏幕上找出核磁共振影像，我们计算脑梗死和不同程度的脑损伤。"如果你的病人有这样的核磁共振影像，你会说他们预期康复是件轻松又简单的事吗？"她问。

"不会。我明白你的意思了。"我真的明白了，或者说，至少我获得了某些初步的领悟。我开始明白中风造成的伤害比我认为的更多，持续治疗对于康复至关重要。

"科斯铁特尔医生，你能克服这一切的，"雪儿自信地说，"你的学习能力很强，看看你做了多少事。没错，你有些重大的神经功能缺陷，没人能否认。但你也有一位治疗师和一群愿意协助你的医生。我们需要你的配合，大家并肩作战。"

那次课程既是个转折点，也是一大突破。我的职业性格中那层坚硬的外壳已经破了一道缝，足以让治疗师获得空间，利用我的军事和医疗经验作为治疗策略的工具。虽然我没有立即化身模范病人，也没有自动放弃否认中风及其后遗症，但我的心境确实大大改变了，我愿意信任治疗师，并且终于明白，这一转变帮助我从拒绝到接受，推进了治疗进程。

阅　读

　　在突破性课程后的下一周，雪儿为我制订了复原阅读计划。我的第一项任务是在一星期内的回诊中，以简单的情节跟进方式阅读小说。雪儿故意让我自己选书。我本来应该和科林一起阅读与讨论的，但在家时我决定独立完成。这项任务只是种补救措施，我不想劳烦科林，她曾在附近的小学担任阅读指导，但我并不需要辅导或阅读教练。我选了一本理论物理学和弦理论的书，大学时我对亚原子宇宙很着迷，何不趁此机会认真了解呢？然而，在"阅读"了许多关于褶曲重力、时间扭曲和振动亚原子弦的章节之后，我无法向科林或雪儿解释任何概念。就算是中风前，我可能也无法理解弦理论，现在也不知道为何选了一本物理书，但这极可能反映出我对于阅读疗法的傲视。雪儿指出，选择一本适当的书也是目标之一。

　　我没有立即放弃弦理论。我想，也许我的大脑只是需要一些准备。虽然几乎每个字都无法理解，但是我依然鞭策自己。接下来的回诊中，雪儿没有被打动，她的态度甚至可说是严厉的，不过我真的认为她对我的坚毅感到惊讶。可是我错了，如果给我打分，她认为我的抵抗力满分，面对现实的能力零分。她再次在计算机屏幕上展示我中风前后的核磁共振影像，问我能否解读这些图像。我可以，但有点困难。我注意到大脑皮质、中脑和脑干上有许多小病灶。我不清楚病变对大脑功能的影响，以及有这种大脑的人会遇到何种认知困难。她要我帮她制订一份针对认知复原的治疗计划。

我说:"那不是我的专业领域,但我熟悉紧急神经病学和基础神经科学。"

"好,那我们试试这样做。我会提出一般性的想法,你再说觉得合不合理。"

她问我,对于认知复原来说,阅读是不是一件好事?

我回答:"是的,这是个好主意。"

"速度应该要慢一点还是快一点?"

"刚开始要慢一点。"

"有什么特别的原因吗?"她问。

我以为自己理解了她的问题:"你必须避免混淆。如果患者因为治疗而感到困惑,那就不是治疗了。"

"好,很好的观察。"

我的注意力转移了一下。哈,我就知道我做得到。我太聪明了。我应该去当治疗师。

"分级式的困难?"

"什么?"

"那些困难,"她说,"练习应该逐渐变困难还是分级式地变困难?"

"哦,我回到快慢的问题上了。"

"好吧,我们集中在这里。你跟得上吗?"

我想我脸红了一下,回答:"是的。"

"你会根据难度引入新的阅读材料,并从基础阅读开始吗?"

"是的。你必须慢慢把病人带上来,然后循序渐进。"

"如果弦理论也是可用材料之一,这个计划的哪一部分适合它?"

"啊……最后吧?"

"那你现在处于哪个阶段？"

我犹豫了。治疗师是一群偷偷摸摸的家伙，你必须盯紧他们。

我说："好吧，我明白了。"我想赶快改变话题。

雪儿继续问："你能不能告诉我计算机屏幕上的病人姓名？"

长时间的寂静无声。我看着她书架上的塑料大脑。真想把屏幕上的名字藏起来，但我办不到。我面对她，吞了一口口水。

"我需要你帮我念出这份核磁共振影像上的名字。"她静静地说。

"是我。乔恩·科斯铁特尔。他们没提到'医生'。"

"科斯铁特尔医生，你说得对。你仍然是医生，但是就像你治疗过的士兵一样，现在你的脑部有伤。这一次，你是病人，必须认清这一点，这是我们努力的方向。你的全力配合才能让这位病人变得更好。"

"我仍然不认为这是我。我的意思是，我知道屏幕上显示的是我的名字，也知道我尝试走路和阅读。但我一直在想，明天一觉醒来就会发现大家都弄错了，或者我陷入了某个疯狂的梦境。"

"你想和外科医生或神经科医生一起验证这些影像吗？"

"不用。我知道它们是怎么来的。我是医治其他士兵的人，我是个医生，应该是提供医疗照护的人，而不是被照顾的人。军医不受伤。他们不会受伤。一切都倒退了。我不应该是病人。"

"但你是病人。我们看到的是你的大脑。你想怎么做？"

我没说话，看着计算机屏幕上的核磁共振影像。图像是真实的、她是真实的、治疗是真实的。我敲了敲腿，一点感觉也没有。

"我能重新再来吗？"

下一本书我选了艾恩·兰德（Ayn Rand）的《阿特拉斯耸耸肩》（*Atlas Shrugged*），它与弦理论有相同的问题，只不过这本书不涉及数学。治疗时，我们又做了一次相同的讨论，这次雪儿从书架上拿下真人大小的塑料人脑模型，要我说出各种颜色编码的名称。那个模型从中间向下分开，显示左右半球的纵切面。我挣扎着，说出了大约三分之一的名称，为此相当得意，觉得自己很聪明。接着，雪儿在计算机上展示我的核磁共振影像，要我找到自己的受伤部位，在塑料大脑上指出来。我用指针指出模型上与核磁共振影像上的斑点对应的位置给她看。我太聪明了。我可以去当神经科学家。我的心思飘到了急诊室中治疗过的中风病人。

她说："专心。"她要我假装她是患有这种脑损伤的病人，要我向她解释可能会遇到的情况，以及可能会有的预后。我照做了，但多了一点挣扎。再一次，我知道她想做什么。

果然，她要我解释治疗和康复需要花费的时间。我告诉她大脑功能恢复的速度有多缓慢，而且一开始可能会看不到进展，重要的是继续努力、不要放弃，并且相信治疗师。我的喉咙哽咽了一下，因为我知道这是角色扮演练习，我其实不是在对雪儿说话，而是在对自己说话。但是，我想对她诚实，仿佛她真的是我的病人，所以我尽可能温和地说出事实。

"雪儿，"我的声音很真诚，而且开始变得沙哑，"毫无疑问，你的中风很明显，那是无法改变的。但你可以决定自己的治疗进程，这比其他任何事情更能影响你的复原。"

她坐着，聚精会神地听我说，仿佛她真的是个病人，还点头表示同意我的话。"你说得很对。"她说。我继续告诉她与治疗师合作的重要性，随之结束这场角色扮演。

雪儿真的很感动，她说："从你对我说的话中，我感觉得到你是一位优秀又有爱心的医生。如果你真的是我的医生，我会对你充满信心。很明显，你关心你的病人。"

思考着她说的话，我不得不放慢呼吸。我的确很关心病人，我只想继续关心。

"我有一个问题，"雪儿温柔地问，"你能照顾和关心自己，就像你照顾和关心你的病人一样吗？"她问这话时双眼圆睁，我察觉自己的斗志被她触动了。我需要像照顾病人一样照顾自己，这就是佩姬提到的"治愈许可"。意识到雪儿已经揭露了我的弱点时，我想屈服于治疗的力量。我想让她看到我的大脑内部，进入那些让我觉得恐惧、痛苦和困惑的部分，进入破损之处，也进入完好如初之处。我希望她能看到我在战争中做过的所有事情，了解我成为如今的我做了多少突破。我想让她知道我有多么需要军人和医生的身份，没有这些身份，我只是行尸走肉。

我不由自主地说："我的大脑受伤了。"但我真正想说的是"我的灵魂受伤了"。我在内心深处迷失了，不知道我是谁，不知道我的身份，或者我能不能继续当医生和军人、会不会永远成为病人。我什么也没说。雪儿说她了解。我相信她。

她为下一次回诊指定了一本短篇小说，我边听她说边看着塑料大脑，然后再看她。我明白自己是个病人，中风和战争一样，都重新定义了我的生命。我看到自己是个男孩、医生、军人和幸存者，最后则是中风患者。在这个复合的自我中，我察觉到过往界定自己人生的极端歧义，知道自己正同时面临的限制和可能性。

随后几个月里，阅读持续成为挑战。这是一场与分心、删除字词、替换词语、不理解意义、无法分辨情节和故事发展的斗争。我通常只能理解三四页的故事，再长的篇幅就有困难了。我写下关于角色和个别段落含义的笔记，文学意象和隐喻经常将我带到故事原始意图以外的不同方向，其中有些方向源于字词勾起的伊拉克战争回忆。那时我并不知道阅读复原竟会如此缓慢，读完安·查特斯（Ann Charters）编撰的 1600 页的短篇小说文集《故事及其作者》

（*The Story and Its Writer*）需要两年多的时间。我读了契诃夫、霍桑、爱伦坡和康拉德的经典故事，以及桑德拉·西斯内罗斯（Sandra Cisneros）和谢尔曼·阿列克谢（Sherman Alexie）最近撰写的故事。我每天都阅读，读不懂的句子就画线，一开始大多数句子画了线。有些句子和段落我会读四五次，有些甚至更多次。实在无法理解时，我会合上书本，拄着拐杖去散步。有时候我会想象童年和曾经徒步的山脉。当时的生活很简单，或者是看起来如此。高中时我读过《麦田捕手》（*The Catcher in the Rye*）、《法兰妮与卓依》（*Franny and Zooey*）、《珍珠》（*The Pearl*）、《一九八四》（*Nineteen Eighty-four*）和《动物农庄》（*Animal Farm*），文学挑战了我的智商和社会与文化规范，让我在其中康复。阅读是如此诱人、丰富、自然，是和步行一样的重要技能。当我把读医学院时的读物和中风后阅读的书籍放在一起比较时，觉得自己很像《献给阿尔吉农的花束》（*Flowers for Algernon*）里的查理：查理因为发展性大脑障碍而变得像个孩子，科学家的治疗与实验曾经给他带来一线生机，只不过最终仍宣告失败。虽然曾有一段时间的改善，但是查理最后还是回到了孩子般的世界。

从未想过自己的生活会倒退，我把自己看作始终勇往直前并挑战新界限的人。我受过教育，聪明又自信。我是个思想家、阅读者和探险家。我相信人类意志的本质和宇宙的科学。我坚信电子总是在分子中旋转，行星保持在轨道上，药物能治疗疾病。然而，我井然有序的宇宙被彻底重组了，才一瞬间，生活中原本简单明了的词汇就变得无法理解。我的大脑只能对着言语和意义颤抖，中风的破坏性影响比任何宇宙风暴都大。

我继续努力阅读。虽然困难重重，但我的理解力有缓慢且明显的提升。查特斯的选集中有许多故事非常复杂，我摸索着阅读。好的故事，那些我能理解、能记住与复述的故事，我会一读再读，却不到几天就忘得一干二净。新故事取代了几天前才读过的故事。如果我没有一口气读完整个故事，下次就得从头开始，因为从中间读起会让我找不到头绪。不过，文学的能量、人与人的联系、故事的巧妙洞察，就已足以让我不懈前进。在顿失理解力的那些日子里，我会到市立图书馆，在书架间走来走去，挑书、翻动书页、闻墨水和纸张的味道。我在图片中徘徊，回忆学龄时代的第一次图书馆之旅。逛完小说或非小说区后，我仔细浏览童书书架，借出《夏洛特的网》（*Charlotle's Web*）、《王子和乞丐》（*The Prince and the Pauper*）以及其他类似的童书。有时候我会在图书馆的僻静桌子旁边读，怕别人看到我喃喃地读童书。其他时候我会把书借回家，趁科林上班时偷偷读。我在应该笑的地方笑，在适当的地方认真或难过。这些故事沿着线性情节推演，把我拉进书中的情境和结局里，就和我小时候读它们时一样。这些故事对我来说很棒，比弦理论更具吸引力，而且我知道，如果我能阅读童书，至少是个起步。

冬日梦

因为医院担心我患上忧郁症，所以照顾我的众多专家中也包括精神病学家。据说有百分之四十的中风患者会患忧郁症。我确实觉得失落，但不是临床意义上的沮丧，我没有临床忧郁症。第一次与精神科医生约诊时，驻院精神病学家问我有关自杀、情绪、感情和性欲等常见问题。一定是我的答案过于简洁，否则他何必问中风会不会让我变得心烦意乱。

我鲁莽地问："如果你中风了，你不会难过吗？"

他说："我当然会，这就是你在这里的原因，好确保你的情绪和反应不会干扰恢复能力。我们是你的治疗团队之一。"

"好吧，但我并不沮丧。我的性欲也很好。"

我不想谈论我的情绪或感受。我知道我的感受，中风的痛苦不论身心我都清楚得很，去搅动它只会衍生更多痛苦。精神科医生的替代方案是开了某种低剂量的抗忧郁药给我，并引述学术研究说，低度治疗的中风患者恢复情况比使用安慰剂的患者更好。我同意这种治疗方案，因为这些好处似乎够真实，但仍然排斥每个月的追踪回诊，以及执意要把我对中风的层层感受剥离出来。

史密斯上校和岩岛兵工厂的医疗指挥部要求评估我的病情和可能的归队时间。莱斯莉医生与神经心理学家被要求以书面摘要汇报。他们与我一起做评估面谈，很明显地，他们认为我不该回归军职。神经心理学家总结了他们的观点。

"科斯铁特尔医生，关于重新归队担任军医，你现在有多少自信？"神经心理学家刺探着问。

"呃，没有。我知道我还没准备好。"我说。

"我们也认为你没有准备好，现在谈康复言之过早。史密斯上校了解这一点，但我们需要把你的预后情形记录下来转交陆军。"

"是的，我知道。"我冷淡地回答。

"你的临床表现已经记录在评估表上了。但整体来说，我会建议你不要行医或是在认知与体能充分复原之前不参与任务调派。你了解原因吗？"

我瞪了他一眼，用尖锐的问题回应："你很关心我是否行医吗？"

"是的，你知道为什么吗？"这是让患者自己做决定的临床技巧，把问题丢回去，让他们承认结果的取舍有多不容易。我开口："好吧，我想你认为我不记得理由了。我知道我还没准备好回去行医或服役，我清楚得很。史密斯上校也知道。但要是你记录到评估表上，授证委员会就会知道，他们大可暂停我的行医执照。"

"我并不是说你永远无法继续做军医，但不是现在，也不是不久的将来，要等到你的身体功能显著恢复才行。"

我想爆粗口但决定克制，说："我知道了。在康复方面我需要取得更多进展。"

"身体需要恢复更多功能。"他回答。

我不确定自己知道他和我的话的区别，他的语义学对我来说是废话。我明确知道需要什么，我要的是时间。最后我说我同意，不想再多谈。我认为他是个混蛋，他让军队觉得我不再适合服役，还说我不再适合行医。他该死，治疗师该死，说我可能有忧郁症的精神病学家该死。如果他们是我，他们会沮丧吗？当然会。我知道我的大脑受伤了，但是给我时间会怎样？给我时间医治，我会复原。我需要的只是时间。

2007 年整个 12 月，我都为了无法参加任务调派以及可能中止医疗生涯的想法耿耿于怀。我的右肩退化了，带来持续不散的痛苦。我在中风后的第一周跌倒，撕裂了右肩肩袖，矫正外科医生建议我动手术，并计划在 2008 年 1 月的第一个星期进行。这将是我从伊拉克回国后的二十四个月内的第十次手术。

孩子们在圣诞节回到家里，我们有美好的家庭聚会。他们凑钱为我买了一张电动躺椅，把侧面的标准配备木杆改装成按钮，好控制腿部向上或向下抬放。他们都很支持和关心我，但我不想谈论自己的健康状况，只想一家人好好过节。

2008 年 1 月的手术进展确实顺利，除了出现暂时性平衡障碍，但这在意料之中。我在医院多待了一天，于第三天下午出院。矫正外科医生对于手术结果很满意，安排我在接下来六周内开始接受物理治疗。我有一般的切口和术后疼痛，医生让我躺了差不多一个星期。我睡在新躺椅上，科林照顾我按时吃药。我戴着肩部固定器，将手臂固定在胸前以帮助痊愈。

术后第四天，也就是回家后的第二天，我感觉很好，只有轻微的疼痛。科林扶我去洗手间时不得不拉下我的裤子，在我小便时扶着我。我告诉她我能自己来，但她坚持我很可能会跌倒。我饱受疼痛和中风之苦，这确实让人有点担心。我整天都在躺椅上昏睡，科林在八点左右喊醒我准备睡前盥洗。她在浴室协助我盥洗之后，让我回到躺椅上，用毯子盖住我。她点燃瓦斯壁炉，给我一颗止痛药和小铜铃，严格指示若需要帮忙就摇铃。她留下走廊的灯，答应会在半夜叫醒我吃药。她给我一个吻，紧贴着毯子温柔地拥抱我，我躺回去睡着了。

我梦到执行第二次伊拉克战地任务的情形，直升机坠毁了。

　　阿帕奇武装直升机和黑鹰直升机在伊拉克北部的沙漠相撞，幸存者挤在沙漠山沟里，夜色深邃，距离基地有八十公里之遥。所有人都受伤了，黑鹰直升机的四名士兵维持着防御阵势，他们的弹药有限。指挥官下令安全和医护团队前往支援，反应小组立即前往坠机现场救援受伤士兵，由我指挥医疗队。

　　反应小组总共有三架直升机：两架黑鹰直升机和一架阿帕奇武装直升机。士兵们登上直升机，准备飞往坠机现场。飞行任务从一连串动作开始：医务人员进入、引擎发动、飞机飞入暗夜之中。飞行员发出无线电通知："我们已起飞五分钟，现场有间歇性小型武器射击，预期降落区具有危险性。"他开始另一连串更新，然后突然切断无线电传输信号，直升机向左急转，有些人的手臂和头撞到两侧。我预期会有警告灯或火灾，但什么都没出现。我以为会失速，但黑鹰直升机继续飞行。我看到直升机侧面有红色追踪器，恐惧油然而生。

　　离抵达预期降落区还有三十秒。地面部队清除着陆区域。我们准备开展医疗行动。机身向上倾斜以减缓直升机的速度，飞行员让直升机在地面上空盘旋，然后终于触地。我们直接往九点钟和三点钟方向跑去。

　　在地面奔跑时，我的脚感觉到了新威胁：石块。冰冷的泥土中散布着石块，会害士兵跌断手脚的石块。石块在等待着，时机一到就会出其不意地折断士兵的骨头。它们就算长年等待亦无妨。石块如此等待着士兵，然后发动进攻，绝不会事先警告。我的心思回到任务上。

　　医疗队距离坠机现场约一百八十米，我只能缓缓前进，心里诅咒着石块和泥土。我很恐慌。我对自己说：不要惊慌，保持冷静，领导并完成任务。队伍突破了前四十五米，没有发生事故。汗水流下前额和脖子，我很热。冰冷的沙漠空气包裹着皮肤，让我打起寒战。我的腿如此沉重，疲倦来得太快了。我继续前进，直到踩到一块石头并向右侧扭了一下。我放慢步伐，警告队伍小心前进。我回头看我们的切入点，继续朝目标前进。

一阵突如其来的灼烧感涌上胸部和右肩，我觉得心跳和脉搏加速。汗珠滚落额头，滴入眼睛里。我发出暂停信号并蹲伏下来，我的三角肌前部肿胀着。我不妥协，告诉自己忽视它，继续前进。

我努力使小组向坠落的飞机推进，思绪向前冲刺了九十米。我的小组进展顺利，随时有枪手在侧翼掩护。我闻到飞行燃料和飞机起火的化学烟味，看见燃烧中的阿帕奇武装直升机。

汗水从我的脖子和额头流下，突然间，我的立足点偏离中心，我失去了平衡，整个人向前倾，肩膀撞到石块上。我的右肩爆出撕裂般灼热的疼痛。我想象追踪器击中人肉时引起的疼痛。疼痛感消失了，我感到非常热。肩膀的疼痛感再次袭来，我知道自己受伤了。但我没听见敌人射击的爆裂声，什么都听不见。我的手臂还能动，疼痛感消失，随后又迅速发作，眼泪流下了肩膀。我犹豫不决，迷失了方向。我爬起来，擦干手上的泥土，将手枪装回枪套。我重新确认医务人员，他们杂乱地跟随在后面。我大叫："不要聚在一起，继续前进！"其中一名医务人员在我的视线范围时而向前，时而向后，其他医务人员正往前爬。我觉得皮肤紧绷，心跳声显得很大，我专注于心跳的节奏上。

我前进的步伐太快，远远超过了小组其他成员。我停下来等，医务人员动作太慢了。我的右肩痛得痉挛，一点也动弹不得。我发信号要医务人员前进到我的位置，等他们终于抵达时，我感觉已经过去好几个小时而不是几秒钟。

"到底发生了什么事？"没有人回答。"谁能回答我？"我的话简短有力。"执行任务吧。前进！"

枪手位于侧翼，左侧两个，右侧两个，中间是医务人员。我认为医生永远不会是被攻击的重点目标。我们再次前进。我在心里跑过一轮确认项目列表，又前进了二十几米。我的小组如入无人之境，畅行无阻。停！

我在十点钟方向约七十米处看到有人移动，我发信号要小组暂停前进并采取掩护措施。有八名伊拉克武装分子进入我的视线，直接朝坠机人员前进。他们有一具榴弹发射器，阿帕奇武装直升机的飞行掩护人员并没有开火。没关系，我就位了，我需要在敌人进入直升机之前开战。他们正迅速移动，几乎是在跑。他们没看到我，我有战术优势。我发信号要枪手待命射击。

"射击！"小组没有反应。我重复下令，大喊的声音远在巴格达都听得到。"射击！射击！"枪手开枪击中两名叛乱分子，他们的领导者趴倒在地上，要他的人还击，一阵疾射的枪声划破夜空。我现在面对六个叛乱分子，我方则有四个枪手。我示意医务人员去机组人员那里，他们向右转，趁枪手开枪压制时跑向黑鹰直升机。我必须控制这场战事，我想呼叫空中支援，却无法用双手操作无线电对讲机，有东西卡住了。我等不及，决定前进并集中火力。我听到自己在喊："杀！"

我没有足够的人手掩护侧翼，也没时间胡思乱想。我直接迎向中间，告诉自己我不属于这里，同时以完全直立的姿态朝敌人奔去。我的脚适应着石块，觉得自己实际上是浮在地面上跑。我瞬间意识到过去和眼前的一切，我的大脑创造出一幅运动和声音交融的拼贴画。我听到迅速而令人惊讶的动作声、突击步枪的爆发式射击声，以及从枪膛射出的弹壳发出的金属点击声，还听到心跳的声音，感受到冬天寒冷的空气冲击着汗水。我的脑海中出现破碎的图像，有些很快就消失了，其他依附在视网膜的角落。有些图像融合了：燃烧的飞机、野外沙漠地形、冬季泥土和无尽的沙子。士兵的身体部位物化之后溶解，我瞥见完整的尸袋，听见我的血液迅速流经颈动脉的杂音。我的叫喊和命令在武器射击的声音之上咆哮着，我听见敌人用我无法解读的咆哮要自己人寻找掩体。

我全力冲刺，一心一意要杀死敌人，敌人也想置我于死地。我摸到枪套，把它挂在战术背心上。我的右手紧握手枪，猛地移入射击位置，这时肩膀开始剧痛，我的手臂猛然垂下。我大喊，呻吟。我的手枪勾住了，解不开。我无法移动手臂，知道自己处于生死瞬间。我是容易被袭击的目标，今天死定了。

那位伊拉克叛乱分子领导者下令直接攻击我，他的气势和我平分秋色。他举起武器一阵乱射，我看到枪口闪烁，确定自己中弹了，可是我没有感觉。我觉得自己在时间里暂停了，像被困在慢动作电影里，而我正在上方中心偏左处观赏着。我听到此刻已化为闷响的枪声，敌人的突击步枪射出一轮弹药，枪管中的爆炸声划破空气。我的制服布料上有穿透的圆形破口，就在我的左臀部下方。

本能反应下，我再次抓住枪套。我用拇指轻轻松开固定带想拔出手枪。什么也没有！除了肩膀上的剧痛，什么也没有，手枪没有松开。我吼叫着要小组随意射击，喊叫变成尖叫，我听见自己的叫声在冷空气中回荡。"射击！射击！"我已经离敌人够近了，近到看得见对方的右手食指扣动扳机，近到弹壳在空中旋转时听得见金属声。

我知道一件事：这一战必死无疑。我知道这一点，因为我无法按照训练那样作战。我知道这一点，因为我正奉命杀死我的敌人。我知道这是因为我让战术优势沦为战术错误。我应该等待空中支援，隐蔽，侧击，或是直接去营救受伤的机组人员。我知道我会因为困惑而死。我听到自己尖声祷告："上帝救救我！"

我身处真实与幻觉之间，痛苦地尖叫。我的恐怖尖叫吓到了自己，我剧烈挣扎。

在最后一次可怕的还击尝试中，我的喉咙发出某种动物的怪声，当下从枪套拔出手枪，划过身体，固定在射击位置正中央。我的食指扣下扳机，开始迅速射击。当敌人发射枪弹时，我看到子弹狂野喷射。我们锁定彼此，我感受到在战斗中所体验过的一切痛苦，它们压缩在一瞬间，压缩成一股肾上腺素和恐惧，就像人们以高速碰撞，在击中之前暂停的感觉。我感受到子弹撕裂皮肤时的灼烧感，我中弹了！我还是中弹了！这次发射将我击倒在地。我零星感受到的灼烧感此刻充斥全身，我流下温暖的血液。我飘浮在空中以慢动作飞行。我感觉到动脉切断与肌肉撕裂，听到骨头碎裂的声音。时间倒退，就像廉价的家庭电影一遍又一遍倒转，播放某个片段直到胶卷变得稀薄、光滑。我看到我快速射出的子弹在敌人的胸膛正中心留下标记。电影再次向前播放，我知道我还活着，但我的肩膀中弹了。我趴在地上扫视现场。医务人员还活着并挤在一起，三名叛乱分子倒卧尘土。我看不到其他人，听见直升机的微弱声音和尖叫声混在一起。我的妻子淡入战场，尖叫着我的名字。她一开始是漫无目的地漫步，然后站在我的视野边缘，仿佛要在一旁观看。

我疯狂大喊："趴下！趴下！"反正我一定是死了，再大声也不怕。是的，我认定我死了。我的妻子正在参加我的葬礼，她起得很早。天啊，她人在伊拉克。她不应该这样看我。我大声叫她逃走。我听到自己大喊，如果我死了，怎么听得到自己的叫声？我还没死。

我痛苦地挣扎着，挣扎着要站起来。我跌倒，大声叫妻子趴下。

"小心！趴下！"

她大声回应："怎么了？怎么了？"

"我中弹了！趴下！趴下！"

"你没有中弹！你没事！"

我的左手伸向右肩，摸到疼痛和肿胀。"不，我中弹了！我中弹了！"

"没有！醒来！醒来！你在艾奥瓦州。你回家了。醒来！"

科林的声音终于穿透了梦境。我周围的士兵淡出，敌人消失，沙漠溶解，直升机也不见了。她挣扎着握住我摆动的手臂，我感觉得到她的触摸。"没事没事，别乱动手臂。"她说。

我看到客厅，摸到右肩的三角肌有鼓起的手术敷料，手术后把手臂固定在胸前的肩部夹板松松垮垮地搭在身旁。我的右臂没固定住，术后的右肩痛得要命，汗水湿透了衬衫。我看到壁炉吐出燃气火焰，躺椅离它只有三米，腿上有一条额外的毯子缠成一团。科林哄我回到现实，我终于听清楚她的声音，看到她的脸。我在艾奥瓦州的家里，摆脱了噩梦的束缚。

我在躺椅上剧烈挣扎了好几个小时，噩梦将两种现实交缠在一起，变成第三种现实，我就在真实和想象之间进进出出。术后疼痛是"真实"的，转化成"想象"战斗里的挣扎。在艾奥瓦州的某个冬夜里，我经历了一段时间的扭曲、一种创伤后的压力梦魇，在那之中，一种记忆的力量与另一种记忆的力量冲撞，时间和经验消失，出现一个奇异点、一个黑洞，让我的思维无法定义认知界限。

在手术后的梦境中，我发现自己成了时间旅行者。梦境的背景是被置入的战争世界，是被创伤后应激障碍的力量所围成的世界，而我在那个世界里旅行。

圣卢克医院

在手术过后和物理治疗期间，长期疼痛让我不胜其苦。疼痛有时像晴天霹雳一般突如其来，没有征兆。其他时候疼痛又像蒲公英的种子在风中飘浮，宛如童年记忆般轻盈，就像玫瑰叶的小小倒刺划过皮肤。疼痛若是来得又重又快，我的喉咙会冒出一声尖叫。我会试图压制，但通常会让它像乌鸦的叫声般扬长而去。如果疼痛开始时像种子那么轻盈，起初是可以忍受的，它在十级的疼痛量表上可能只是第二级或第三级，但无论是霹雳或蒲公英，两种疼痛都会恶化，最后令人感觉宛如遭受酷刑、被火烧伤，或是被强拉穿过钥匙孔。药丸无效，啃咬手臂或捂住耳朵也无处可逃，我中的是疼痛巫术的诅咒。

康复期间，我戴了六星期肩膀夹板，手臂和肩膀肌肉严重萎缩，连骨头上的结节都摸得到。手术并没有解决疼痛问题，反而让它变得更糟糕。此外，中风也影响了我的右臂和腿部的力量与知觉。如此组合产生了额外的治疗挑战：疼痛加重无力，无力加重疼痛。佩姬和矫正外科医生说，疼痛会随着时间消失。

术后肩部治疗的前几周最惨，我从肩膀痛到背部，甚至直达腿部。佩姬一开始慢慢地进行康复训练，再利用绳索滑轮和另一套动作逐渐加强我手臂的伸展幅度。她的做法是握住我的手臂，缓慢但坚定地将它抬到我的侧面和头顶，而且尽可能伸长，在前几次上治疗课程中拉伸的角度是二十度左右。当她将手臂拉伸到极限，疤痕组织和疼痛不允许再进一步拉伸时，她会保持不动数到十，我则缓缓呼吸以控制疼痛感。接着她会把手臂移到超出抗拒点几厘米的位置，我通常会痛到呼天喊地。

"好了，好了，这样够了！"我尖叫着说，听起来像在讨价还价。我们整堂课只做这个，结束后我恶心、想吐。

隔天我去做认知治疗，雪儿继续对我进行阅读练习与脑力锻炼。我中风已经六个月了，这是我最初以为的复原所需时间。我觉得不耐烦，想加紧认知复原，却不知道方法。雪儿告诫我，揠苗助长很可能适得其反。

"复原需要时间，如果你用力过猛，只会感到压力和沮丧，反而复原得更慢。"她试图说服我。

我抱怨说："我只是不认为要这么久才看得到结果。"

"但是你已经看到结果了。你的清单练习做得很好，也开始重拾阅读技巧。"她的话听起来相当振奋人心，但我在意失去的更甚于得到的。

"我能做的应该不仅仅是列清单或阅读儿童读物。我曾经可以在几秒钟内想起紧急状况的规定和复杂的剂量方程式，如今我连个屁都记不住。"

"你和六个月前是同一个人吗？"

"不是，但我想成为以前那个人。我厌倦中风。"

"所以你确实意识到了差异。"

雪儿总是有能耐利用事实挖掘我内心深处的想法，给我当头一棒。我倾向于把认知疗法视为巫毒教、神经科学和心理学的混合体，雪儿的细腻作风却鼓励批判性的自我分析。我意识到以下事实：我的大脑已经改变了，而我是这个名为治疗的激进活动的重要利益关系人。

"是的，我明白不同之处。"我说。我承认我中风了，但是仍然想甩掉它，好像它从未发生过。我继续说。"我知道中风是真的。"

"没错。把它想成战争伤害，而它真的造成了后果。"雪儿回答。

我们就此打住。承认我中风并活下来的现实，以及认知复原所要求的远远不只是参加治疗课程，这些我都知道，但我想要更多。我想超越极限——就像同时成为军人和医生——这些限制看上去却不动如山。我不知道如何逆转中风，觉得自己愚不可及。我在日记中写下"STPD"四个大写字母，分别代表停止（Stop）—思考（Think）—计划（Plan）—行动（Do），也就是"愚蠢"（stupid）的缩写。

肩膀手术后的长期疼痛加上情绪与认知挫折，阻碍了我与佩姬和雪儿的全力合作。她们调整课程，但仍然想保持进展，让我不会前功尽弃。在痛苦中，我们尽量继续努力。

科林继续一边教授练习课，一边接送我回诊。不用复健时，我会请她带我去咖啡馆，我厌倦了独自待在家里。1月我进行了四十五次医疗和复健回诊，某星期甚至一度有十八次回诊。科林想尖叫，她也的确尖叫了。

第一个月的治疗结束时，我的进展明显停滞。雪儿重新测试我，有些测试显示情况非但没有改善，反而变糟了，我想神经心理学家会怀疑我不够努力。我对治疗很沮丧，可想而知，我的治疗师也是如此。雪儿解释说，他们不是因为我而沮丧，而是因为分心干扰了我的治疗而沮丧，分心指的是我最近的手术和持续的疼痛，创伤后应激障碍可能也包含在内。她担心我继续排斥创伤后应激障碍的治疗。

"你知道你的创伤后应激障碍测试结果是正向的吗？"她问道。

"任何刚从战场回来的人都是正向的吧。"我反驳。我们反复讨论，而我绝不会同意任何人假定我需要创伤后应激障碍治疗。

大学附属医院的复健门诊很好，但科林和我都觉得它缺乏住院型复健的连续性和强度。坦白说，我们需要更大的进展，因为我们都已处于绝望边缘。我们的生活开始围绕我的中风打转，中风也不断提醒我们失去的一切，这是我们最关心的，我们也都不愿意让另一半过这样的生活。

我们向莱斯莉医生请教住院型复健的事宜，她建议把艾奥瓦州锡达拉皮兹市（Cedar Rapids）的圣卢克医院作为可能的替代方案。圣卢克医院推出了一套以医院为基础的中风和脑损伤密集复健计划，因其卓越的临床表现而闻名。莱斯莉医生咨询了神经病学家和岩岛兵工厂的军事病例医生，他们建议我住院治疗。一个星期内，陆军已安排我前往圣卢克医院。

预定住院那天，一场三月底的暴风雪袭击了艾奥瓦州。高速公路巡警警告说，如果气候恶化，某些道路将会封闭，其中一条正是前往锡达拉皮兹市的二百一十八号高速公路。科林不敢开车去圣卢克医院，担心可能会受困或发生事故。我们不想冒着拖延入院的风险，于是打电话给一位朋友，他同意开车送我们去。我们花了一个多小时才走完四十八公里的路程，大约在上午十一点抵达医院。这场暴风雪让我想起梅奥医学院的入学面试，那天上午也有暴风雪袭击明尼苏达州。就像当年一样，我绝不会让暴风雪阻挠我踏上前往医院的道路。

圣卢克医院有五百张病床，建筑结合旧式的红砖外墙和现代的钢铁风格。科林和我抵达后，乘坐电梯前往六楼。圣卢克医院的物理治疗部的接待区充满开放感，几位坐轮椅的病人来来去去，墙上挂着美国中西部的风景照，整体而言不像医院。分配完病房后，我和主管治疗团队的医生见了面，他擅长物理医学和复健，专攻脑损伤和中风复健。他的书架上挂着塑料大脑模型，与雪儿办公室的很类似。整整三十分钟里，他定下一套完整的治疗方案，并回答了我们的所有问题。在不同的治疗主题中，那些专门从事中风和脑损伤复健的治疗师将和我一起努力。我每天会参加至少六到八小时的复健课程，内容非常多样，有关于身体、语言、职业，甚至休闲治疗以及心理学方面的课程。如果我需要药物来消除疼痛，医生会提供所有我需要的东西。本质上，它是一站到底式的中风复健医院。医院承诺让我康复并且保住我的医疗和军事生涯。

和医生完成入院面谈后，科林将我带到房间，我们在那里道别。我将在圣卢克医院住上一个月。

她坚定地说："我认为这是正确的选择。"

"但愿如此，有些事情必须改变才行。"

我满怀希望，却也处于希望的边缘。科林和我需要圣卢克医院，相形之下其他复健计划都太慢了或根本无效。雪儿和佩姬并不是没帮我，她们确实帮助了我，但是我们能承受的家庭压力有限。有一天科林和我考虑，暂时去疗养院住一段时间是否更合适。我则担心会失去医生这份工作，这个念头无所不在而且威胁与日俱增，我必须不断努力与之对抗。

"告诉孩子们我会好起来的，"我说，"到家后打电话给我，我可能正在接受治疗，但请你继续打。"

"我会的，我爱你。"她确实爱我，我看得出来。但同样看得出来的是，科林和我一样被治疗与复健折磨得筋疲力尽。

"我也爱你，回家路上小心。"

我们的简短道别让我想起在麦考伊堡的那次离别。

　　我们相拥，随后科林离去，我独自一人待在一间致力于中风和脑部损伤复健的医院病房里。中风夺走了我的一部分身体和大脑功能，威胁我的职业生涯，而我企图借助圣卢克医院的住院型大规模复健治疗予以反击。这与伊拉克沙漠一样令人生畏，比我想象得更大、更可怕。中风是一头能够一口吞噬我或一片片撕裂我的野兽。科林和我把四星期的住院治疗当作最大的杠杆，赌注如此之高，不知道我们是否做了明智的选择。我担心自己可能会失败，或者治疗师会发现回天乏术。科林和我获得的积极建议令我对此保持谨慎乐观，但在乐观的表象之下，有关未来的"假如"问题依然摆在那里。

　　假如余生我都得歪七扭八地步行，随时可能跌倒，那会怎样？中风会将我永远限制在儿童读物中吗？除了"晚餐吃什么"，我还能有更复杂的想法吗？我会成为妻子的负担和持续困扰吗？这些问题的核心和最重要的问题是：住院型复健治疗能让我继续当医生吗？

　　午餐后，一位治疗助理来敲门，我让房门半开着。"我来带你去接受治疗。"她说，语气就事论事但和蔼可亲，没有哄骗，也没有多余的闲话。

　　开始了，我心里想。

　　我用一个字回答："好。"她扶我坐上轮椅，我们就出发了，在光线充足的走廊上朝治疗区前进。往前推进时，走廊不断变长、延伸，仿佛《爱丽丝漫游奇境》（*Alice in Wonderland*，又译《爱丽丝漫游仙境》）中的场景。我即将接受圣卢克医院的第一次治疗，在我的脑海中，那是一场混合了焦虑和期待、困惑和兴奋的完美风暴，既希望圣卢克医院的治疗能够满足我的需求，又担心它无法提供任何东西。行进间，我注意到病房房门大部分被涂成棕褐色，有些则是鲜艳的颜色。我的轮椅的某个轮子会发出吱吱的叫声，我开玩笑说我需要油，我笑了，她也笑了。当我们进入开放式治疗室时，我吓了一跳，那里有很多病人和治疗师，我猜有五十个人，但肯定没那么多。房间里有一半的空间放着大型的棕色治疗台和蓝色垫子，另一半是双杠、锻炼设备和一间模拟厨房。治疗助理将我的轮椅停放在一位病人旁边，并说治疗师辛迪很快就会来陪我。

我旁边的病人流着口水，她的皮肤苍白，拳头紧握，手臂蜷缩，头部有明显的伤痕，我猜是因为车祸。我仔细研究起这间治疗室，这是个巢穴，也许是蜂巢。靠近对面墙的病人冲着她的治疗师尖叫，拒绝离开轮椅。治疗师正努力让她站立，她口出一串咒骂，治疗师说："停下来！那太过分了。"然后推着她的轮椅经过我和我旁边流口水的同伴，要她冷静一下。那位尖叫的病人喊道："你真是个婊子！"治疗师一言不发地走开。

尖叫的病人平静下来时，辛迪来接我了。她自我介绍说她是我的治疗小组组长，再推着我走过大半个房间，扶我在一张桌子旁坐下，听她讲解今天一整天的训练课程。我们将从步态和平衡开始，然后做一些肩膀运动，并完成口语和语言治疗。

"我准备好了。"我说，迫不及待想开始，却被眼前所有的人和治疗室吓坏了。辛迪指示治疗助理去拿步态带，我说我不需要，她说如果我想治疗，步态带就必不可少。我看得出来她不是在对待囚犯，于是，我的腰部系上了步态带，她们协助我站起来。

辛迪说："好了，我们先沿着大厅走一小段路。控制站姿，向上看，呼吸。你很紧张，要放松。"

我双脚靠拢，无力的旋转控制了我的身体，让我活像个摇摆的大陀螺。治疗师和治疗助理各自抓住步态带，我踏出一步。狗屎！我大幅地转了一下，偏离正确方向约四十五度。"没关系，我们再试一次。"辛迪安慰道。我竭尽所能注视着脚并思考每一步，辛迪用两根手指放在我的下巴底下并往上抬。她说："抬起头，你的脚知道往哪里走。"

我反驳："我需要看着我的脚。"

她反击："你要信任你的脚。"

我想她一定是在使用从物理治疗学校里学到的俏皮口号。信任我的脚。谁听说过？我们再次开始，我在治疗师的扶持下设法步行了六米，走得摇摇晃晃，辛迪在一旁鼓励我保持抬头与呼吸。我转头看房间，跌倒了，幸好步态带救了我。"要专心。"辛迪说。

我很专心——专心看周围的人：尖叫的病人和她的治疗师、流口水的头部受伤的病人、其他在做手脚复健的病人。我从没见过这种场面。更多尖叫声出现，治疗刚开始时病人比较保守、彬彬有礼，但治疗中期不断发脾气。有的像我这样的病人则依照着治疗师的节奏在走路，有的人做得很好，有的人不怎么样。有一位运动失调患者寸步难行，另一个病人在计算机跑步机上，他有一条假肢，可能也是军人，但我没问。治疗师们看起来似乎不吃尖叫、愤怒那一套，而是不断地督促病人。他们可能会停顿，但不会停止。这是我在圣卢克医院第一次治疗的第一次走路，不知道自己将成为哪一种病人。我会摔倒在地、对治疗师尖叫、哭得很丢脸吗？我的治疗会失败吗？它会让我失望吗？我想逃走或躲起来，但我做不到，治疗师知道我的房间号码、病例档案和名字。

辛迪带我用障碍滑雪的方式走过一组地板上的橙色圆锥，和佩姬在门诊治疗时做的一样。我们慢走、快走、绕圆圈、走直线、在地毯上走、在油毡上走，也在练习用楼梯上上下下。我走路有时拄拐杖，有时不拄。我踩在假路缘、标线、裂缝上，跨过或绕过地板上的小型障碍物如鞋子、纸张、积水。我在坡道上走得摇摇晃晃，就像是靠在绳栏上的拳击手。我走了又走，直到觉得走路的难度被高估了。三十分钟后辛迪说，现在要进行例行的平衡练习。

我有些困惑地说："我还以为我们正在做平衡练习。"

"这是步态训练，和平衡练习不一样。"

我们在一个蓝色的大健身球上做了五分钟练习，我跌向一侧，辛迪抓住我。我们重复，我再次跌倒。我像个醉汉，还说了很多次"狗屎"，但说再多也帮不上忙。

我从健身球转移到平衡木上练习，就是体操运动员用的那种平衡木，只不过被固定在地板上，每一边还附了两组垫子。我不可能在平衡木上走的。门都没有。

"我要在那上面走？"我用高八度的声音尖叫起来。

"我们利用它来训练平衡，别担心，我们会在这里扶你。先从第一步开始就好，先左脚，再右脚。"

辛迪让我站在平衡木右侧，双脚尽可能并拢。她和助理抓着我的步态带，我先跨出左脚，我的左脚是正常的。他们紧紧抓住我的步态带并抬起我，我一上去就掉了下来。

"很好。再试一次。这一次记得呼吸。"辛迪说。

我沉住气，站起来重新开始。我应该在准备好之后将右脚抬到横木上，但我永远不会有准备好的一刻，永远不会。我停顿的时间显然超过许可，辛迪和她的助手开始对我的步态带施加压力。那是信号，加压，代表该移动了。

"我还没准备好。"我抗议。

"把你的右腿抬起来放到那里。"辛迪坚持。

她并不严厉，只是临床上表现得有些急躁。我把右脚抬到横木上并让它休息，全身重量都放在左脚。辛迪和助手在步态带上施压，引导我前进。我站在横木上，辛迪扶我稳住并开始计数。她数到三，在我快摔倒时，他们抓住了我。又试了一次后，她让我在地板的一条线上练习走平衡木。完成这个动作对我来说不简单，但几乎不会有平衡木的威胁感。

完成步态和平衡训练后，辛迪带我回轮椅。下一堂课大约在十分钟后开始。我喝水，看着其他病人。那位尖叫病人已经回房了，我很高兴，她在这里会让我紧张。我确实很紧张，我的步态和平衡训练表现得太烂了。我想重做，但是不行。我觉得自己像是来这间大规模治疗机构暂时打扰一阵子，等我完成未来几天、几星期的治疗，我会走出医院的大门，迎向未来的美好生活。

有人叫我的名字，我举起左臂回答："到。"另一位治疗助理来到我身边，说我们要转往职业治疗师夏洛特那边进行手臂和肩膀的练习。我点了点头。在尖叫病人发作的墙旁边有一张桌子，我坐在桌旁的椅子上，夏洛特则坐在我旁边的椅子上。她比其他治疗师年长，也比我年长，头发已微微花白，修剪得整齐得体。她说她在圣卢克医院已经十五年了。课程一开始，我们先讨论了我的中风和最近肩部手术后的活动缺陷，得知她在复原细部肢体动作和肩膀活动力方面拥有多年经验让我大感欣慰。"嗯，你有好几个问题，我们可以同时处理。你的肩膀很疼吗？"夏洛特问。

"是的，一动就疼。我的手臂转圈或抬高到身体一侧时，总觉得卡到了神经。"我回答。

"我们会设法解决这个问题。"夏洛特说。当她微笑时，听起来颇有专业和客观的感觉。她继续说："好吧，现在你站起来让手臂转个小圈，假装正在搅动锅子，让手臂在面前晃动就好。用脚保持平衡。"

我开始做动作，手臂像钟摆一样晃动。我正在煎蛋而不是转圈，夏洛特要我把手臂摆到前面来。如果照做，我知道疼痛感会贯入整只手臂。她轻轻按压住我的上背部，让我的身体和地板更平行，手臂直接在肩关节下方摆动。这比我想象的更猛，更有诱发疼痛的危险。"小小的圆圈。"她鼓励道。

我的手臂慢慢旋转，一遍又一遍。这是最小的圆圈，比垒球的直径大不了多少。这样不会疼，但也没挑战极限。我想，我做得很不赖。

"很好，现在画一个更大的圆圈。用你的身体摆动手臂，记得保持呼吸。"夏洛特说。

"我以为我在呼吸。"

"你常常会憋气。"

我吸了两大口气，摆动身体，一开始就因失去平衡而摔了出去。我的手臂摆动幅度太大，几乎碰到桌面，疼痛从腋下直贯手指和背部。这是触电、撕裂加上烧伤的总和，我听见关节快速撕裂的声音。从烤鸡上拔下鸡腿时就是这种撕裂声。我尖声叫喊，喘不过气来，仿佛海啸所过之处片甲不留。我用左手抓住右臂让它保持不动，以免右臂脱臼，就算它并不会。我的嘴里有胆汁的咸味，干涩的痛苦久久不散。夏洛特扶我坐下。"慢慢呼吸，控制呼吸。"她边说边按摩我的手臂。我无力控制呼吸的方式，也无力控制内心的焦灼感，疼痛肆无忌惮地在我的手臂和关节横行。就像在西班牙的潘普洛纳（Pamplona）被公牛刺伤，在伊拉克被子弹击中，我倒地不起，任人践踏汩汩流出的鲜血。我以为这种痛苦意味着这节课程马上要结束。

夏洛特要助手给我一条冷毛巾，好让我打起精神再来一次。我听到"再来一次"时心想：她疯了，就像那些发疯的科学家，或者她原本就是个疯子。我无法再来一次，我虚脱了，就像《圣经》里参孙（Samson）落在大利拉（Delilah）手上，无能为力。额头上的湿毛巾稍微转移了我对疼痛的注意力，但是夏洛特扶我再站起来时又痛得无以复加。"站起来呼吸，把手臂放在一侧。你需要放松整个身体，紧张会增加疼痛感。"

我大声抗议："好疼，该死！"这几个字喷出的火气比我想象的更大。我不确定自己现在是不是愤怒，也许那是疼痛造成的天然荷尔蒙激增。也许那就是愤怒，如果是的话，我可能是因为中风而对自己生气。这一切都令人困惑、痛苦而混乱。

"我知道很痛。"夏洛特说。她的话听起来很实在，既不挑战我也没安慰我，只说她知道疼痛和治疗的事实。"我要你弯下腰，让手臂自然向前移动。不要强迫它，不必绕圈子，让重力自然发挥作用就好。我们一边做，一边数到十。"

"我办不到。"我恳求道。十是个无限大的数字，我恨重力，我恨手臂，我恨治疗师。

"向前缓慢弯曲，你可以控制的，记得要呼吸。"

夏洛特在我的脖子上轻微施压要我朝前，我没有回应。她把另一只手放在我面前，表示我需要弯多远——十厘米，也许是十五厘米。如果我能移动那么微小的距离，我就有机会痊愈。我吸了一口气，屏住呼吸，准备弯腰。"你又屏住呼吸了。"她提醒我。

"我想我得停下来，我的肩膀疼得太厉害了。"我乞求。

"我们再做五分钟就好，一次两厘米，你做得很好。"她坚持。

我做得才不好，这是医生或治疗师的话术，其实是在说："这会让你很疼，但我们会忽略这点，继续推你前进。"我休息，弯曲，两厘米，不干了。疼痛如影随形，随时准备扑向我，把我打倒。夏洛特说我做得非常棒，再多弯一点。"再多几厘米。"她说。我听着她的声音、她的保证，感受到她的手放在我的脖子上，这应该是一双经验丰富的手，就在无法挽回的一瞬间，我决定相信她。我仍然是个军人，我必须重新振作对抗痛苦。做这个动作真的是太痛苦了。"天啊！"我尖叫，"停！"

我知道其他病人在看我，就像我在第一个小时的时候看着那个尖叫的女人一样，我感到羞愧和尴尬。我看见自己支离破碎、身受重伤、疲惫不堪，我没有通过测试，无法克服疼痛感，我的生活正在消失。

到了第二个星期，我偷偷替治疗师取名匈奴阿提拉、野蛮人夏洛特、审判官朱莉娅。我甚至幻想她们其中一人是女魔头，手持鞭子，黑色网袜露出有肌肉的大腿，把我固定在治疗垫上，用尖鞋跟深深扎入我的胸膛，用东欧口音咆哮道："你没有尖叫！"接着扭伤我的手臂或腿，而我随之尖叫，不是因为想满足她，而是因为她在伤害我。我让她继续，因为疼痛居然很奇怪地等同于痊愈。我屈服，每一节课一厘米、脚趾动一下、走一步。

接下来三个星期，每天都有相同的例行练习。有些日子惨不忍睹，其他时候我则觉得自己像是个艺术家，拿着填满颜料的崭新调色板。我的治疗师们逐步推进治疗方案，挑战我的身心极限并解决问题。我破解了谜题和文字游戏，写下简单的句子。口语治疗师要我像幼儿园学童一样大声朗读，在某些方面，这里的确是幼儿园。我把积木放在其他积木上面，还搭配同色的积木。我能加减数字，背诵物品列表时不需要按照固定顺序。我阅读故事并告诉治疗师故事的含义，这个练习会一再重复，但不同的日子会读不同的故事。我学会同时走路和说话，两件事都做得很好。为了重新训练手眼和肢体协调能力，我用彩色的充气沙滩排球玩一对一"排球"，脚固定在地板上的一个点，手臂对准球摆动。治疗助手拉着步态带时，我能走路。

到了下午，治疗师会带我出去，教我过马路，我会忘了看路并跌倒。我说"该死"或"狗屎"，他们说"想一想"。

"走路前想一想，了解周围的潜在危险。"他们说。

"我在想。"我说。

我说我知道关于危险和风险的一切，我打过仗。他们反击说，我必须打的唯一一场仗就是集中精力走路并保证安全。

住院治疗的最后一周，每位治疗师都和我讨论了各方面的进展。很显然，我确实有进步，尤其是在步态训练和认知方面，是能够专注于周围的环境并评估环境风险。我在过马路、规划日常生活和参与复杂任务时的表现比之前好多了。但是，中风带来的损伤需要持续的门诊治疗，每位治疗师都制订了后续的复健计划。在治疗清单上，平衡和步态训练的比重仍然很大，大脑的认知治疗也是如此。

出院之前，我必须通过笔试和模拟驾驶测试。这很棘手，我的右侧肢体反应时间明显不佳，认知处理速度与阅读速度也明显受到影响。我做了两个单元的仿真器测试，加上一回合的样本笔试。真正测验时只有一次机会，我有惊无险地过了关，几乎是以最低分数通过。虽然能力有限，但我可以合法开车了。

除了开车这项重大考验，我也参加了日常活动测试（ADL），检验独立居家能力。住院第一天我看到了一个模拟厨房。我必须在里面做一份烤奶酪三明治，由一位专业治疗师旁观并为我的表现评分。粗心大意之下，我烧焦了三明治和锅。治疗师在最后总结时建议我不要独自一人做饭，必须有科林看着才行。

最后的日常活动测试是浴室行为和穿着技能测试。绑鞋带令人沮丧，我的手指根本无法应付复杂的打结动作，解决方案是：使用弹力鞋带或穿防滑鞋。铺床很轻松。穿衬衫则需要额外的体力，我的右臂仍然会痛，也无法活动。我必须坐在床边穿牛仔裤，否则把脚伸入裤管时会摔倒。上厕所很痛苦，淋浴很危险。我和科林都意识到这一点。我在急诊室时见过很多高龄病人，他们通常在淋浴时跌倒而摔断髋部。我们医院的病房淋浴间护栏比监狱的围栏还多。淋浴时，我会用一只手撑住身体，同时靠着扶手保持平衡，任水珠打在脸上也不敢闭眼，因为害怕一闭眼就立即变得无力，进而跌倒。清洗胸部和脸部时，我学会正对水龙头坐在淋浴椅上，先抹肥皂再用水冲洗。最后一次测验时，一位名叫雷切尔的治疗师来我房间，看我穿上白色运动袜再脱掉。当我坐在床边把脚伸入裤管时，她的神色犹疑。为了炫耀，我表现出信心满满、驾轻就熟的样子。

"你淋浴时会怎么做？"她问道，手里拿着夹纸板，直视着我。

"我握住扶手，坐在淋浴椅上，要我的妻子站在附近。我会慢慢来，不能急，跌倒的风险太大了。"我指出这些，听起来像在行医执照考试中做答，命中每个安全点。

"好，让我们看你做一次。"她用治疗师的口吻说，几乎是咄咄逼人。

"但今天早上我已经洗过澡了。"我说。

"你离开前我需要看你做一次，这是安全问题。"

"你的意思是现在？"

"是。我需要你示范如何淋浴。"

性别尴尬姑且不论，我经历过比在治疗师面前淋浴更糟糕的事情。对我来说这是贬损，再次提醒我中风如何改变了我的生活，摧毁了自信和自我控制能力，让我沦为使用弹性鞋带的军人，还得证明我有足够的能力和智慧在淋浴时保持平衡，不会一屁股坐在地上。把尊严握在手中，或者是冲入马桶。我在治疗师前脱光衣服，走进淋浴间。正当治疗师在一旁记录这场磨难时，我正坐在灰色的塑料椅子上，自顾自抹起了肥皂。

通过这些测试意味着在安全和提前安排好的前提下，我能在家生活了。我会有常见的辅助设备如开罐器、拐杖、淋浴椅和临时驾照，驾照须经医生判断是否可以更新。我不得不熟悉新的生活和日常起居模式，这将永远反映出我是一名中风患者这个纯粹又牢不可破的事实，那种毫不动摇的临床现实如同一把重锤，敲击着我对于生活将如何进行的想象。

住院型治疗的增益功能不如预期，我并未痊愈。我已经获得看得见且有意义的临床进展，但它们也证明了我仍然走在复原之路上。以医院为基础的住院型治疗改善了我的身体缺陷，然而同样重要的是，它迫使我去面对这些缺陷与其实质限制，尤其是认知和记忆缺陷。在口语和认知治疗期间，我意识到自己的思维模式不仅受损，而且残缺不全，区区四星期的住院治疗无法修复这样的损伤。

这是我最大的心得，也是最大的失望。住院型治疗是把双刃剑：让我在临床和情感上意识到自己如今的模样。在圣卢克医院待了短短几天后回到家里的我已不是想象中那名思维敏锐、技术完好如初的医生了，而是心中恐惧已然成真的现实中人。我无法痊愈、无法完成梦寐以求的康复计划，但我并非遭遇治疗失败，我只是一个中风幸存者。

象　人

2008 年 6 月，离开圣卢克医院七个星期后，陆军医疗队邀请我去诺克斯堡（Fort Knox）的医疗评估委员会。到那时为止，我的状态都被归类为"无法调派"，所以我才有机会接受门诊和住院复健。艾奥瓦大学医院与圣卢克医院的医生和神经心理学家的临床总结报告中，都没有针对我的任务调派或急救医学提出确切的恢复日期或预测，报告只是说，评估报告说明，我没有能力行医或接受军事调派。岩岛兵工厂的史密斯上校向诺克斯堡提交总结报告之前与我讨论过，身为我的朋友和同事，提交不再调派的总结报告让他很挣扎。他的最终决定反映了陆军的医疗标准和规定，我认同他的决定，如果是我做决定，我也会这样做。

在诺克斯堡金库的光影下，医疗评估委员会对我进行了一系列身体检查，并回顾我的治疗进展。一名年轻护士扶我去各个检查室，确定两大页清单中的每一项都检查过。她在伊拉克的战地任务中曾于某间陆军医院服役，刚刚晋升上尉，并说自己想成为陆军职业军人。她带我去拍 X 光片、化验、测心电图，还问起我的战地任务，我们曾在同一个月于伊拉克服役。那些战斗经历让她具有洞察力和同情心，这让我觉得很安心。

这位年轻护士让我想起了搭乘环球霸王直升机时的护士，她们抚慰人心，协助伤员缓解医疗后送之苦。年轻护士一度握住我的手臂帮助我保持平衡，当她碰触到我时，我觉得她也在安慰我。当时，这些检验、X 光片和制式医学问题都是如此的正式与程式化，不是说医生或医务人员态度冷漠、事不关己，事实恰好相反，但委员会的评估流程确实是一股宿命的暗流——当天的一切结束时，就会有一位医官签署表格，声明我永远无法再接受任务派遣，而且符合退役标准。其中没有个人恩怨，也没有任何意外。

当天上午，评估委员会的医生们一一和我见面，对我履行的职责和贡献表示感谢，并向我解释了每一个问题。到了下午，全体委员齐聚会商，再由高级军官与我面谈，并一起回顾他们的检查结果。在生理上，我没有达到陆军的标准。我无法跑步、冲刺或使用武器保护自己或病人。我的右手和腿部功能没有完全恢复，右臂肌肉萎缩，一位医生说我不宜再次使用右臂。在认知上，陆军重新测试了我，确保能够针对剩下的认知缺陷做出最准确与最新的评估，他们发现了好几项缺陷：阅读、记忆、专注力、执行力、威胁评估和关键信息管理。心理学家的结论是：我不具备准确评估及使用复杂临床数据的认知能力，这对自己和病人都有风险，因此无法再次接受任务调派或担任军医。

面谈的最后十分钟，心理学家重申委员会对我的贡献非常赞赏，随后表示，会让我从医疗队与军队退役。他陪我离开办公室，前往一间候诊室，等待行政人员帮我解释退役的相关细节。我向他道谢，他得体地说："不，我们感谢你。"这是最后的礼貌，而我就这样结束了美国军医和飞行外科医生的生涯。

我坐在候诊室里，目光游离。我的心情就和中风以后、一次又一次在众多医生办公室里感受到的一样。那天发生的一切是那么沉重，令我极其疲倦。我永远无法返回军队、医院，也永远无法重归已经扮演了这么多年的角色。没有了我，军队会继续运转。早上帮助我的护士正在协助另一名士兵，审查本案的医生已经结案，转向下一个案子。如果我曾经感觉被抛弃，仿佛自己是宇宙中唯一活着的人，那就是置身大厅，等待我的退役文书时。

到了 2008 年 7 月，我中风已经一年了。一开始，我认定中风治疗不会超过八到十个星期，这个想法毫无临床基础。一年后，我不禁想到治疗可能永远不会结束，而这完全出乎我的意料。复原的事情令我不解，除了愤怒就是困惑。我出门散步，坐在咖啡厅里思索 2007 年发生的一切。我并不是想责怪谁，只是以为治疗会更迅速，而且我能返回医院与军队。这正是雪儿和我讨论的话题之一：复原的性质、速度以及对进一步治疗的持续需求。

8 月和 9 月，雪儿与佩姬开始准备将我转往退伍军人医院的复健门诊。一旦我的退役令生效，我不再执行现役任务，就无法再接受岩岛兵工厂受伤士兵项目团队的治疗。我很不想转去退伍军人医院，但是我在艾奥瓦大学医院的门诊治疗已经顺利结束了，下一步前往艾奥瓦州的退伍军人医院是理所当然的。雪儿鼓励我保持开放的态度，并善用我的军事领导能力。

"利用你在军队里学到的技能，将变化视为战场上的常态。你对我说过，训练教会了你适应和克服，学以致用的时候到了。"她说。

雪儿说得对，中风治疗需要我适应变化。经过一年的适应，我的进步取决于自己，更甚于任何特定治疗师或治疗计划。雪儿提议致电退伍军人医院并向该院说明我的状况，我同意了。

转院前的最后几次课程中，雪儿让我自由选择话题。我主导了讨论内容，主要是谈治疗。这是种转折，我觉得自己又变回了医生，像是为面临重大诊断变化的病人提供建议。我从询问她问题开始。

"你有没有看过《象人》（*The Elephant Man*）这部电影？"我问她。

"安东尼·霍普金斯饰演医生的那部黑白片？"

"是的，就是那部。它的原型是 19 世纪后期伦敦医院一位名叫约翰·梅里克（John Merrick）的象人，一个叫特里夫斯的医生从某次怪胎展中拯救了他。梅里克头上戴着布罩以隐藏他的畸形，他拖着腿走路，讲话口齿不清。"

"你想说什么？"雪儿问，她有点好奇。

"我记得两个场景：象人把一名小女孩撞倒了，其他人以为他要伤害她，把他追进一条死巷，打算殴打他。他们撕开他的头罩，梅里克喊道：'我……我不是……动物。'人们终于放了他一马。"

"你和他有关系吗？"雪儿问。

"是的，有关系，不是与他的可怕状况和畸形有关，而是梅里克意识到自己并不是即将被打垮的动物。治疗没有打败我，但有时候我觉得自己被中风伤害了。我必须提醒自己，我不是这样，然后集中精力继续治疗。"

"非常棒的观察。"雪儿看起来很高兴，脸上露出浅浅的笑容，仿佛表示她为我感到骄傲。"这代表你有抽象思考的能力。另一个场景是什么？"

"在片尾，梅里克在特里夫斯医生家里喝茶，提了一个问题：'你能治好我吗？'特里夫斯医生回答：'办不到，约翰，我无法治好你。'梅里克说：'我想也是。'"

我告诉雪儿，就在那一幕，当事人终于预见自己的死亡和命运，整场戏充满沉甸甸的情绪。

"那就是现在的我，是我现在的生活和治疗方式，"我对雪儿说，"所以我想问你同样的问题：你能治好我吗？"

那一年的治疗里，我和雪儿相处融洽，我们之间的医患关系让我能够坦承中风以来最深切的洞察、最深层的恐惧，尤其是关于未来的愿望。可能很少有治疗师曾与病人有如此亲密的关系，我很感激她迫使我去发现自己变成了怎样的人。在我们的课程中，我多次看到她情绪激动，眼泪几乎夺眶而出，她会去拿面巾纸，有时也会给我一张。《象人》的故事感动了我们两个人，她和特里夫斯医生一样，在回答我之前，沉默不语了好一会儿。

"不行，乔恩，我无法治好你。我永远做不到。"几滴眼泪掉了下来，她用面巾纸擦擦眼睛。

"我想也是。"我静静回答。我们安静地坐着，我的眼中也充满了泪水。

我在治疗时再次碰到雪儿。我为她准备了一份礼物，那是一幅由医疗后送直升机素描、我的战斗布章和军医队的徽章组成的拼贴画。我在课程一开始时交给她，她开玩笑地说："所以治疗就像打仗？"

"有一点，"我回答，"事实上，我希望你收下这个礼物，因为它代表了我和谁上过'战场'。我想让你知道，你是我在'作战'时信任的治疗师。如果你愿意的话，它就是你的战斗徽章。"

她向我道谢，我们讨论缝战斗徽章的意义。它不仅是制服上的单位徽章，而且是身份象征，在军人间备受重视，将军人们紧紧联系在一起，让他们为同生共死感到自豪与感恩。雪儿说她会谦卑地收下，将它摆放在桌子上。

我们多谈了一些我的治疗成果，然后话题转向了治疗高原期。几位医生曾经表示我已经进入治疗高原期，可能无法获得进一步的效果，这不是说我不可能获得治疗效果，而是某些时候努力可能会适得其反。我多多少少接受这种想法，但我在治疗中经历过好几次高原期而且都克服了，生理功能获得了更多恢复。评估委员会的陆军医生说，一年后仍存在的缺陷很可能会永久持续，治疗目标将从获得更多功能转为适应剩余缺陷。莱斯莉医生、佩姬和雪儿都与我讨论过这个问题，我们都同意治疗高原期是一种从许多病人身上观察到的临床概念，并不是治疗法则。我常常反驳说自己不是"许多病人"，然后我们讨论起韧性和个人意志在复原中的作用。包括我在内，所有参与照护我的人都看过打破临床期望、超越治疗限制的病人，我也相信自己就是他们其中之一，却不具备中风治疗的专业知识来验证这个信念。我想相信自己能够超越、再超越治疗高原期，但不确定它们是严格的治疗法则或仅仅是种临床结构。在未来的几个月和几年中，我必须找到答案。

审查完转入退伍军人医院的相关事宜后，我们结束了课程。

"我为你感到兴奋。你会和那里的治疗师顺利进行治疗的。"雪儿说。

"我不知道是不是很兴奋，但我的心态很开放，我知道我能适应。"

"这是治愈的正面迹象。"

我点点头，笑了笑，说道："你是对的。我上星期想通了一些事情。我其实知道自己永远不会再行医，我知道这一点已经很久了。"

我告诉她我知道那是事实，还有我在治疗中已经发现了这一点。自从动过大脑手术之后，我就感受到了这个事实的沉重压力，可是我排斥它，不愿意接受它。然而，我说了实话，把它流畅地说出来，仿佛我能够用医生的眼光在临床距离外看待它。

"这对你来说曾经非常困难。你知道原因吗？"

"我没有为损失做好准备。我害怕面对它，觉得除了行医之外我什么都不会做。"

"你有别的事情想做吗?"

"我还不知道,但我知道不是从医或去军队服役。我已经决定了,即使你签署的是允许我复职,那也是不道德的。我不能让自己陷入危及病人的境地,那是我不可跨越的界限。"

我们谈到我的决定和其中的伦理道德、权重与最终意义。雪儿告诉我,这是许多病人从未做过的决定,但到了最后,愿意接受限制将帮助我与限制相处,往前迈进。她回顾了一些治疗的高点和我的进步。

"当你回想职业生涯中做过的所有事情与去过的地方,你的一生是真正的非同凡响。这不是中风能从你身上夺走的。"

"你这样说的时候,我几乎能感受到你在说什么。"

"几乎?"

"我会有一些感觉,而那些感觉是真实的。我在职业生涯中做了很多事,回首过往却看着它就这样结束,情何以堪。我不想陷入这种心境里,我想继续向前走。"

"这种治愈的迹象比我们能做的任何测试都强,让我知道你不仅仅是中风幸存者,你将做得比他们更多。"

治疗：退伍军人医院的风格

　　艾奥瓦州的退伍军人医院就在大学医院对面，是一栋建于 20 世纪 50 年代的老式砖造建筑，部分病房楼层的走廊是过时的塑料地板，房间也显得狭窄。我不愿意在退伍军人医院就诊的部分原因是它的声誉，我从其他士兵那里听说这里的护理效率比较低，某些医生似乎不太关心病人。在退伍军人医院里，来自大学的培训住院医师在全职医生的监督下轮班，有些固然非常优秀，有些则缺乏知识和敏感度。许多退伍军人医院的病人需要心理健康服务，包括神经心理学，这类病人会被转到一间独立诊所，位于约五公里外的科勒尔维尔（Coralville）。

　　8 月，我在科勒尔维尔退伍军人医院遇到的第一位医生是毕业于哈佛大学的神经心理学家、医学博士迈克·霍尔（Mike Hall），他的办公室书架上收藏了神经和行为科学方面的学术著作，塑料大脑模型则放在书架顶端。从第一次会面时他的表达和与我的互动来看，我认为他是 A 型人格，是非常不典型的精神和行为科学医生，与我期望的大不相同。他与我说话的样子就像是两位临床医生正针对某个个案讨论，并不是因为他把我当成同事，更像是因为他知道我能够理解临床语言。他仍然是神经心理学家，我依旧是病人，这一点很清楚，但我的医生背景使我们的医患关系大异其趣，这点同样非常明显。

我们交谈、彼此熟悉后，霍尔医生交代了一系列的神经认知测试，借以确定我的具体缺陷，其中有些我在大学医院做过。他也将我转介给院内的心理学家进行创伤后应激障碍评估。测试和评估被安排在下周，再度确认我有多病灶中风缺陷，也证明我的创伤后应激障碍的诊断结果是正面的。

创伤后应激障碍的诊断结果并不令人意外，却让我觉得好奇，因为自从离开伊拉克回国后，我的战争梦和惊吓反应已经消失了。退伍军人医院的心理学家希瑟医生是心理健康部门的新人，她也是位博士，和我讨论了战争经验创伤的范围和持续性，表现出对于士兵和创伤后应激障碍的兴趣。她很诚恳、友善，谈到战争和创伤时却似乎是从教科书或退伍军人医院士兵治疗研讨会的角度在说话。

"让我们讨论一下创伤后应激障碍的症状，"她开始说，"有创伤事件、经常性的记忆、噩梦、回避，以及一系列情绪或思维变化。"我想象她在教室上课。

我不需要听讲座或入门课，我知道那些症状，我在战场时已经见过那些症状。这么说未必公平，但我认为希瑟医生的话说明她缺乏真实的作战经验和创伤体验。她从未参加过战争，而我参加过。她不是创伤医生，我则目睹过战场上的情绪和身体创伤。

虽然起初有些担忧，但希瑟让我印象深刻的是她真的很关心退伍军人及其病因。尽管如此，创伤后应激障碍的测试依赖病人的自我报告，我仍然认为它只比巫术好一些而已。我对诊断标准也很有意见：它们过于宽松，无法为诊断提供任何合理的特异性，缺少实验室测试、计算机断层扫描或核磁共振等具体的标准，于是，心理学家说你有创伤后应激障碍，你就是有。对我而言，这种诊断缺乏临床客观性。我并没有否认创伤后应激障碍是真实的，我相信有些士兵会经历这类心理状态，但是我用军人思维的模式对抗着它。它是强悍/软弱典范：士兵是强悍的，创伤后应激障碍却是精神软弱的标志。我不相信诊断，因为我无法理解行为和情绪如何在作战时那么活跃，却在家庭生活中彻底失能。我也讨厌创伤后应激障碍这个词，它过度强调"病症"及其中隐含的情绪无能状态。

即使我在心态上不愿意放开，但希瑟仍然继续与我面谈。她锲而不舍地指出我已显现创伤后应激障碍的种种迹象和症状，即不断提到回忆和避免回忆、高度警惕和烦躁、暴力梦和噩梦等。她的想法让我不胜其烦。

"说一个你做的梦或是反复出现的想法。"在某一次治疗中她说。

她是奸细，我不能让她窥见我的秘密。"我真的不想谈。"我冷冷地回答。

"为什么不想？"

"也许是太暴力了吧。"

她穷追不舍，问道："也许？你能够更具体或更详细点说明吗？"

我答道："好吧，它可能，我不清楚，更像但丁《地狱》（Inferno）里面的东西，地狱般的邪恶。"

她问："你能不能描述一下你看到了什么让你有这种感觉？"

心理学家总在探索我对事物的感受，让我有时候想尖叫："可恶！我觉得你很可恶，不人道，该死！"却从来没真正喊出，因为我知道那正是他们想听到的。那样说只会证明他们的观点，认定我的内心深处有什么肮脏、恐怖的想法，却从来不愿表达出来。所以我只说感到难过。我确实难过，但那只是其中的一小部分。

我假装困惑，问："描述我看到的？"

"没错。描述那些让你想到地狱的事物、环境、人物或事件。"她说。

我想要完成这次治疗而且不必深入探究我的战时心理或记忆中的伤员，但一部分的我想吓死她，也许是想表现我比她更了解创伤。我选了一个经常想起的案例。

"好吧。我看到一名士兵，实际上并不是那名士兵，而是看到他空荡荡的凯夫拉钢盔，上面有火箭推进榴弹的弹孔，我能看到的就只有这个钢盔，他的其余部分都装进了尸袋。钢盔被榴弹击中处烧焦并磨损了，臭味刺鼻，里面很油腻，钢盔扣还连在上面。你是要问这些吗？"

"是的，这就是我的意思。那是你看到最糟糕的事情吗？"

"不是，但它一直出现在我的梦中。"

"你能画钢盔的图给我看吗？"

我看她是疯了。我脑海中有那么多照片，为什么还要画？

"不，我不认为我可以。我画得不好。"

"我拿纸和笔给你，只要画个轮廓就好。"她说。

治疗结束了。我给她展示了恐怖的记忆和粗糙的士兵钢盔手绘图，钢盔上还有一个洞。我把图交给她，她把图放入我的档案夹。我想摆脱那个钢盔，让它离开我的回忆和梦，离开我的脑海。

几天后，我遇上了退伍军人医院的口语和语言治疗师吉娜，她负责的退伍军人都需要接受口语、语言或认知治疗。在她的部门里，年长和年轻的退伍军人患者皆有，有喉癌患者、头部受伤患者、创伤后应激障碍患者，以及像我这样有认知中风缺陷的患者。和霍尔医生一样，吉娜不是把我当作同事，而是适当地认可我的医学知识，让我觉得自己是治疗团队的一员——如果我会思考我的治疗方案，那我就算是吧。吉娜的个性与我对治疗师的刻板印象并不相符，我想象她是令人厌恶、超级严肃的角色，总想挖掘我中风后的私密感受，再不然就是要我做大脑测试来显示我丧失了多少大脑功能，偏偏她不是我想象的那样。吉娜采取实用而且更轻松的治疗方法，让我得以边摸索边练习，不会觉得太困难。在这块工作领域里，吉娜显然既聪明又经验丰富，这点让我觉得自在，也因为她掌握了治疗这门艺术，她的聪明与经验才不至于那么抢眼。

"好了，科斯铁特尔医生，我们的首要任务是处理数字。请尽你所能，我们会重复这个练习并记录你的进度。"

"我对数字不擅长。"

"没关系。时间久了就会变好。"

时间久了就会变好。治疗高原期把我逼入了墙角，就像疯狂的路人胁迫象人一样。吉娜这番话帮助我相信自己可以超越它，带给我希望，仿佛只要我叫喊得够大声，极限就有可能消失，让我百尺竿头更进一步。

有吉娜在，我很有可能完成某项具体任务，她在乎的是我想不想尝试以及能不能逐步取得进展。每个练习和每一单元都是针对非常实用的目标、增进更多功能。如果治疗结束时，这些练习无助于我改进某种认知或某项生活技能，那么它们便毫无意义。治疗初期，我们专注地练习用数字和字母排序。我将它们按正确顺序排列，或者试图回忆来自不同列表的数字和字母，也将同色编码的字词放在同一组。我若在练习过程中忘记相关指示，吉娜会阻止我并回顾当初的指示。

"没关系。"她用柔和的声音说。忘记是可原谅的，不完美使我更接近完美。如果我搞砸了，宇宙也不会在我脑袋里崩毁，因为没有"搞砸"这回事，练习就只是练习，有助于改善我的大脑而已。我在课程中一再练习，终于看到了准确性和速度方面的改进。一个星期的成果导引到下一个星期，一根新枝触及另一根新枝，我的记忆、排序和专注力开始改善了。

吉娜很有耐性，我却没什么耐心。我将自己康复的速度和复杂性与以前在急诊医疗中执行的各种任务相提并论。

"这不太公平。不要用以前做的事来衡量你的进步，不要这样贬低自己。"吉娜说。

我说："但我觉得愚蠢又迟钝。"

吉娜强调："你的智力没有改变，只是获取和处理信息的速度变了。"

当她向我保证我仍然是一位拥有知识和经验的医生，我更想努力复健，想恢复更多功能。

我交替进行心理治疗和认知治疗，很少把两种治疗排在同一天。我需要一点时间间隔才能复原与思考，尤其是涉及创伤后应激障碍治疗期间。我对诊断结果和对抗疗法依旧非常抗拒。治疗结束后，我总是心力交瘁，很想远离这些治疗。我治疗约一个月后，希瑟问起关于我梦境的具体问题。

"你曾半夜惊醒或在床上辗转反侧吗？"她又开始窥探了。我感觉她的问题很尖锐。

"很少。第一次从伊拉克回来时比较多。"我回答。

"让你惊醒的梦是什么？你总是做同一个的梦吗？"她问。

我回答："通常是同一个。有敌人在攻击我，我们进行肉搏战。我拳打脚踢，大概因此而惊醒。有时我会滚来滚去，陷在床单里，这很令人生气，因为感觉就像有人抓住我。有时我大叫，吓坏了我太太。"

"你曾经在梦中伤害自己或她吗？"她直截了当地问。

我想在不违背事实的前提下，隐藏自己的答案。我觉得自己有权保留一些东西。

"不算是。有几次我在床边踢墙，但除了瘀伤以外，我没事。"

"这种情况发生的频率高吗？"

"现在很少，几乎没有了。"

她抬起眉毛，歪了一下头："完全没了？"

"不是百分之百，但我很好。我的梦大多还好。"

希瑟想继续挖掘这个问题，但我想讨论别的话题。梦归梦，已经发生的无法抹杀，也没有任何力量能防止梦魇时不时潜入我的精神缝隙。我试图改变话题，但她像个间谍：挖掘、探测、提问，她纠缠并威胁要逮到我的秘密并公之于世。那些秘密是我的，我不容许它们曝光。

"你做噩梦的时候，你太太有什么反应？"

"她偶尔叫醒我，但我第一次回家时才常做噩梦。就像我说的，现在好多了。"

"她现在还要叫醒你吗？"

"很少，只有一次，然后我回去继续睡。"

"你会和她谈论那些梦吗？"

"会的，只是为了让她知道，她才不会害怕。"

关于梦的谈话比我希望的多。但我不打算再多说，她那一套靠心理学骗吃骗喝的问题让我抓狂。揭露我的梦境和噩梦隐含了某种专属的潜在脆弱性，我决定把自己最糟糕的噩梦藏好，只自己知道就行了。

在早晨的例行训练中，我继续和关节炎游泳小组一起做水疗。领队之一的雷是越战老兵和前陆军游骑兵。我们在游泳池里聊天说笑，有时候一起喝咖啡。有一天在咖啡厅时，他问起我在退伍军人医院的治疗进展，我说了心理学家和那些讨论梦、战争和创伤后应激障碍的烧脑谈话。雷是彻头彻尾的退伍军人，脱口而出的话往往合情合理却总是令人尴尬。

"听起来好像退伍军人医院的人以为你疯了，和我一样。"雷大声地说，连隔桌都听得见。这正是我想要的，让我的治疗情况变成其他桌谈论的八卦。他继续说起自己在退伍军人医院的心理治疗经验，以及他第一次从越南回来时如何告诉心理学家他的噩梦。

"是的，就是这样，"他说，"我有好几次几乎掐死我老婆，我竟然以为她悄悄爬过铁丝网想要我的命，所以先下手为强勒住她。真不知道第一年她是怎么活下来的。"

我们都说得轻松，不想那么严肃。他把梦说得活灵活现：敌人溜进来抓他。他在床上辗转反侧，盗汗。这个梦非常恐怖，他在床上大喊大叫。他说很庆幸自己锁了枪，要不然可能从战场回家第一年就会射死他老婆。雷没有把这种经历看得很平常或者扮演一个心理学家。他或多或少保持着中立或冷静，似乎把这些事件当作战争的不幸却自然的结果，没有什么可羞愧的。他说，越南军人总是会穿过铁丝网潜入营地窝藏，他最大的恐惧就是一觉不醒。他问我是否做过这样的梦，我说做过，然后改变话题。

在伊拉克，敌方叛乱分子不会从铁丝网爬入我们的营地，他们会做的是设置路边炸弹，在录像机前斩首敌人，折磨被俘的士兵，拖拽他们游街，最后烧毁他们的尸体并吊挂在桥上，或将他们绑在一起供人观赏。被捕并被斩首是我最大的恐惧，我的噩梦则集中在手臂被活生生扯下，以及头上戴着黑色头罩走在摄影机前面，或在叛乱分子用刀子捅向我脖子时大声尖叫。做这些梦的时候，我感受到肩膀的痛苦。这些梦的结局总是肉搏战，我会在床上拳打脚踢、和床单纠缠，一旦毯子摩擦到脖子就愤怒地攻击，我握紧拳头并随意挥拳、踢脚、放声大叫，直到把手掐在敌人的脖子上、扼住他的气管为止，因为我知道气管很脆弱。噩梦的另一边，科林饱受战争恐慌的冲击而尖声哭泣。我踢她、用紧握的拳头殴打她，直到她把我叫醒才停下来。据她说有一次我掐住了她的脖子，让她非常惊慌。等我终于被她的尖叫声惊醒后，我觉得恐惧、悲伤及可耻。我想躲藏起来或逃走，这样才不会伤害她。

在下一次治疗中，我决定告诉希瑟在泳池碰到的伙伴雷的事和他的创伤性噩梦。在她的刺探后，我泄露了一部分自己的梦，提到它们因为过于逼真而扭曲了现实，让我的妻子变成敌人，我为了求生而攻击她。这个秘密暴露在光天化日之下让我深感羞愧，但它也证实了我们都知道的事，以及我正在面对的是什么。

希瑟问："如果有军人告诉你同样的临床史，你会建议他接受创伤后应激障碍咨询吗？"

我回答之前犹豫了一下："是的，我会。"

当我听出她的问题背后的逻辑，再加上自己的简短回复，我知道她在说我。正如我承认了中风及其后果，如今承认创伤后应激障碍及其后遗症，同样让我获得了自由和力量，能够对抗伤病的全部真相。

希瑟向我介绍何谓治疗写作，那不仅是写日记，而且是写短文描述我的想法或梦中反复出现的事件。以前治疗时我曾经想过，治疗可能会在我完整描述最糟糕的场景时画下句点，治疗到了这一步将引发痛苦的情绪和可怕的记忆，若以我常开玩笑的"趣味量尺"来看，治疗的"趣味"程度是零。我得喘口气。

我问："可以下星期再做吗？"

虽然希瑟缺乏军事经验，但她使命必达的执着让我想起了某位中士：任务尚未完成，绝不中止。

"可以，但是你要开始阅读其他创伤患者写的短文，才能了解这样做可能会有帮助。"

"好吧，但我不想再提起这些回忆了。无意冒犯，但经过几次治疗，我感觉糟透了。"

　　原以为她会觉得我很无礼，但她没有。她保持专业的态度而且不以为意，仿佛对这种回应司空见惯。

　　"这很自然，你正在应付人类最困难的情绪，那并不容易。如果可以的话，请说一下你可能会写什么。"

　　"如果不得不挑一个来写，我会写为一名同事兼朋友做尸体鉴定。我必须在直升机坠毁后找出他，我一直记得这件事。"

　　"这就是我们现在需要的。一个想法就好，不必多。如果你想写，那就写出脑海中想到的细节。不必想着得去理解它们，写下想到的内容就可以了，就像自由写作练习一样。"

　　我带走了短文模板，却在接下来几天对它视而不见，直到下次课程前两天才读。范本读起来很局促，作者们似乎想表达某个观点却受限于短文的篇幅。我看到四篇短文，其中一篇描述一名士兵在伊拉克枪杀一只狗，以及这件事如何影响了作者，因为这只狗可能属于某些伊拉克孩子。对我来说，狗的故事最有意义，并不是因为我喜欢狗，而是作者将无关战争的事件与人类建立起联系。

　　希瑟鼓励我写直升机坠毁事件时是 2008 年 10 月，距离我执行迈克尔斯中尉与副驾驶的尸体鉴定任务已经过了四年。我本来预期四年足以让自己远离创伤，但是并没有。写下这场事故触发了我的可怕记忆，包括那些经历过的气味甚至皮肤的刺痛。写作练习拖了一个月，根据我自己的临床判断，这些练习没有丝毫帮助。

　　起初我在咖啡厅的桌子上写，一个段落甚至一句话就耗费数小时，每个字都让我回忆起对这场意外的深刻情绪。无可避免地，最痛苦的细节让我哭了起来，不是为我自己，而是为我照顾过的士兵。我感到茫然，内心的挣扎无比强烈，驱使我离开咖啡厅开车回家，独自一人坐在地下室里试图与记忆保持距离。可是，坐在地下室只会让写作变得更困难，孤独似乎会让注意力过度集中。同样的过程重复了好几个星期。

希瑟认为，如果我能用不同的线索描述撞机事件，让它不会不可避免地陷入情绪僵局，可能就会有所进展。因为我不知道该怎么做，所以试着用临床医生做医学调查的角度来写，不强迫自己暴露隐藏在坠机事件中的感受和情绪，只简单描述眼中所及，只记录客观发现与事后鉴定的相关事实。这与我在伊拉克使用的技巧是一样的：专注于研究结果的客观性，如果可以的话，与之保持情感距离。从这个角度下笔我发现了一种自相矛盾的自由感——从某种意义上来说的探索创伤外围的许可。在探索的过程中，我能将事件的事实与情感区分开来，形成双重视角，也终于明白了创伤事件的写作并不等同于事件本身。对治疗师而言，这个真理可能不言而喻，但对于尚处治疗阶段的我来说，战争中的真实与返家后的记忆混淆在一起，两者难分难解，区别谈何容易。

领悟到创伤具有真实的与记忆的双重性质，让我有足够的空间将创伤记忆划入特定的时间区块，限制它的情绪能量。那段时间我为自己写客观笔记，过程很艰辛。我会有好多天什么都写不出来，有时候则在五分钟或十分钟内写下一行，然后停笔坐着重温细节，接下来几小时连一个字都写不出来。我经常很生气，咒骂自己无法客观地写作与思考。有时我在咖啡厅里不知不觉写到眼泪夺眶而出，只好假装眼睛里有异物，揉到眼睛红肿后匆匆离开。

中风四年多以后，某一天早上我无法写作，我像军人一样命令自己："废话少说，开始写！"

我写了一行，然后又写一行，强迫式地提笔开启了持续将近四个小时的自由书写，其中包括描述、情绪和咆哮，写得凌乱不堪、可怕又低劣。它是原料、粗稿，最重要的是，它真实不虚。我写下关于尸检的所有恐怖细节，我描述残缺的尸块、被蹂躏的骨头和焦黑肌肉的烟熏味，我记载每一个被撕裂和遗失的器官，我披露自己的弱点、悲伤和恐惧，这些是我在军队的标准报告中永远不会写到、不会告诉其他士兵或妻子的。我呈现自己的困惑，也感到尴尬，因为身为医生，我居然无法确定在尸袋中看到的是什么。我写到经过多少挣扎才说出"斩首"这个词。我描述了自己有多么身心俱疲，以及作为一位军医，我既痛恨战争又热爱战争。然后我略提及那些无法协调的情绪如何破坏自己的心灵。最后，我写了尸袋的拉链声以及它如何在战争中扭曲现实。我写道："拉链的样式非常简单，只不过是一个拉环、一片滑块和两排细齿，但在战争中，它象征着恒久和可怕的死亡事实。"在这样的脉络下，拉链的意象和声音能帮助我理解战争中的挣扎，我必须承担必要的杀戮和毁灭。将军人和医生双方的伦理道德互相融合是身为军医的最大挣扎，紧绷的二元道德触及了爱与恨、善与恶的边界，把杀敌的军事教条和爱敌的宗教信条相提并论，将死亡和伤残与救援和治疗等量齐观，再追问它们为何能并行不悖。它质疑成为军人和公民、父亲和丈夫、医生和病人的意义，并在大多数情况下反对那经过压缩、过于简单的军人式常见答案："这是我的职责、我的工作。"军医永远不只是一份工作或职责，它是在医院帐篷的四面帐幕里、在人类心灵深处展现的生与死。

写完坠机和拉链声之后，我在一次治疗课上把写下的东西拿给希瑟看。大部分是我念给她听的，某些关键点我们会暂停下来并思考。她很安静、充满尊重，宛如正参加葬礼或守灵。在我读得很痛苦的地方、在我看到她的眼泪流淌的段落、在那些我们都为战争中失去的一切而哭泣之处，坐在椅子上的她会身体前倾，轻声要求我放慢速度。我已经不在乎她是不是军人或有没有打过仗，我们都感受到了战争的强大后果。其后我又回去和她谈过几次，过了一个月左右便淡出这些课程，没有再去。我不是对希瑟或治疗不满，她已经给予我足够的治疗，而是觉得其余必须去做的工作能够通过继续思考和写作达成，并在需要时再寻求协助。

我每星期与吉娜一起进行的认知治疗终于获得了明显的进步，这是有可测量的成果，真正的成果。我做某些形状谜题和练习的速度变快了，也能理解更多字词和更复杂的内容。通过她利用临床小插图和医学词汇为我设计的练习，我进阶到"清单制作大师"并专注于排序，也为多个日常活动考虑优先级。至少有百分之七十的时间我记得按时吃药，遇到可能影响行程和活动的事情时，也学会了预先计划。我们谈到我的未来：我想做什么？哪些技能可以转移？我能在医学院教解剖课吗？有什么能教的？我是模范病人，吉娜是模范口语和语言治疗师，凡事都有可能。

必要时，吉娜会把我拉回现实，提醒我在控制活动和环境时保持专注。我仍然需要治疗，但整体而言大有进步，以至觉得自己是清单制作、中风复原、挂拐杖的天才，终于打破了治疗模式并能独一无二地宣称："我明白了，我总算明白了。"

我觉得自己开始"明白"了中风为我的生命带来的所有变化——身体的、心理的、职业的。但是我更领悟到，康复不仅涉及复健治疗课程，也关乎心智和意志的改变，而且不可强求。

基于这样的理解，吉娜和我努力建立新的治疗模式。我们锁定的认知策略将挑战临床高原的概念——认为病人复原的进展会随着时间而相对固定下来，很少能再超越。我们的想法一开始是模糊不清和天马行空的，但它逐渐形成。我仍然需要做例行的大脑练习与一直在做的所有排序、计算和阅读，一旦我选择挑战，治疗将从基本的功能练习转向更高阶的大脑功能与解题练习。这种后设认知方法的精髓是在试着解决现实生活的问题时，我得思考和建构自己的问题，不能简单地要求另一轮治疗。这种方法有可能提高大脑的独立性和功能性，特别是在处理复杂的多面向任务时。从前我连组织一个句子都很困难，遑论如何解决写作短文的难题或处理一本书的结构。但如果我们在新疗法中获得成功，就能弄清楚或找到有用的资源。

清　单

2009 年夏，艾奥瓦州

　　牙膏、卫生纸、汉堡、番茄酱、包子，周六早上的生鲜超市购物清单共五项，科林和我逐一确认。科林要求我重复清单，这是她确定我理解她的话的唯一方式。当她问我是否懂了，我总是点头。出门时我仔细检查皮夹，把清单塞进左边口袋，往生鲜超市走去。没问题，购物很简单。我需要直接驱车前往商店，购买清单上的物品，然后回家。这最多要三十分钟。途中我在一家咖啡厅停下来放松一下，遇到一位朋友，我们喋喋不休地聊着咖啡厅里的日常话题：家庭、时事、政治，以及最近的油价走势。两个小时过去，我喝完咖啡，才记起需要跑一趟生鲜超市。

　　我在店里走来走去，注视着货架，每一条通道都彻底走过一次，有的走过两次。我在找东西，但不知道究竟在找什么。肉和海鲜区特别吸引人。我看缅因州的活龙虾和罗非鱼在树脂玻璃冷水鱼缸里悠游，它们的动作让人着迷。终于，我决定买一磅帝王蟹脚和两磅半丁骨牛排，海鲜区尽头的促销员正在介绍一种特殊的蔓越莓山葵酱，她保证搭配牛排非常好吃。我试吃了一点，说："哇，真是太棒了。"她笑了。我无法想象我们家竟然没有这种酱，拿了两罐放进手推车。

　　在面包区，新鲜面包的酵母味道让人无法招架，我轻轻把两条法式面包放入手推车的儿童座椅，让它们高高直立，以免压碎。我又加买了四个闪电泡芙，只是为了摆着好看。想到甜点时，我觉得需要去购买其他物品，但我不记得要买什么。不论我与科林那段"不存在的"生鲜超市讨论包含了什么信息，它都已消失无踪，所以我当然不担心。我只知道我在一家生鲜超市里，也知道我是如何来的并且需要购买食物。口袋里的清单甚至没有在我的脑海中出现过。我没有特定安排，没有计划，没有清单，只有一个任务：买食物。

按照这个想法，我在店里逛了逛，买了腌菜。我需要腌菜。烤肉酱也不错。我买了三包牛奶巧克力口味、三包法国香草口味和三包柠檬口味的蛋糕粉。这些在做特价。我想科林会对我的精打细算很满意。明亮的橙色标语显示：蛋糕糖霜限时特价。我买了六罐不同口味的，又冲到乳制品区买了三块奶油起司。我喜欢糖霜配奶油起司。在奶油起司货架旁是酸奶售卖区。我从没见过这么多有趣的水果和酸奶组合。十杯八美元，很便宜，我将它们巧妙地排放在法式面包旁边。面包提醒了我，一瓶不错的解百纳葡萄酒和丁骨牛排很搭。我推着购物车前往葡萄酒售卖区。

我花了整整半小时茫然地望着充满设计感的葡萄酒酒标，终于决定买一瓶有漂亮彩色标签的阿根廷葡萄酒。这瓶酒提醒了我，陈年奶酪也不错。我走向奶酪展示区，遇到和葡萄酒相同的状况，又花了三十分钟看奶酪，然后把卡门贝尔起司、一块三角形的加拿大黑钻切达干酪与一块新蔓越莓山羊奶酪抹酱先后放入购物车。奶酪需要搭配饼干。我又拿了两盒美味的饼干。

我继续疯狂购物，直到购物车将近半满。我觉得自己并不需要买这么多东西，但如果里面有我应该买的，还真不知道会是哪一样。所以我添购了几件小物品：果冻、橘子（我妻子喜欢橘子，因为它们很容易剥皮)、几块糖，以及一夸脱 Ben & Jerry 牌冰激凌。

结账柜台的收银员问我是否一切满意。我回答："是的，今晚要吃海陆大餐。"

"真好。看起来你正在筹划派对。"她说。

"我们只有两个人。"我说。她笑了。这一车总共超过 100 美元，我刷了信用卡，装袋人员帮我把物品放上手推车。我带着七个大塑料袋前往停车场。

到家时差不多是正午，科林正在煮午餐。我把这几袋食物提进屋，"砰"的一声放在厨房柜台上，很兴奋。

"我给你买了果冻。"我微笑着说。

"哦，不会吧……"她开口，"这是什么？购物清单在哪？"

"什么清单？"我问。

她呻吟了一声，摇了摇头，提醒我当天稍早我们之间的对话，还说她列了购物清单，就是在我左边口袋里折叠的纸条。我说不记得有什么清单，她问我有没有检查口袋。

"你要买的东西是五样。"

她有点不高兴。我从口袋里掏出清单。

我的心情很糟，但没有悔意。对于我无法控制的事情，我不会道歉。

按照认知疗法的指示，我列出了所有需要做的事项：吃药、门诊预约、跑腿、写作、阅读等。我制作烹饪和清洁清单，为庭院工作、家务事、银行业务和缴税列清单。如果没有列清单，处理金钱就会很麻烦，有时我会因为这样而弄掉存款支票。房子里贴满了关于吃药、喂猫、汽车加油、待在家里、退伍军人医院预约、看书的便利贴。冬天里的某一天，我把猫留在纱窗门廊外，忘了写一张让它进屋的便条或设定定时器提醒自己。我去咖啡厅待了三个小时，科林回家吃午餐时才发现猫，幸好它还活着。我被她斥责了一顿。如果我没把需要做的事列在清单上，通常就不会完成。

生活中自然而然发生的事情对我的情绪影响很大，而且往往会超出既有计划。海鲜的颜色、鱼类的游动、葡萄酒酒标的设计，皆有可能让我脱离无聊、死气沉沉的清单世界。会刺激感官的互动和物品通常会岔开我的思路。在琐碎的感官细节（某种感官攻击）影响之下，我几乎变成名副其实的"心猿意马"。

吉娜和霍尔医生说，我脑中负责执行功能的部分尚在复原，因此还不具备排序、决定事情先后缓急、解决问题、多任务思考等高阶思考能力，再加上注意力处理缺陷和短期记忆中断，我不得不在注意力分散和犹豫的洪流之中整顿意念。制作清单能帮助我完成每一天的基本任务，专注于当下所做的一切。

在我最早的清单中，有一份的最优先事项是雪儿用又粗又黑的笔写的：亲吻妻子。没有清单，没有行动。中风第一年，我常常感觉自己生活在没有尽头的迷宫中，令人困惑的选择彻底压垮了我辨别事情缓急的能力，迫切的事务或琐碎的感官细节可能会在几秒内破坏井然有序的思绪或详细的计划。我感觉被困在四格漫画里，五六帧图说一个故事，但我始终难以建立各帧之间的关系，永远无法完全理解或是看懂笑点。

雪儿也说，我的思考呈现分散状是因为中风的类型。她说的对，我总是在大脑里连接点和点，但过程变成了一片混乱。当我发现有需要去做的事，会立刻放下手上的事，转头去做，回来往往忘记最初在做什么。我的脑中一片空白，完全放空。我轻敲脑袋，想把藏在大脑突触之间的信息敲出来。信息就在那里，我只需要找到它。这就像一场认知寻宝，我发现一条线索，改变方向去寻找下一条线索，然后跳到下一条，再到下一条。我通常忘记原来的线索，因此不得不砍掉重练，再一次改变方向。

为了帮助我改善这一点，治疗师利用制作清单使我不偏离正题，清单主要应用于第一阶思考和日常任务方面。经过好几个月的治疗，在得心应手之余，我想让这种疗法更完善些，因此试着在心里列清单，想凭自发的记忆来完成。接下来是错过很多约诊，或是一再跑超市买忘了买的东西。我很后悔，于是继续制作清单。科林总是提醒我依靠清单来完成任务。

她会问我："今天的清单上有什么？"

如果我没列清单，我会说我不知道。

"那么，希望你能完成所有事情。"她回答，话中带刺，让我自觉愧疚。

"我在努力不靠清单做事。"我会说。

"效果怎么样？"

根本行不通，我没有胜算。我就是得乖乖使用清单。没有清单，我就无法行动。

我讨厌清单。它们让我想到平时不闻不问、只会找你帮忙搬家的损友。清单也让我想起石蕊试纸，变成红色表示正面、蓝色表示负面。我的清单就像石蕊试纸，总是因为脑损伤而变红。它们从侧面证明我的医生和军人能力被中风一笔勾销了，我无法用大脑的纯粹认知与想象力思考。清单让我极其渴望不在清单中的事物。

最过分的是，清单提醒我不能没有清单。这种提醒曾让我厌烦。不得不列清单时，我通常写得又重又快，肩膀和下巴紧绷，呼吸变浅而且上下起伏。有时候我会用些无法理解的字眼当密码，代表我无法独自去做的事。我经常把清单放在口袋或厨房的柜台上，这样它就不会羞辱我曾经拥有的智力和技能。假使我正意气用事，就会把清单揉成一团扔进垃圾桶。偶尔我会在街上将清单撕得粉碎再随手一丢，这种乱丢垃圾的行为具有治疗性。

我知道如果不想一事无成就必须向前走，所以我不再拒绝，列了一份又一份清单，写满为了生存而必须做的简单工作，也写满我认为重要的复杂事项。然后，我努力去做这些简单和复杂的事，一如战场上的医生和军人。我持续移动，有时向前，有时后退，然后再向前，从来不是一条直线。无论日子看似多么杂乱无章、微不足道，我都学会了适应这些移动。

情况好的时候，我根本不需要清单，不用提示就能做事情，一切自动自发，那是自由自在、令人陶醉的幸福。我打电话给孩子们说自己不仅变得更聪明、更迅速、更强大，而且能学习新事物。这种感觉棒极了。我和科林聊天，问她电影里的某个场景。我想起刚结婚时做过的事，随之亲吻她，只因为我可以。她也回亲我一下，笑着摸摸我的手臂。她提醒我，爱不需要清单。那些时刻饱含力量，让我从检查表治疗的世界跨越到另一个世界，自发性的想法源源不断地流出。这样的进步激励了我、拯救了我，让我记住真正的自己。

思考等级 5.3

治疗有所改善，自然而然地，我想重新获得以前行医时那样的思考能力，却造成治疗一大障碍。我不断回顾做医生时的思考能力，那时的我游刃有余，反应灵敏而且自信满满，能在混乱中捋清头绪，即使遇到紧急情况或战斗也能果决又勇敢地行事。中风之后，一切都改变了。我从未恢复行医时的认知水平，但至少恢复高阶逻辑思考的能力也好。只能把脑筋用在日常活动中让我厌烦、沮丧，无法同时理解多人的对话也常常让我很恼火。翻阅《美国科学人》（*Scientific American*）或《史密森尼》（*Smithsonian*）杂志时，我只能看图片和说明，无力领会句中类比和隐喻的意思。我敲敲额头帮助思考，仿佛敲一敲就能让我理解难懂的字词或释放思绪。

我的思考模式是非线性、随机的。我只要一试图理解故事、谈话或复杂问题的深层含义，想法就变得分散而不可预测。我一次只能看、只能思考一个画面，很难将多个画面连接起来。我的想法变得支离破碎，把我带到一个与现实没有明显联系的方向。

我说话时，会念错单词，"医院挂号"可能说成"鸳鸯锅"，"大脑"变成"肚腩"，大脑和舌头似乎已分道扬镳。如果谈话由我开头，别人会觉得我很聪明，然而如果有人问我医疗问题，或是一天前甚至一小时前的谈话内容，我就很难回答。我无法记起足够的信息以便进行抽象思考，也无法快速处理信息再用听起来很睿智的方式做出反应。诺克斯堡的陆军医生针对我的中风状态进行最终评估时曾经表示，我丧失了处理关键信息的认知能力。他们说得没错，我有思考困难。在记忆方面，有时我想不起吉娜或霍尔医生的名字，得事先询问接待人员以免造成尴尬。我害怕失去对科林和孩子的记忆，打算偷偷将他们的名字文在手指两侧。

在我的认知功能治疗从基础阶段移往高阶阶段的过程中，吉娜和霍尔医生变更课程，纳入偏重于复杂和抽象思考、执行功能与后设认知处理的例行练习。我觉得认知疗法高深莫测。我无法完全理解大脑练习和重复性任务的逻辑，也不太懂为何解谜与排序练习最后能转化为复杂的思考。有些课程更侧重于鼓励我保持正确的方向，能够思考"思考"本身，亦即后设认知处理，这是很模糊的目标。我感觉自己和科林是陌生人，在孩子眼中或许我并不陌生，因为他们没有受到重建认知能力的日常影响。课程的目的是恢复后设认知功能，但吉娜和霍尔医生并没有让我做专门的脑部练习。对我而言，这些治疗偏向医学的模糊面，我没见到任何实质进展。可是在吉娜和霍尔医生眼中，我的思考能力已逐渐改善，他们在进展图表上做了些微调，我也继续回到我惯称的"大脑学校"，周复一周、月复一月。

新治疗计划始于 2009 年 1 月，将视需要持续进行。第一阶段名为"注意力过程训练"，医生让我做一系列预先录制的听力练习，目标在于提高我的注意力和处理复杂口头指令的能力。我聆听医生的问题并写下答案，由吉娜在旁观察我的进展。每一节课她都得暂停录音带一两次，因为指令让我困惑，或在该回答时忘了题目。这些指令包括复杂程度提高十倍的复合命令。录音带中的男声嗡嗡作响，没有抑扬顿挫的语调。录音带中的男声说："从卡片组中选出红色偶数，然后加总。"这是我能够遵循的简单指令，我却跟不上复合指令："从卡片组中选出红色奇数，但只选数字是红色而且文字是绿色的卡片。如果红色奇数卡片的数字和文字都是红色则不选。"我糊涂了，努力想记住颜色和数字或颜色和文字的排列顺序。这项练习不仅需要集中注意力，而且需要相对迅速的记忆和回忆。即使是检验室里最轻微的动作，例如椅子发出的吱吱声、时钟的滴嗒声、吉娜飘动的头发，都会让我分心而搞砸测试。有一次，房间里有一只嗡嗡作响的苍蝇停在我头上，害我整节课都无法专心。

这项治疗开始后，我常沮丧地离开吉娜的办公室。我知道这些练习是为了促进我的认知复原，它们却总让我觉得自己既愚蠢又没用。吉娜注意到了，提醒我达成目标需要时间，只能渐进式改善，无法一蹴而就。我练习了好几个星期，然后吉娜改变了练习，让我"休息一段时间"。

我同时进行注意力训练和阅读。我的阅读速度很慢，以至于我被不相关的想法和记忆分散了注意力。某些词如跑步、战斗、武器和沙漠让我回忆起战争和伊拉克，而其他触发回忆的作用较不明显的词汇则包括石油、手表和水等。石油让我想起伊拉克南部燃烧的油田，手表则让我想起飞行员朋友在行动中丧生的影像，水让我联想到 C – 130 飞机上用托盘递上的两公升水瓶。这些心思飘荡的范围从 2003～2006 年的战争到 2008 年读到的故事，无所不包。我不知道如何控制这些触发回忆的词，只能硬着头皮继续阅读，希望随着时间推移它们的力量会逐渐消失。

除了触发回忆的词，周遭环境也经常影响我的阅读。咖啡厅的噪音会分散我的注意力或吓我一跳。我会被朋友间的对话吸引，把书本放在一边，加入他们。

我们采用后设认知疗法来解决阅读时遇到的问题，这涉及找出根本原因并提出解决方案。吉娜没有告诉我纠正措施或策略，反而让我在下一次课程之前自行思考。

她说："当你阅读时，试着想想你能做些什么来控制阅读环境。"

这项额外的逻辑任务要求我进行更深入的分析，这意味着我必须思考"思考"本身、问题的可变组成部分与解决方案。这类似于军方的应变计划，也需要多重思考。

除了容易分心，我们还找出了词语替换和理解句子这两个具体的阅读问题。我阅读时经常会用某个词代替另一个词，或用某个字母取代另一个字母。有时候我会从文句中删掉整个或部分字词，于是可能会读到类似这样的句子："杰克山上去水。"我每一次都会漏词，有时严重到迷失在无意义的文句里，只好停止阅读。起初我总是责怪作者，认为他们写的句子太烂。我越来越沮丧，忧心不已。我会把打开的书放在额头前，试图强迫大脑理解那些句子，就像想靠渗透作用直接从页面传递意义。若是无效，我就拿书敲脑袋，这同样行不通。

书变成了我的敌人。我会打开一本书，把它放到一边，然后又打开另一本，屋子里随时会有五本或更多本打开的书散落在各处，每一本都夹了书签，标记出我迷失的地方。有时候我好几个星期不读它们，然后再拿起来试着从上次读的地方继续往下读，但总是不得不从头开始读。我在日记里提到被卡在句子里以及迷失在段落中，说自己疲惫不堪，很希望大脑能恢复原貌。吉娜和霍尔医生讨论我的阅读情况。他们认为我能开始做笔记就表示我正在进行高阶思考。我不知道还有这种事，只知道阅读变得乏味和痛苦，并觉得无药可医。吉娜要求我继续阅读和做笔记，不要只想到意义和人物，也想想写作过程和文章的结构。

2009 年 2 月 14 日，我读完了《故事及其作者》这本书，这是 2007 年 8 月我和雪儿一起阅读的短篇小说集。我在封面内页上写上日期并快速翻动页面以示庆祝，还重读了桑德拉·希斯内罗丝（Sandra Cisneros）写的六段式小说《我的名字》（*My Name*）。初次阅读《我的名字》时，我曾在治疗日记里写下感想，内容是自己的名字和"医生"（MD）头衔，以及中风之后医生的含义发生了什么变化。从文学的角度来看，我写得很糟糕。雪儿说我是以另一个人的身份写作，这样无法揭示我对身份认同和失落的想法。从某种意义上来说，这算是作弊，我需要用自己的身份写作才行。那是我第一次尝试深入写作。

读完选集那一天，我重读《我的名字》，至少读了五次并深入研究这本书。这本书描绘了我在治疗中一直纠结的问题，而且我也想和作者桑德拉一样拥有一个能展现真实自我的新名字。她的写作核心源于多元文化视角。它让我以另一种方式思考康复以外的问题。阅读与研究那六个简短段落以后，我希望也能像她一样写作。在区区一页的篇幅里，她打开了一扇文化之门，邀请读者探索她的名字所包含的文化与社会意义。我想知道她是如何做到这一点的。正如雪儿所说，如果要写作，我必须找出自己的表达方式。当时我中风已两年多了，身为中风幸存者的我很难保留自己的独特性，更谈不上独特的表达方式了。吉娜和我在一次课程中讨论阅读，她说我在阅读中获得了洞察力。我不确定，但她要我继续阅读、不断思考，继续执行康复计划。

2008 年圣诞节，达伦送我苏珊·柯林斯（Suzanne Collins）的《饥饿游戏》（*Hunger Games*）第一部。

"爸爸，你会喜欢这本书的。"他给我书时说。

他知道我有阅读障碍，但他认为这本书很容易理解。

我向他道谢，把这本书放入书堆。2009 年 4 月，复活节过后，我决定开始读这本书。我知道这是一部关于年轻人反乌托邦的小说，不是我偏爱的类型，但高中时我很喜欢科幻小说，而且我的个人阅读规则是：别人送的书我都会读。我在几个网站上查询《饥饿游戏》，它的阅读等级是 5.3 级。5.3 级这个数字让我费解，但我认为自己当然有能力读这本书。星期六晚餐过后，我在壁炉旁的躺椅上开始读，直到晚上十点还没停。

我花了一个星期读完整本书，中间有中断，但是继续读时可以从上次中断的地方开始读，不必重读前文，因为我记住了情节和人物。这个故事的可读性和简洁又紧凑的文笔深深打动了我，它的情节让我思考：接下来？接下来是什么？我读得兴致盎然。在一星期内我读完了一本书，而且记得够多，能向科林复述整个故事，并在治疗时讲给吉娜听。5.3 级是我的理解水平。我的阅读速度比理解速度慢，但我不在乎。我能思考！我能阅读！吉娜说我的进步太大了。

接下来一周，我与霍尔医生讨论这史诗般的事件，他指出这代表我进步了，也许现在可考虑未来的其他职业选择。我已从军队退伍，有点不太明白他说的"其他职业选择"是什么意思。

"你的意思是找份工作？"我问。

"不尽然，更像是回学校。"他回答。

斜（写）作

　　与霍尔医生会面向来很有趣，他的态度既前卫又专业，当我拿自己的进步或心理学搞笑时，他总会和我一起笑。我们经常取笑认知复原的复杂与奇特，大多数课程在讨论治疗问题，他通常会向我介绍士兵心理健康领域的最新进展。这些会面的严肃收尾往往具有连续性，与此同时，临床上的所有事情都像发生在朋友之间一样轻松愉快。我和霍尔医生不像是病人和医生的关系，尽管我知道医患关系牢不可破。某位曾经共同参与治疗的实习医生在第一次和我面谈时问了个小问题。

　　"你的残疾情况如何？"她问。

　　"嗯，就是有点残疾。"我回击，笑到喘不过气来。

　　霍尔医生喜欢这则趣事，因为那表示我和他都能对环境报以幽默和笑声。我大开退伍军人医院行政人员、认知测试与练习的玩笑。"你怎么判断有多少行政人员在医院值班？"我问他。他回答："把甜甜圈滚过大厅。"这是欢笑治疗法。

　　其他时候，当我说到退伍军人医院的工作人员如何救治不当，他会帮我出气，还会打电话去解决护理问题。为了病人，他可说是当仁不让。

　　霍尔医生称呼我为"科斯铁特尔医生"，并经常提醒我，我的专业知识和经验使我在治疗方面具有优势。检讨我的认知测试时，他总是把结果放在复原的脉络下查看。若遇到特别差劲的测试结果，如阅读速度，他会要求我专注于改进策略而非测试数字。他坚定地说："不要在意数字，专注于康复上。"他的话让我感受到那些建议多么具有临床意义，能让病人向前走，而不是在失落感中徘徊，这是他的天赋。他也会确定我在前进时感觉到其中的临床意义。

不工作的病人等于失去了一条腿，我觉得霍尔医生相当了解治疗这样的病人兹事体大。我不仅是失去部分脑细胞的病人，而且那些疾病使我失去了医生和军人身份，但是霍尔医生并没有花太多时间估算这些损失，反而创造出了强调治疗与继续探索新界限的必要性的治疗氛围。他和吉娜在这方面很相似，他们的治疗风格都能鼓舞人心，再加上我勇于挑战界限的个性，形成了完美的治疗铁三角，也就是自我激励、认知训练和直接鼓励。这些不会快速转化为成果，但确实在我的康复过程中产生了罕见的特殊作用。霍尔医生谈到我的康复程度时，往往会强调我的认知功能已经很高了，有些脑损伤较不明显的病人也没达到这样的康复程度。在某种程度上，我认为取得这样的治疗效果是因为自己害怕变成废人，也担心自己变成一个只能活在前尘往事的回忆里、缺乏专业身份的人。没错，我有家人。我有身为父亲和丈夫的爱与意义。我比许多中风幸存者恢复得更快。这些意味着我享有充分的个人和家庭幸福，但这些还不够。我对家人的爱不同于我对职业的热爱。简单来说，我失去了医生和军人的生活。

霍尔医生鼓励我眼光放长远，超越职业生涯的损失。我照做了，发现自己对医学的热爱源于对知识无与伦比的渴望。这份渴望自童年以来就驱使着我向前迈进。因此，当他在治疗课程的前几分钟说我需要探索自己的职业选择时，即使我未能完全理解，也并不惊讶。我认为他开辟了新的渠道，容我探索再度涉足医学的可能性，但我知道这个话题已经封闭了好一段时间。

我提醒他："我无法行医，也无法再为另一种专业受训，我还有步态和平衡问题。我觉得不必枉费心机了。我没有任何职业选择。"

他问："如果你有，你想做什么？"

"我不知道，也许学习阅读更多书籍。"

"你有没有考虑过写作？它有可能成为你阅读的自然结果。这里的艺术硕士项目主要帮助退伍军人。"

霍尔医生这样说时，我觉得他不食人间烟火。写作让我抓狂。难道他认为我能学会写作？

我说道："我无法写作，也无法回到学校，我的阅读能力几乎不到小学六年级的水平。学习艺术硕士课程需要阅读和写作。"

"科斯铁特尔医生，你没有停止过进步，而且你有学习的智力和动力，何不试一个学期看看？"他是认真的，那说话声和快速的节奏正是他激动时的样子。

"我不认为这样做有用。我不能就这样去报名。"我说。

他说："等一下，不要妄下定论。我们先考虑一个星期，看看你对这件事有什么想法。"

我不知所措，无法想象自己再回学校读研究生课程。

"我就是不认为它行得通。"我总结。

事后几天，我确实考虑了自己的未来。前途看起来十分暗淡。我无缘再当医生，也完全没希望重回医学相关领域，写作似乎更不切实际。我能想象去当汉堡制作师、图书馆助理或艺术家，但作家？那完全不在我的职业兴趣之列。我曾经在艾奥瓦州夏季写作节上过诗词班，可是那只是一星期的课，我还凑不成完整的文句。霍尔医生和希瑟医生都倾向于写作治疗，我也写了一些治疗日志，成为作家却会让治疗可行性的限度变得更紧绷。至少，写作要求持续的专注，而那是我还未拥有的。

不过，我可以学习写作的想法毕竟被提出来了。霍尔医生的话已说出口，就像养鹰人释放手中的老鹰。我开始思考学习写作这件事。我能完成如此复杂的任务吗？写作对我的意义是什么？对别人呢？如果我学得不够快，那该怎么办？如果我能学会写作又如何？各种可能的答案吓坏了我。我想好了不该去读研究生课程的借口。我已经五十九岁了，回学校会不适应。我只能阅读青少年看的小说。对学习研究生课程来说，这种阅读能力不够，而且我还在做复健。我会暂停治疗吗？如果会，我的大脑会发生什么变化？我做什么都不快。研究所要求速度，我必须保持快速的步伐，但我只有迟钝的大脑。

整个想法在我看来不过是异想天开的闲扯和愚蠢的治疗行为，是积极心态下的练习遇上了无法克服的负面力量。但是，霍尔医生认为我的能力不仅如此，而我也想做更多事。治疗已经让我有所收获。我正在收获实质且显著的认知进步，每六个月就超越一个临床高原，每超越一个临床高原就再定义一个新的，一个接着一个。当我跨越临床高原时，我和医生都很想知道这次是否会成为最终的边界，亦即我真正的康复极限。这也让我质疑起临床高原这一说法的真实性，中风康复的极限何在？是实实在在的限制，还是治疗性的结构而已？如果这个极限真的存在，我又怎知何时已来到极限，再努力也是徒劳无功？答案阙如。

我一生都在重新定义与冲撞界限。两年的认知治疗中，我的阅读和思考能力远远超过刚中风时。霍尔医生测试我，向我展示成果并说我能学到更多。就像两年前有气泡飘进我的大脑并改变了我的生活，此刻有个想法浮出来并带着相同的改变潜力：我可以学习写作。这是个疯狂的想法，难以捉摸、不切实际。虽然它只是个梦想，但它就在那里。所以，不论是写作的意义还是写作能提供的保障，我一把抓住了所有关于写作的疯狂概念和认知细节，我脑海中的每个神经元蓄势待发。我计算着如何写作、为何而写，以及我能否学会写作等问题，终于决定跨越界限，去厘清哪些是可能的、哪些是未知的。

为了验证这个决定，我重读短篇小说选集里的某些故事与《饥饿游戏》。有件事立刻吸引了我：好的文学作品把我拉入故事的结构里，让我与自己建立更深刻的联系，思考不同的观点，也想得到更多，就像高中时读塞林格的作品、大学时读莎士比亚的作品一样。如果我能学会写作，那将是终身的、最成功的后设认知——不是专业里程碑，而是在治疗层面上，一次挑战临床高原假设极限的跨越，因为研究所的写作远远超出了治疗性的写作和认知脑力练习的范围。

再次与霍尔医生会面时，我说可能会回学校念书，但还是不确定它有什么作用。与第一次提到这个想法的时候相比，我不困惑了，却仍然觉得很难实现。霍尔医生已经咨询过职业复健辅导员，他们说如果有必要的话会支付我的培训费用，要是我被录取了他们也会提供辅导，也不一定非得是艺术硕士项目，只要符合他们对大学或职业学校教育的要求即可。起初我对这种想法感到很兴奋，但依旧不确定能否跟得上研究所课程。阅读等级5.3决定了我的阅读能力，似乎也决定了我的学习能力。霍尔医生建议我去找艾奥瓦州艺术硕士项目的工作人员进行非正式面谈。我同意了，在两星期内和该项目的主任与两位教授有过三次非正式面谈，还偶遇了其他几位教授。他们告诉我项目的要求，并问我是否有作品。

"我一直在写我的中风治疗过程。"我说。

他们都问到了公开发表的著作。

"我曾经在医学期刊发表过三篇学术论文。"我回答。当被问到中风期间的写作时，我说那些只是简单的稿子。

最后，校方非常有礼貌但相当直率地说，他们认为即使我被录取了，也无法承受阅读和写作的负担并且顺利完成课程，毕竟研究生教育充满了高度竞争性，学术要求很严谨。他们说得对，我缺乏注意力，难以坐在教室听课或完成每天的大量阅读任务。

事后霍尔医生和我讨论，我们都很失望，不过他说还有个替代方案：远程教育。我推断他的意思是指我念大学时的那种函授课程，但他说远程教育已经大不相同了，许多学校通过远程教学和短期面授课程提供完整的艺术硕士课程。

6月，我全力联系那些提供短期面授课程和远程教育学分的艺术硕士课程，他们大多要求我寄作品样本、填写申请表、等待回复，俄亥俄州阿什兰的阿什兰大学（Ashland University）却与众不同。他们的课程相对新颖，主任斯蒂芬·黑文（Stephen Haven）与课程负责人莎拉·韦尔斯（Sarah Wells）分别和我通了电话并鼓励我申请。他们都保证我会得到必要的私人照顾，我有点怀疑，要求面谈，还根据他们的要求寄去了作品样本。只不过中风以来，我除了治疗日记并没有任何作品，所以寄给他们一篇去伊拉克之前写的短评。

参观校园时，莎拉本人比电话中更激动。她带我参观学校，回答我所有关于阿什兰大学艺术硕士专业的各种问题，说话时笑逐颜开。她毕业于阿什兰大学的本科写作班，也曾写诗，对艺术硕士课程与研究生的需求有相当惊人的理解。当我问到中风会不会影响学习时，她向我保证学校可以做出必要的调整来协助我。

黑文教授是位中年学者，说话轻声细语，有许多著作以及在中国教学的经验。他出版过几本诗集，还出版了一本回忆录，讲述他在纽约莫霍克族的生活。这引起了我的注意，因为莫霍克人和奥奈达人都属于易洛魁族（Iroquois Nation）。我和他共进午餐，谈论我的目标和认知缺陷。他有一种亲切的文人气质，文质彬彬，让学生觉得他是平易近人、关心自己的教授，也让我想到霍尔医生。黑文教授问起我的情况以及为什么想写作，我对他说明了我的军医生涯和中风复健情况。我以为他不会感兴趣，可是他没有，相反地，他想听我简短地讲在伊拉克当医生的故事。我说了医疗后送飞行返家的事，他很专心地听，并说如果我能以同样的热情和力度学习写作，我的写作可能对他人产生影响。我从来没听过"我的写作有可能对他人产生影响"这种说法，我明白那是文学的目的，但那不是我创作出来的文字可以做到的。他很严肃，我相信他。这就够了。

那天下午离开学校之前，莎拉递给我一封创意写作艺术硕士课程的录取信，我将在 7 月下旬入学，这次课程是每年三次为期两周短期面授课程的第一次。我很兴奋，打电话给在家的科林。"我被录取了！我被录取了！他们正式录取我了！"我们都在电话里大笑、欢呼。开车回家的路上，我真不知道自己做了什么。

课程的第一周里，一整个星期我都非常确信自己一直饱受认知疾病之苦。如果把我带到科罗拉多州的滑雪场，我这个老头一定会缠在绳索上或四脚朝天滑下山丘。我的同学们都聪明得不得了，无所不知，个个有文学才华和写作技巧。我的作品简直微不足道。我旁边坐着两位高中英语老师，我不敢问他们问题，怕暴露出自己的愚蠢。其实我很想问他们这些问题：逗号应该放在句子哪里？老师说的叙事弧（narrative arc）是什么意思？散文和回忆录的精确区别是什么？戴夫·麦克威廉（Dave MacWilliams）是我的同学。我和他很快成了朋友，他是拥有英语博士学位的大学教授，专攻文法。文法！我连逗号和冒号都分不清楚。他仿佛文学外科医生般切割着句子，甚至能在词语和线条周围的空白形状中找到意义。教师们都出版过专著，其中好几位甚至写过关于如何写作的书。可以肯定的是，作为这个课程的学生，我觉得自己不够格，但讲座、研讨会和学生间的互动充满启发性。如同当年在医学院时，我告诉自己，只要他们不对我动刀、让我流血，我就会继续上课。

我学得并不快，但确实有进步。其他学生在几小时内完成的功课，我需要几天或几星期。速度不是我的特长，坚持不懈才是。时间和韧性是我用于写作练习的本钱。我的讲师并没有在功课或要求上给予我特殊优待，我也不想要。我想学，他们想教，这样的组合证明是有价值的。

最早尝试撰写关于战场的短篇文章时，我想写出深刻的内容，导师们却告诉我只写句子就行。他们说："写出你看到了什么、做了什么，以及如何做到的。不要一开始就跳到意义，也不要过滤你的经验，给我们全盘托出的完整内容。"作家索尼娅·休伯（Sonya Huber）评论我的第一篇作文时，要我朗读一段给小组同学听，我读完后她说："现在把这篇文章放下来，说说你在战场的第一天看到了什么，还有你的感受。只说你看到和感受到的，不需要解释任何事情。"我照做了，把看到的一切原原本本告诉另外五位同学。我描述可怕的声音、令人难以忍受的沙漠的炎热天气和鲜血的气味，还说我大胆行动但内心深感恐惧。当我说完后，索尼娅说我的话语充满了力量，然后问我为什么在文章中没有说同样的话。这是我的第一个教训：我应真实、清晰地表达我的感受，让意义从我的所见所闻中自然流出。原来，这是我做得到的。身为医生，我受的训练是用眼睛、手指和耳朵来评估病人，"一观察，二诊断，三处方"成为我的临床研究典范，也是我在急诊室对医科学生和实习医生的教学内容。我将它调整到写作上，告诉自己：写下并精确说出自己看到了什么。我就是这样做的，从这次短期面授课程到下一次、一个星期到下一个星期、一份作业到下一份作业。我以半逻辑的方式和随意的顺序把文字写到纸上，先是一个版本，然后是另一个版本。

有时我的手、眼和脑彼此纠缠不清。大脑不合作时，我会坐下来练习几个小时的自由写作，试着回忆战争和童年，或者医学院和治疗的故事。我写下字词，用线条连接起来。我写下句子，弄皱纸张。我到外面喘口气，偶尔咒骂大脑，然后回到家里对着计算机写作业和练习，再将它们寄给我的小组同学。我的导师和同伴们督促我、教我。他们告诉我去读这个或那个，并要我重写故事。我试了，天知道我是如何试的。

我斜（写）。我写下一个字，也许两个，然后是一个句子，接着我停下来，手在键盘上徘徊。我放字母错位置的（放错字母的位置）。我开始、停止，又开始、停止。我删除字母、单词、段落、我的故事。大脑与手彼此孤立，不愿意合作。当我尝试打字，却打不出 computer（计算机）这个词，这个词分成八个单字母。我一次只能输入一个字母，每个都迫使我暂停并思考接下来的内容：C…O…M…P…U…T…E…R…我把每个按键与手指相匹配，然后按下。有时候像这样的单词我会依据音节划分，自行把它们变为独立的结构：如 computer 变成 com pu ter、writing（写作）变成 wri ting。这些词变成毫无意义的碎片。

我经常给单词赋予字面意义。如果我写下"一个意念飘浮在空中"，其比喻意义就变得很具体，我会想象字词附着在飞船上或乘坐热气球飘浮在天空。

有时我用一个词代替另一个词，如 work（工作）代表 word（字词），这不是拼写错误，而是字词替换，很像我在阅读时出现的情况。此外，我把 shout（呼喊）变成 shovel（铁锹），arid（干旱）变形为 ring（圆环）。于是我写出："沙漠是圆环，所以我铁锹新工作。"有时候我会立即发现句子错误，有时则不会。我在句子里造成逻辑落差，意味着我无法回想自己原本要捕捉的原始想法。

我的想法随意乱跳。有些不相关或不需要的想法会进入脑海。我追着号小法（好想法）直到狭窄的死巷，而它们经常从我的指尖消失。我向后扭扭脖子，摇摇头。敲击键盘的手指也同样用来敲击我的脑袋。有十个词爆出，我快速不桌（捕捉）。写作是一场竞赛。我寻觅、思考、捕捉和整理，然后用手指敲击键盘。有时我会对句子发火，把整张纸揉烂再扔到地上。通常我能操控大脑，写下正确的句子，然后坐下来大声朗读。

在我写作的咖啡厅里，燃气壁炉引起了我的注意。火焰的颜色和运动轨迹是无法预测的，这个特性让我的大脑为之着迷。我知道火焰会跳动不定，但我无法准确预测其时间或方向，一如战争。火焰让我想起了某次飞越伊拉克北部沙漠的任务。如果我在思考时不小心谨慎或不能把持住，战争就会占满我的大脑。我重新专注于咖啡厅播放的混合曲风的背景音乐，人们一边聊天一边在其中游走。有人在制订计划或消磨时间，杯子里的榛果咖啡冒出热气。这种热气让我想到黄石公园的蒸汽小泥泉，公园又让我想起"老忠实"（Old Faithful）间歇泉，"老忠实"则让我想到伊拉克南部的油田。我回忆起那场石油大火。空气中充斥着石油的气味，让我想起迪士尼世界的侏罗纪公园之旅，随后思绪回到咖啡厅。杯盘的碰撞声和厨师的谈笑声穿破了头顶上的音乐，橘色的火舌将我的目光吸引到壁炉前。我的大脑需要这样的氛围才能写作。我需要用杂乱的东西填补写作的静默，否则我会在思绪里永无止境地漂流。

突然间，有一个词、十个词、一整句话从宇宙的裂缝翩然落在页面上。我变身成那个在训练时射杀医护人员的年轻医官。我的脑海里充满对伊拉克的回忆。我跑得比战士还快。我的思路跳跃，速度快得如喷气式飞机的后燃器。我别出心裁，接着搬移、调整、适应与克服。我的呼吸加速，页面布满文字。五个句子形成一个连贯的思想，砰！再一段。砰！又一段。太棒了！我呼吸、幻想、大笑……然后，突然间有一个与上下文不搭配的词出现。我亭子（停止），删除。窝开速腿进，间板更不上收纸（我快速推进，键盘跟不上手指）。然后我停止，等待。离餐桌约两米远的壁炉喷出燃气火焰：可预测；心里冒出伊拉克北部：不可预测。这是艾奥瓦州冬季冰冷的雨让我释放的意念。我在泥地上停步，站着，仿佛闻到了伊拉克直升机的气味。我看看壁炉，又看看按键。我在书中写下一则笔记，借此让它消失，这是我在认知治疗中学到的技巧。大脑训练谜题闯入了我留给写作的空间，填满十五分钟的空闲。我想到一个趣子（句子）。我对自己说：想啊，想个词。于是，出现一个新词，十分钟过去了。然后，我的大脑中浮现出一个新想法和一个新段落，我一看表，上午过去了。

我在记忆和思绪纷杂的状态下思考与写作，这种不和谐让我犹豫，因为这是我在急救时绝对无法容忍的。我的人生和行为一向专注于思考速度和行动速度，而现在如果思考的速度过快，我除了在某种神经灾难中崩溃，什么也不会发生。

我无法写作，这不是我想象的写作方式，或者说我无法以想象的线性方式写作。我寻求存在的线性，希望自己的思路和写作如行云流水般顺畅又合乎逻辑，但我的思绪和写作的摇摆模式反映的正是身体躯干的失调。我无法用脚跑，无法用心"跑"，也无法用笔"跑"。我老是失去平衡，经常绊倒。分散的思绪让我裹足不前，除非我找到一个理想状态能放手思考或书写，就像呼吸一样。我告诉自己：像呼吸那样写作吧，放手。

我放手了。我必须放手。一连串的想法和漫无边际的谈话在几秒之间将我推向过去又拉回现在。那些转移我注意力的事物让我就像一个士兵靠错误的地图行动。这种现象限定了我的大脑，即使我打算写特定的想法或故事，碎片化的思绪却似乎决定了故事走向。我仍然对抗着碎片化的思绪，但正在学习去适应它。

新的思考模式创造出了有趣且极具挑衅意味的写作方式，曲折的逻辑、跳跃的叙述对读者（包括我）来说毫无意义。但那并不全然是功能障碍。各种细节不尽然是某个线性故事的片段，却必然是某段弧光，映照出我所知真实存在过的人生。当这些碎片化的思绪成为纸上可见的字词，它们会在事件和想法之间触发我以前没有想过的关系。我开始与事实、可能性和记忆互动。我的思考和写作超越了散乱罗列的文句，开始形成故事。在写作过程中框架和结构逐渐形成，细节和情绪变得生动逼真。我看见页面，页面就是我。这种额外的维度帮助我看见自己正在康复而非濒临死亡，帮助我理解自己是在测试康复的界限。于是，我坐下来写。

一个词变成两个。句子相互冲突。我写下一个想法，接着又一个想法，然后改变它们的顺序和逻辑。一个字变成一幅图像，例如一座山、一片沙漠。一名女兵在站岗时思念她的孩子，月光照出她的剪影。一颗子弹划破夜晚的寂静。士兵倒下。医生绑紧止血带，给他输血。

　　有的字词让笑声跃出页面，笑声从童年到成年、从制作清单的笑话到一屁股摔倒的士兵，忽来忽去。有些字词让人留下欢喜的泪水，有些则引起沉重的哭泣。

　　我试着写出事情的原貌以及我所看到和体验到的，而不是我希望它们应该有的样子。当我这样做时，这些字词让我知道在我的软弱和力量之中，我是谁。我需要这些字词，如同需要爱、血液和氧气。我需要它们展示所有真真切切的故事，那些无路可逃或无须逃避的故事，那些让我知道我是谁、去过哪里，甚至要往哪里去的故事。

第四部

克 服

在各种越界之外

在医学院的第一天，我踩踏过解剖学大楼的花坛，把手放在历史悠久的砖墙上。那粗糙的纹理感觉无比真实，我不是在做梦。我就要开始医学院的学习，学习那严谨的科学与神秘的治疗艺术，面对这一切，我满怀敬畏之情。接下来四年，我广泛研究生物医学和临床科学。毕业典礼是我在医学院的最后一天，我重访同样的花坛，把手放在同一面砖墙上，安静又恭敬地说："谢谢你。"砖头好像能听到我的声音。我走进大楼，坐在讲堂里，想象彩色白板笔在白板上写字时的吱吱声和考试期间纸张的沙沙声，心底浮现解剖实验室和微生物学课程，一个探索人体的庞大结构，另一个揭示细胞的微妙复杂。如果校方允许的话，我想再念四年，因为学习和探索永无止境。

毕业日既是洋溢欢笑的日子，也是感伤的日子。喜悦之情在临床值班的最后一年里一点一滴地积累，终于像被压抑而蓄积太多能量的火山突然爆发，同学们无不尽情谈天说笑。为何悲伤？因为医学研究经历即将告终。颁发文凭之际，"医学院学生"的身份顿时成为个人历史的一部分，那是塑造及重新调整抱负的历史，是一心一意想成为医生的历史。

对我而言，毕业典礼不仅意味着我从学生跨越到毕业生，而且意味着跨越曾经被视为牢不可破的界限。这个界限是由文化、家庭和教育者的期望所设定的，不是出于恶意或不满，而是出于怀疑，人们不相信像我这样的小孩能够成为医生。我已经证明了印第安人的孩子最好老老实实地待在公立寄宿学校接受教育的观念是错误的。毕业典礼也表示我的医生生涯就此真正拉开序幕，医生这个身份牵动我的每一缕思绪，牢牢地抓住我，尤其是在我协助挽救病人生命的场合里，以及病人紧紧握住我的手时，都让我体悟到自己的专业身份。病人称呼我为"医生"时，我没有把这个称呼看作被动的描述，而是接受它的意义。我研究过医学史。我使用手术器具、开药方，感受医学的力量。那力量就像是雷电交加以及在令人畏惧的大雨里，那一股快速奔流的能量洪流。闪电和打雷是真实的，医学的力量则是超现实的：一部分的科学、一部分的电力、一部分的魔法。当我将听诊器放在病人胸口，听着收缩节拍的稳定节奏时，我感受到它的科学电力。当我紧急划开伤员的胸腔，找到被枪弹撕裂的血管并夹紧时，我感受到它的科学力量。当我进行病人面部伤口的复杂缝合，手中拿着完美弹性的 7－0 尼龙缝线和精确曲度的三角针时，我感受到它的魔法。目睹病人绝处逢生的一瞬间，那股电流就在我眼前；宣布伤员去世时，它也与我同在，照顾着历经死亡风暴洗礼的生还者。

身为一名医生的志得意满超越了我的思考和自我。我变身希波克拉底（Hippocrates）、列文虎克、索尔克（Salk）和梅奥（Mayo）。我自比乡村医生，接到求诊电话就提着皮制医药箱登门为罹患白喉的孩子注射盘尼西林。我变成解剖学、外科和儿科教授。我也是所有医学门类的通才学生。不只如此，我是乔恩·科斯铁特尔医生，是来自奥奈达印第安保留区的男孩，那个男孩每天在便宜的家用显微镜和塑料模型"可见的人"上花费无数小时。我变成朗读医学教科书、把课本念成古代经文的年轻专家。我从小就相信，自己注定会成为那个人。在我心目中，我取得的成就远远超过了医生头衔的含义，它界定了我的思想和梦想，是灵魂的定义。成为医生就像在我身上接种了某种身份抗体，把所有非医疗事物拒绝在外，仿佛做医生不仅是我的能力，而且是我唯一的职业选择。当我签名时在姓名后面加上"医生"，如同是为身份封上红蜡，永远不得打破。

2007 年，一名年纪只有我一半的医生给我看了脑栓塞核磁共振影像，告诉我中风有可能影响到我的职业，第六感告诉我，自己永远无法再行医了。我很少说出这种感觉，除非是在治疗时。治疗师帮助我面对并超越职业生涯的现实。在治疗课程中，其实我什么都知道。我知道人们如何看待爱的激情、信仰的信服或婚姻的消亡。当为人父母者看见军车驶入家门前的车道，一位穿制服的军官上前敲门，在那充满恐惧的时刻，我知道他们都明白从军执勤的儿子或女儿发生了什么事。这一切我都知道，但我讳莫如深，如同隐瞒一则机密。身为医生，我不会允许像我这样的病人冒险行医。治疗师问我会对这样的病人说什么，我会坚定地说："你的行医生涯已经结束了，现在应该继续往前走。"但这番推论只适用于其他病人，不是我。

2008 年，经过一年治疗，我告诉认知治疗师，我已经接受了中风的事实和结果。医学道德约束着我，我绝对不会去伤害他人，也明白了医生和军队为何说我无法行医。然而，承认自己无力行医意味着退回我穷尽毕生之力才跨过的桥。我确实了解那些风险、道德、身体缺陷与法律限制。在心里，我拒绝接受无法再行医这个事实。如果我真心相信自己不再是医生，就等于宣布自己一无是处，对此我毫无准备。我心甘情愿在战争中受伤，但从未想过会失去行医资格。治疗师建议的"继续前进"真是难如登天。

中风三年后，即我的艺术硕士计划第二年，我通知艾奥瓦州医学检查委员会（Iowa Board of Medical Examiners）我要放弃行医执照。那是我从医学院毕业后的二十二年六个月，六十岁生日的前一天。我独自坐在客厅里，盯着需要寄出的在线表格。我走出门廊，看着草坪上秋天落叶的棕色残余。前一天刚下过雨，草地还是潮湿的。以艾奥瓦州的 11 月来说，气温比平时更暖和。我调整了好几次眼镜，把它拿下来，用镜框轻轻敲头。我双脚并拢站在一起，感觉共济失调发作，让双腿有些不舒服。我挤一挤鞋子里的右脚趾，没有任何感觉。我试图回想心脏和创伤复苏药物，什么都想不起来。我只记得这几年来的治疗、认知游戏和回想练习、努力计算个位数加法、步态带和紧跟在后的治疗师，以及在蓝色胶带贴成的直线上做了无数小时的脚跟到脚趾平衡运动。我环顾左邻右舍，看到米白色房屋、湿润的草地和棕色树叶。

我站在门廊沉思，想着"不可危害病人"是医生的道德，完全明白自己已经丧失了从医技能。急诊室的病人无权选择医生，做选择的是医院。提供能够胜任工作的医生是医院的法律和道德职责，我无法胜任医生的工作，有责任在换行医执照时向艾奥瓦州医学检查委员会报告自己的情况。

除了有责任向委员会报告，我也有义务向自己报告：接受中风所造成的身体、认知和道德限制。前一年我都在努力让自己接受事实，我知道必须放弃行医执照，可是了解与行动是两回事。放弃我的行医执照不仅是从桥上撤退，简直是放火烧桥，将我的专业身份付之一炬。最后这把火的打击之沉重，如同火箭推进手榴弹直接命中士兵，只留下模糊的血肉。

为了让心情好一点，我想，没必要为再也用不到的行医执照支付费用了，但其实心底仍默默对抗着。这场对抗也让我排斥与中风有关的一切，活在中风带来的伤害中。我抗拒必须持续进行复健和物理治疗，抗拒练习阅读和做脑力猜谜、步行和保持平衡。我抗拒成为作家、未来即将改变的想法。我为抗拒而抗拒，拒绝了所有可以帮助我的人和事，只因为我拒绝功能丧失对我造成的限制。当我厌倦了内心的战争，才注意到事实和外部证据，以及科林和治疗师所说的真实情况。当我站着走路、打开书本或尝试像个医生一样思考，真相就像心脏除颤器一样抓住我。接下来的一个小时或第二天，我乖乖回去做治疗和例行练习，拾起写作练习本和阅读功课，努力不懈地完成，就像从前努力尽军人和医生的本分。如果遇到特别辛苦的日子，我会在独自开车回家的路上或家中客厅大喊："我还是个医生！"每当听到"医生"这个词，我就瞬间回到最初的惯性和最终的轨道。就这样来来回回，一次又一次。我前一刻是医生，下一刻是无翼的鸟——脆弱，受到大地的束缚。

医学院的毕业典礼表明我正式成为一名医生，同样地，放弃行医执照则标志着我的医生生涯结束了。放弃行医从身心两方面消除了我从医学专业所汲取的全部力量和尊严。我不再有病人要照顾、伤口要清理和缝合，也不再有疾病要诊断。我不再是任何人的医生。没有人再称呼我为"医生"，除非是出于对我专业学位的尊重。放弃行医执照就是告诉我的同事和医院工作人员，我不再有权利开处方、提供医疗建议、负责照护病人。这像是单凭一张纸上的区区几个字就取消了我的医学证书，然而，也正是那几个字告诉大家，我不再是一位医生。这个结局蕴藏了惩罚、羞辱和嘲笑的力量，因为我已不再是以往那位医生，我不得不将听诊器收入抽屉，让它在抽屉里等着将来成为某个博物馆的收藏品。这就是我的未来。我只能站在史密森尼博物馆的立体布景里，家长们会带着孩子来参观。我的家人和同事会来探望我。他们可能会说："看啊，那个人以前是个医生。"

在门廊待了一小时后，我回到屋内，填写了计算机上的表格，点击"发送"。该向前看了。还得寄出书面通知，我也做了。一连串机械化的动作：写一封只有一个段落的通知书、打印出来、签名、快速塞进十号商业信封、贴上邮票、把信封放入邮筒。然后是最后一个动作：升起邮筒旁的塑料小旗子，提醒邮差邮筒里有信待寄，却觉得自己正竖起白旗投降。我瞥了邮筒最后一眼，开车去城里兜风。最后我开到了退伍军人医院，想去见一位咨询师，但我没有走进去，反而穿过街道，进入艾奥瓦大学医学院的医学图书馆。我漫步在书架之间，瞄了几眼医学期刊，主要在看图片。我抽出手术、麻醉和急救医学的相关期刊翻看，最后拿着一本解剖学教科书坐了将近一小时，翻阅大脑那个章节。

三个小时后我开车回家，科林一直问我去哪里了。"你去哪里了？我很担心你。"

"我在医学图书馆看书。"我平静地回答。

安静的语气出卖了我，她知道不只如此。

"你没事吧？"她问我。

"我不知道。没事吧，我想。"

我们坐在桌子旁，我告诉她行医执照的事，说到把信封放进邮筒以及把小旗子升起来，宣告了我医生生涯的正式结束，实实在在地结束。她说了什么我大多不记得，只记得她的爱与支持。她试着鼓励我，提醒我当医生时做了很多事，现在是继续前进的时候了。她的话亲切又真诚，我试图专注于她给予的安抚和慰藉，但某种终结感似乎让我远离了当下。某种令人不安的空虚感包围着我，如同1997年初春的那一天：母亲的葬礼过后，我翻阅她的物品和照片，突然意识到她永远不会回来了。

2010 年 11 月是一段很难熬的日子。我否定中风带来的影响。那时我不得不接受不容商榷的医疗生涯终结的事实，而那是最困难的事，因为它要求我接受外在的限制——我曾经一再挑战、质疑的限制。但是，接受这件事也使我对自己有了新的认识，帮助我反思此生最大的跨越，也就是成为一位中风幸存者。这样的跨越远比成为医生或军人更大，远远超过了前往战场和返乡，以及创伤后应激障碍的魔掌或战争对身体的伤害。我跨越边界成为中风幸存者，相信和适应中风，重新定义自己的生活。中风迫使我理解不同类型的边界、分辨强硬的限制和可移动的界限。在更宏大的参照系之下，这种接受让我超越了治疗的静态镜头，进入一部关于我自己而且会自我更新的影片。在这个框架里，我问自己：写作是否也能发挥医疗科学和医疗艺术的功能。我的答案是肯定的。这不是因为我假装它和行医一样，而是因为写作拥有改变观念并发人深省的力量，具备能够让人笑、让人哭、让人愤怒与尖叫的能量。如果我能在写作时变得充满热情，如同我热衷于做医生和军人那样，那么我就有机会影响一两个人，包括我自己。

我并不认为在就读艺术硕士课程的第二年放弃行医执照是个偶然。反之，我觉得它是水到渠成的事。写作提升了我，让我进入那些复杂的层面，也让我有了目标，把我推向医学所缺乏的方向。我对医学的热爱并没有被取代，反而得以扩大。写作不是新的职业，而是新的思考与观察方式。它挑战我，要我重新审视有生以来的所作所为、所见所思。这是件好事，也是个复杂的工作，就像行医一样。

从塑造我的力量和试图定义我的界限，我学到了什么？在我全部的医学和军事训练中，有一件事日益明显：在人类所有的努力中，我珍视学习和探索更甚于其他。年轻时，我总在事物边缘游走，勇于冒险犯难，拥有好奇的精神。我无法容忍无聊或停滞，在不断挑战界限时也持续前进。我好学不倦。中风的第一年，我甚至以为连学习这件事也得结束，但我错了。从多年治疗中获得的经验和教训让我对自己是谁有了最深刻的认识。我就是灵魂、思想和身体结合而成的人类复杂体，透过有意识的决定去改变生活，最后获得内在能力以保护自身性命。失败的威力让我不得不学习快速复原，而那并不容易，有时候我会被打败并自暴自弃。可是我学会了继续努力，克服迎面而来的限制。无论是真实或想象的限制，我都尽一己所能超越它，并在做不到的时候重新评估它。

关于治疗的性质，我了解到痊愈需要的时间比病人和治疗师所接受的更长。我还了解到，在努力治疗的过程中，会有从恐惧到希望这种自然而然的转变。我从对改变满怀恐惧变成了对康复充满希望，对我来说这是治疗上的重大进步。这需要时间，而且它深埋在康复练习和例行治疗里、在伸展肌肉和心灵的痛苦中。当我诅咒、尖叫及呻吟时，那些绝望的时刻同样遍布它的踪影。在那些日子里，当我说服自己忍受像沙漠一样无情和强烈的痛苦时，我找到了某种释放方式，让我能看穿自己的恐惧。就在那时，我开始用信仰、意志和洞察力，以及超越字面含义的言辞，重新定义生活。一旦领悟了治疗的深层含义，我就想要更多。我并未遇到治疗师，是他们遇到了我。他们使我有力量推进、引导并掌握治疗。我知道：各式各样的情况阐释的并不是我被局限于何处，而是我注定要在哪里跨越界限。

在治疗课程和痛苦的化学反应以及屈服和抵抗之中，治疗师们一直在支持我。起初我感觉他们既邪恶又可怕。他们施压，我抵抗，这是一场心理韧性和生理的竞赛。我的思想和身体都是狂放的野马，我的心防必须被打破，治疗师必须获胜，别无选择。他们抓住我的手，把我拉出深渊。慢慢地，我终于能够站得既坚定又优雅。我再一次学会独立，还能向朋友们吹嘘我在治疗过程中有多了不起、如何举起了五磅重的哑铃，而且走完一条直线没有跌倒。当我愿意畅谈小小的胜利，意味着精神正在复原，不再害怕让人看见真正的我：一名中风幸存者。

离开圣卢克医院时，我仍然健忘、不断地绊倒。我和大脑开战，用心灵对抗物质。大脑会反击，我从来没有"吵"赢过它，但确实坚持到底。厌倦和自己对战时，我感到空虚，心情宛如登上后送直升机离开伊拉克。当我有那种感受时，偶尔希望一死了之，大脑就停止竞赛和战斗。我想过瘫坐在人行道或生鲜超市里，在某一条该死的走道中间，就一屁股坐在那里，也许看着罐头和手推车，彻彻底底地放空。我经常茫然无措。我一度搞丢了第四章的初稿，长达六个月不知道先前的结局。一位作家朋友说，有什么东西不见了。听到他的评语，我才知道自己写过另一个结尾。后来我在计算机的照片文件夹中找到了它，但是，那些情节现在对我的意义并不像治疗第一年时我想的那样，它们几乎每天都会发生，只不过更像是雷达屏幕上的光点，仅此而已。我已经学会赋予它们不同的临床意义，学会继续迈向更大的愿景以及我的人生目标。假使医生能给我一粒中风复原药丸，我当然会服下。我不喜欢中风治疗的种种辛苦，但很欣赏正在重塑生活的自己，而且不打算苦等医学研究开发出那种药丸。是的，我依然怀念当医生和军人的时光，但是经历过战争和伤害、生存和治疗，对我来说，现在更重要的是选择如何定义生活。我将自己的幸存视为某种能以不同眼光观察事物的优势。倘若现在有人问我中风的事，我会告诉他们我恢复得多好，而且我学到了更多。

从所有跨越中，我获得了另一个非常有力的领悟，一个让我解放的领悟：当我以探索的态度看待一切时，我经历过的一切，我生命中的成长与退化、战争、童年、教育、爱情、家庭，以及所有杂乱无章的跨越都让我看到，生命的意义并不在于失去了什么，而在于得到了什么。这种领悟帮助我真正了解跨越障碍之外的生命的丰富性。大胆又危险的跨越界限塑造了我的人生，这是真的，可那只是一小部分。一个跨越完成后会有另一个，就像学习，从来没有最后的跨越或最后一课，生命中唯有永不停止的探索和成长。这是一个重大的心得。这个心得并不是我在治疗时、在医学院的教室或军官培训课程中学到的。我能有这个心得，是因为我愿意在深深的失落之后看着镜子，看清楚自己目前的形象。我不得不想象那个还不是真实的人，他在遥远的地方，在所有映像中几乎无法被辨认出来。当我这样做、当我冒险去反思自我时，眼前浮现的是不同的我，那个我有前所未见的新观点。从那个观点看去，我此刻看到的是更少的黑与白、更多的可能性。

至于我的未来，可以预见的是会有新的界限要跨越，也会有抵抗跨越的界限。它们都是一时的，与有限或无限的时空相连。它们可能会在今天、明天或明年来临。谁知道未来会遇到什么？我的健康、精神与家庭在未来无疑会有意想不到的转变。我可能会突然死亡，可能活得超出想象，我也可以学写诗或绘画、成为爵士音乐家或操偶师。我会向孙儿们解释人体解剖学的复杂之美，还会带他们去航空和天文博物馆解释飞行物理学，要是他们问我成为医生和军人是什么感觉，我也会告诉他们。我会大笑，会说我有多么爱他们每一个人。然后，我会告诉他们不同类型的界限，自然的和人为的，真实的和想象的。我会告诉他们如何找到最好的位置，跨越界限。

后　记

我想说明一下本书的形式和结构。首先，我了解在已事过境迁的情况下，写作非虚构故事有其固有的困难。我所谓的事过境迁，是指我们遇到的事件和人物、生命中的场景，以及记忆中的情感已经过去很长时间。其中最有问题的就是记忆。我们记得什么？如何记住的？经过时间侵蚀以后，记忆还可靠吗？为了清晰、为了迎合文学技巧，记忆如何改变？在讲述战争和中风时，我只记得那些对我影响最大的事件。我记得那些事件，因为它们造成了如此重大的情绪和认知影响。

我也了解中风以后的认知功能障碍：我在排序时很吃力，在阅读和写作方面有持续性的词语替换问题，在管理复杂性和记忆方面也有普遍的困难。为了应付这些障碍，我必须不断修改与重写，并且努力还原故事的真实性。如果您承认脑部损伤病人在接受认知复原治疗后能够准确回忆复杂事件，那么我对这些事件的描绘就是我的记忆最准确的表现。再次强调：这是以我的认知复原所允许的程度而言。可以说，研读与修改自己写的东西越多，我记起的越多，也不得不重温越多的痛苦。

写作这本书的目的始终是要真实而毫不畏惧地呈现出我所见、所经历的战争和中风病痛。我必须超越自我，才写得出让自己不舒服甚至害怕的话，这打开了我的写作和康复之路。在七年前的写作中，一开始我缺乏准确传达信息的信心，因为我很难写出合乎文法和意义明确并具有文学影响力的句子。早期的许多草稿上是散乱的故事，众多导师和治疗师协助我解决了这个问题。如今这本书所提供给您的，是我讲述自身经历的最佳尝试，我也要提醒您，除了我的脑部损伤和认知功能障碍会造成写作上的混淆，战争和中风给我造成了很大的困扰。您所看到的是我对记忆内容的重建，一本名副其实的回忆录，不多也不少。

致　谢

　　我要感谢艾奥瓦州国民警卫队，他们对武器和医学专业的投入令我永远感念。我同样感谢那些在任务部署期间与我共事的人，能与他们共同服役是我的荣幸。

　　我衷心感谢为我提供医疗保健服务的团队。他们致力于让我康复并且康复的程度远远超过了医疗标准的要求。他们鼓励我、认可我在军中的表现，不吝时间聆听我的故事。我特别感谢艾奥瓦大学医院和诊所（University of Iowa Hospitals and Clinics）的骨科教授詹姆斯·涅波拉（James Nepola）博士及艾奥瓦州卫生保健北自由诊所（University of Iowa Health Care – North Liberty Clinic）内科的莱斯利·赖利（Leslie Riley）医生，他们对医学和照护病人的专业投入确实是无与伦比。

　　我的中风康复治疗离不开许多治疗师的付出，我感谢麦克·霍尔（Michael J. Hall）博士、雪儿·斯蒂芬森（Cher M. Stephenson）、吉娜·威利（Gina Wiley）和希瑟·科克伦（Heather Cochran）博士，在我多年的认知复原治疗中，感谢他们持之以恒与温和（有时是坚定的）的施压。他们的关怀从神经心理学延伸到了心理学、口语和语言治疗，以及职业复健，我真挚地感谢他们。

　　在物理治疗过程中，有许多物理治疗师为了帮助我而做出额外的努力。感谢艾奥瓦州的安迪·加洛（Andy Gallo）和佩姬·雪勒（Peggy Saehler），在我受伤和做中风康复治疗时，他们的工作堪称典范。还有很多他们的同事和助手也协助我治疗，我不会忘记他们。

我同样感谢艾奥瓦州锡达拉皮兹市圣卢克医院的治疗师和医生。由于他们是团队合作，因此我应该感谢整个团队，包括职业治疗、物理治疗、娱乐治疗、口语和语言治疗、物理医学和复健、社会工作、心理学、神经心理学和脑损伤的相关专家。在无数小时的治疗之外，他们更给了我无限希望，否则我绝对无法取得这样的康复效果。

我感谢在我需要帮助时伸出援手的机构、助理和护士。

阿什兰大学艺术硕士课程的教职员工和学生也值得特别感谢。在很多方面，这本书得益于他们的指导。正如其他许多人一样，索尼娅·休伯（Sonya Huber）、罗伯特·鲁特（Robert Root）、史蒂文·哈维（Steven Harvey），托马斯·拉森（Thomas Larson）、莎拉·韦尔斯（Sarah Wells）和乔·麦考尔（Joe Mackall）都花了宝贵的时间纠正与教导我。感谢阿什兰的文学杂志《河齿》（*River Teeth*）的编辑们发表了我的第一篇文章《检伤分类》，激励我继续写作。我还要感谢作家霍普·埃德尔曼（Hope Edelman）在创意教学课中给予我的洞见。

应该感谢的还有我的经纪人罗伯·魏斯巴哈创意管理公司（Rob Weisbach Creative Management）的理查德·福瑞斯特（Richard Florest），他相信我的写作能力，而且给我机会出版这本书。这本书尚处于成形阶段时，他就看到了其中的价值。我在克朗（Crown）出版公司的编辑凯文·多腾（Kevin Doughten）耐心过人。我们刚开始一起工作时，我很难理解叙事弧的概念。凯文，我

想我终于明白了。感谢他长期坚持以及对本书不断提出指导与
建议。

　　最后，我欠妻子和孩子们一个巨大的艾奥瓦式"谢谢你"。无
论是参战期间或在家时，他们总是支持我。他们长久的陪伴、爱以
及许许多多的祈祷，都是我生命和康复过程中不可或缺的。我爱你
们。上帝保佑你们。

图书在版编目（CIP）数据

抢救与杀戮：军医的战争回忆录 /（美）乔恩·科斯铁特尔（Jon Kerstetter）著；黄开译 . -- 北京：社会科学文献出版社，2020.8
（思想会）
书名原文：Crossings：A Doctor - Soldier's Story
ISBN 978 - 7 - 5201 - 6192 - 3

Ⅰ.①抢⋯　Ⅱ.①乔⋯②黄⋯　Ⅲ.①回忆录 - 美国 - 现代②美伊战争（2003）- 史料　Ⅳ.①I712.55②D815.4

中国版本图书馆 CIP 数据核字（2020）第 029581 号

· 思想会 ·

抢救与杀戮：军医的战争回忆录

著　　者 /〔美〕乔恩·科斯铁特尔（Jon Kerstetter）
译　　者 / 黄　开

出 版 人 / 谢寿光
责任编辑 / 吕　剑
文稿编辑 / 张　雨

出　　版 / 社会科学文献出版社 · 当代世界出版分社（010）59367004
地址：北京市北三环中路甲 29 号院华龙大厦　邮编：100029
网址：www . ssap . com . cn
发　　行 / 市场营销中心（010）59367081　59367083
印　　装 / 北京盛通印刷股份有限公司

规　　格 / 开　本：880mm × 1230mm　1/32
印　张：10.375　字　数：255 千字
版　　次 / 2020 年 8 月第 1 版　2020 年 8 月第 1 次印刷
书　　号 / ISBN 978 - 7 - 5201 - 6192 - 3
著作权合同
登 记 号 / 图字 01 - 2020 - 2206 号
定　　价 / 78.00 元